Der Sturz

RICHARD SANDHÖFNER

Der Sturz

... in eine andere Welt – und wieder zurück

Bibliografische Information der Deutschen Nationalbibliothek:
Die Deutsche Nationalbibliothek verzeichnet diese Publikation
in der Deutschen Nationalbibliografie; detaillierte bibliografische
Daten sind im Internet über http://dnb.dnb.de abrufbar.

© 2018 Richard Sandhöfner
Grafik: sirtravelalot/ Shutterstock.com
Satz, Umschlaggestaltung, Herstellung und Verlag:
BoD – Books on Demand

ISBN: 978-3 – 7528-5607-1

Inhalt

Vorwort

Bergsteiger, die abgestürzt sind, aber überlebt haben – durch welche Umstände auch immer- – haben schon wiederholt von seltsamen Reisen in die Vergangenheit, in teilweise verschiedene Lebens – und Zeitabschnitte und unterschiedlichen Erlebnisphasen berichtet.

Raum und Zeit, auch die Dimensionen, scheinen sich dabei oft unerwartet, auch in unterschiedlichem Ausmaß, zu verändern.

Aber die Inhalte sind keine bloße Halluzination, auch dann nicht, wenn sie teilweise albtraumhaft übersteigert erscheinen. Halluzinationen und Wirklichkeit gehen fließend ineinander über. Ereignisse laufen sowohl realitätsnah und wirklichkeitsgetreu ab, als auch seltsam unwirklich, frustrierend, geradezu befremdlich.

Im Extremfall wird der Erzähler – sozusagen nachträglich – sogar zum direkten Beobachter eingesetzt und eingespielt, ohne selbst einen Einfluss auf bestimmte Ereignisse ausüben zu können.

Hier entstand ein biografischer *Roman* (ein Roman mit unterschiedlichen biografischen Anteilen – fiktionale Biografie), in dem die biografischen Anteile an Vorfällen und Ereignissen, teilweise auch mehrheitlich, den tatsächlichen Abläufen entsprechen. Durch die detaillierte Schilderung von Erlebnissen mit kombinierten, fließenden Übergängen in den Romanmodus wird stellenweise zusätzlich erhöhte Spannung erzeugt. Aber auch die Komponenten, die zum stillen Nachdenken anregen, sind ein wesentlicher Teil der diversen, verschiedenartigen Abhandlungen.

Der Sturz ...

... in eine andere Welt – und wieder zurück.

An die Arbeit, fertig, und los in den Skiurlaub.

Nein, ich schaffe es einfach nicht mehr. Zwei Tage mit einer fiebrigen Erkältung liegen hinter mir. Die Schonzeit war zu kurz.

Die Zeit reicht nicht, noch rechtzeitig eine präzise ›Cashflow‹ – Liste für ein Großprojekt zu erstellen.

Ich will nur noch nach Hause. Dabei hatte ich mich so auf den Ski-kurzurlaub gefreut. Es ist Mittagszeit, der Ski-Bus kommt schon in einer Stunde.

Hans schaut mir über die Schulter, schüttelt etwas ratlos den Kopf.

»EUREKA«, meint er plötzlich nachdenklich, dann grinst er.

»Ja, ich hab` die Lösung, es ist allerdings erst ein Pro-forma-Ergebnis.« Mit dem Zeigefinger streicht er über mehrere spezielle Zahlenreihen. »Hier, diese Basiszahlen übertragen wir, linear ansteigend, auf die entsprechenden Abschnitte im Projektablauf. Etwaige spätere, größere Abweichungen in der Projektentwicklung können jetzt noch nicht berücksichtigt werden. Aber das vertrete ich selbst gegenüber der Projektleitung.«

»Der PC, oder besser das Programm, akzeptiert nun mal keine improvisierten Eingaben oder handgestrickte Verknüpfungen, so wie du es gerne möchtest«, meint er belehrend. Er grinst wieder, aber das musste er wohl unbedingt noch loswerden. Sichtlich erleichtert sind wir beide.

Die Zeit war knapp. Das Werk ist gelungen. Regungslos, apathisch sitze ich noch eine Weile herum.

»Geh jetzt hinaus, der Bus ist in wenigen Minuten da. Hoffentlich komme ich nicht selbst zu spät.«

Hans verlässt eilig den Raum. Er wird es schaffen.

Samstag – letzter Tag mit vollem Programm. Ich habe mir vor Ort einen Kurz-Ski geliehen. Etwas ungewohnt, schon die Optik. Na ja, wenigstens meine Fangriemen konnte ich montieren lassen.

»Witzig, eigentlich sind nur noch Skistopper gefragt, das System ist sicherer«, meint der junge Monteur. »Deine Fanglederriemen gehören ins Museum«, fügt er noch hinzu.

»Aber im Tiefschnee sind die Stopper unterlegen«, halte ich dagegen.

»Aha, du bist also ein guter Tiefschneefahrer«, bemerkt der junge Mann anerkennend.

»Eigentlich nicht.«

Weiter möchte ich mich nicht dazu äußern.

Das Wetter ist leider weniger gut. Ich fahre nur ungern bei schlechter Sicht. Ob Schneetreiben, Nebel oder Dunkelheit, das ist egal. Lieber verzichte ich.

Aber wir haben doch nur drei Tage, die Zeit sollte genutzt werden! Kneifen gilt nicht, schon gar nicht am letzten Tag.

»Wir fahren mit der Gondel noch einmal ganz nach oben, es wird nicht mehr lange gehen!« Der Vorschlag ist gut, schnell bildet sich eine kleine Gruppe. Natürlich bin ich dabei, obwohl ich ein ungutes Gefühl nicht los werde. Ich kenne die Abfahrtsstrecke nicht, die Sicht ist ganz oben sicherlich nicht besser als hier unten. Aber, das macht nichts, auf meine Kumpels kann ich mich notfalls verlassen.

Es geht nach oben, die Gondel ist nicht überfüllt, verständlich.

Wie lange die Fahrt wohl noch dauert? Bin ich etwa nervös, weil plötzlich Sturmböen die Gondel ins Wanken bringen?

Es kommen kaum Gespräche auf. Das Motorengeräusch eines sich nähernden Flugzeuges ist jetzt deutlich zu hören.

»Gestern ist ein Sportflugzeug in eine Seilbahn gerast – irgendwo in den Alpen. Hoffentlich kennt der Pilot über uns die Umgebung ausreichend.«

Ein Skifahrer mit scheinbar trockenem Humor will offenbar etwas zur Auflockerung der Stimmung beitragen.

»Sehr witzig«, bemerkt hierzu eine Frau. Ein noch recht junges Mädchen klammert sich noch intensiver an sie.

Die Frau ist sichtlich verärgert, sie ergreift noch einmal das Wort:

»Meine kleine Tochter fährt mutig und ohne besonders große Hemmungen die kommende Abfahrt herunter. Sie ist eine gute Skifahrerin, fährt relativ kontrolliert und auch ausreichend sicher. Aber Sprüche dieser Art machen ihr Angst. Sie hat Furcht vor etwas, auf das sie keinen Einfluss hat. Ihre Bemerkung war unsensibel, geradezu töricht!«

Sicherlich gibt ihr der eine oder andere der hier Anwesenden recht. Na ja ... ! Andererseits – man muss auch nicht gleich jedes Wort auf die Goldwaage legen.

Wir haben die Gipfelstation erreicht. Eisiger Wind – nein, das ist schon Sturm – erfasst die Aussteigenden.

»Vielleicht sollten wir jetzt sofort losfahren, es wird immer kritischer« mahnt Kalle ungeduldig. Hans nickt zustimmend und ergänzt noch: »Ricky, das wird sicher noch schlimmer als unsere Abschlussarbeit vor ein paar Tagen im Büro.«

»Ha,ha ... , ich habe schon über bessere Witze gelacht.«

Nach kurzer Pause habe ich meine Entscheidung getroffen.

»Ich warte lieber noch auf die nächste Gruppe, fahrt ihr schon voraus.« Im Pulk mit dem erfahrenen Werner und dem Rest der Gruppe fühle ich mich nämlich sicherer. Die nächste Gondel wird bald da sein.

Die Reihen lichten sich. Die Wenigen, die jetzt noch ankommen, drängen fast hastig nach draußen. Heftige Sturmböen scheinen das kleine Stationsgebäude jetzt erzittern zu lassen. Die schwere Pendeltür aus dickem Plastikkunststoff schwingt bedrohlich hin und her, schlägt in unregelmäßigen Abständen immer wieder krachend gegen den stabilen Türholmen. Wiederholt zucke ich zusammen.

»Der Stationswart sagt, der Gondelverkehr ist eingestellt«, ruft ein Mann seinen beiden Gefährten zu. Im tosenden Lärm sind seine Worte kaum zu verstehen.

Das darf doch nicht wahr sein. Das bedeutet: Werner und die kleine Restgruppe kommen nicht mehr.

Neugierig betrachten mich die drei jungen Männer. Ihre Skier haben sie bereits angeschnallt. Scheinbar ruhig warte ich auf die Frage, was ich, sozusagen der letzte Mohikaner hier oben, eigentlich vorhabe. Vergebens!

Es ist höchste Zeit, aktiv zu werden. Ziemlich hektisch wende ich mich jetzt an die Gruppe:

»Kann ich mich anschließen? Ich kenne das Gebiet nicht, ich bin sonst verloren«, dramatisiere ich ... ... Aha, meinen Humor habe ich wenigstens nicht verloren, noch nicht!

Nur keine Zeit mehr verlieren. Hastig steige ich in die Bindung.

»Vergiss nicht deine alten Fangriemen«, ermahnt mich einer der Männer. Sie sind nicht aufgeregt, warten in aller Ruhe.

Im Moment ist es ruhig, fast windstill. Ohne großen Widerstand zwängen wir uns durch die Pendeltür.

Was ich jetzt sehe, beunruhigt mich doch sehr: Dichtes Schneetreiben, Nebel, schlechte Sicht ... , Verhältnisse, die ich gar nicht mag.

Eine besonders wuchtige Sturmbö wirft mich fast um.

»Auf geht's«, höre ich einen der Männer rufen.

»Immer dran bleiben, keine großen Abstände«, ruft ein Anderer.

»Wer hinfällt ist verloren«, setzt der dicht vor mir Stehende noch einen drauf. Mit lässiger Handbewegung gibt er lachend das Signal zur Abfahrt.

»Ruhig, locker bleiben, Ricky, ja nicht den Anschluss verlieren.« Meine Stimme klingt gut. Nicht schlecht, auch ein Mittel, sich selbst zu motivieren.

Nach mehreren Schwüngen schaut der vor mir Fahrende über seine Schulter, ohne anzuhalten. Er scheint mit mir, oder besser mit meiner Fahrkunst, einigermaßen zufrieden zu sein. Gut so, schließlich haben wir einen Vertrag (per Handschlag sozusagen), die Abfahrt gemeinsam durchzustehen.

Albern, was für ein Unfug! Offensichtlich eine abstruse Reaktion in Erwartung einer schwierigen, kritischen, oder gar gefährlichen Situation.

Die beiden vorderen Fahrer kann ich im dichten Nebel nicht mehr sehen. Oder sind sie hinter einer Kuppe verschwunden?

Es läuft recht gut. Meine Begleiter haben die Geschwindigkeit erhöht. Jetzt wird es kritisch. Meine Brille beschlägt, dichter Schnee klatscht gegen die Gläser. Ein schneller Wischer mit dem Handschuh bringt nur für wenige Sekunden bessere Durchsicht.

Ja nicht den Anschluss verlieren. Ich lasse zwei, nein drei Schwünge aus, schließe dadurch wieder auf, fahre aber bereits im Grenzbereich.

»Bei dieser hohen Geschwindigkeit kommen wir wenigstens schneller ins Tal.« Noch ist mein Humor ungebrochen, ich bin fast ein wenig stolz. Aber warum flüstere ich eigentlich?

Eine heftige Sturmbö wirbelt wieder Schnee über die Piste. Eine weiß-graue Nebelwand richtet sich vor mir auf. Ich schwinge abrupt ab, kämpfe verkrampft mit dem Gleichgewicht. So ein Mist! Bin ich überhaupt noch auf der vorgegebenen Piste, oder in die falsche Richtung abgebogen?

»Anhalten«, rufe ich mit heiserer Stimme. Können mich meine vorausfahrenden Begleiter überhaupt hören?

Mein Gott, ich bin im Tiefschnee. Abschwingen, abbremsen, neu orientieren, es gelingt einfach nicht. Der Hang fällt immer steiler seitlich ab, jetzt bin ich überfordert.

Eine neue dunkle Wand taucht auf. Nein, um Himmels willen, das ist ein Abgrund!

Ricky, jetzt geht es um Leben und Tod, um sein oder nicht mehr sein ... Also, Skier querstellen, noch mehr andrücken.

Ich falle, schlittere weiter zum Rand einer scharfen Felskante. Die Skikanten greifen nicht mehr ausreichend.

Meine Beine baumeln haltlos über dem Abgrund. Noch bin ich nicht verloren. Im letzten Moment erwische ich mit den Händen einen eisigen, felsigen Vorsprung.

Panik kommt auf. Durchatmen, ruhig, cool bleiben.

Mit letzter Kraft schwinge ich das rechte Bein seitlich nach oben über die Felskante, aber es gelingt nur fast. Beide Skier sind noch dran, die Bindungen haben nicht ausgelöst. Ich komme, mit dem Ski am Bein, nicht über die überstehende Felskante.

Das war's dann, Ricky.

Eine unerwartete Ruhe erfasst mich – nein, nicht traumatisch, eher ein Übergang in einen traumähnlichen Zustand. Der Nebel über dem Abgrund scheint sich auch allmählich über meine reale Wahrnehmung zu legen.

Ist das eine Art Sterbehilfe, erfunden von der Natur? Aber warum sollte die Natur noch eine letzte Erleichterung anbieten, wenn diese Hilfe den Betroffenen nichts mehr nützt?

Die verkrampften Finger lösen sich langsam vom Felsenrand.

Ich falle, schwebe – ins ewige Dunkel, oder ins ewige Licht?

Wie werden es meine Verwandten, Freunde und Bekannten aufnehmen? Für ein paar Tage werde ich wohl – auch spekulativ – den Gesprächsstoff liefern. Wie, warum kam es zu diesem tragischen Unfall ... ? Etc., etc. ...

›Einmalig! Einmal im Leben alleine die Hauptrolle spielen‹, geht es mir sarkastisch durch den Kopf.

›Aber Ricky, versündige dich nicht ... ‹, würde Mutter dazu sagen.

Aber egal, nein, für mich ist es nicht mehr wichtig. Nein, keine Minuten mehr, in wenigen Sekunden werde ich mein Leben verlieren.

* * *

Noch ist nicht alles verloren –
die Hoffnung stirbt bekanntlich zuletzt

Ein dumpfer Schlag erschüttert meinen ganzen Körper. Schnee wirbelt auf. Wo bin ich, was ist passiert?

Jetzt erinnere ich mich, zunächst scheibchenweise, urplötzlich aber bin ich ›hellwach!‹

Bin ich etwa beim Abfahren gestürzt? Ja, natürlich.

Blitzschnell krallen sich meine Finger instinktiv und fast automatisch in den Schnee. Gut so, ich rutsche nicht mehr.

»Aufstehen, Ricky, bis zur Talstation kann es nicht mehr weit sein.« Ich folge meiner an mich selbst gerichteten Aufforderung. Energisch gehe ich in die Hocke, ergreife dankbar einen kleinen, freiliegenden Felsvorsprung und ich stehe.

Wo sind denn nur meine Begleiter? Sind sie einfach weitergefahren?

Es ist schäbig, schändlich – das gilt besonders für die Menschen in den Bergen – andere in kritischen Situationen im Stich zu lassen. Aber vielleicht sind mein drei Begleiter gar nicht in den Bergen aufgewachsen? Oder bin ich so schnell verschwunden, dass sie nicht wissen, was sie jetzt tun sollen?

Trotzdem bin ich enttäuscht.

Wie komme ich weiter?

Der Sturm hat sich gelegt. Toll, auch der Nebel ist verschwunden.

Aber es wird bereits dunkel. Ich sehe mich vorsichtig um.

... Und was ich sehe ... nein, das darf doch nicht wahr sein. Nur noch etwa einen Schritt weiter nach vorne und ich blicke ins ... Leere, ins Nichts. Im Dämmerlicht ist in einiger Entfernung gegenüber ein steiler Berghang zu sehen. Das nützt mir wenig.

Mein Gott, es besteht kein Zweifel: Ich bin abgestürzt. Ein kleiner Vorsprung hat mich aufgefangen. Abrutschender Schnee, oder eine kleine Lawine, haben ein ausreichend dickes Schneepolster aufgeschichtet. Es ist nur ein kleiner Platz, aber das hat gereicht. Ich habe überlebt – vorerst einmal.

Ein Anflug von Panik macht sich breit, geht dann in Verzweiflung über, wechselt aber schließlich in gleichgültige Niedergeschlagenheit.

Irgendetwas muss ich doch tun! Soll ich auf Retter warten? Vielleicht wird sogar ein Hubschrauber eingesetzt. Aber nein, es wird schon dunkel, auch heftiger Sturm kommt wieder stärker auf. Das halt ich nicht aus!

Vorsichtig drehe ich mich um. Wie sieht es in meinem Rücken aus? Kann ich vielleicht die Felswand hinter mir hochklettern?

Aussichtslos, selbst erfahrene Bergsteiger hätten da Probleme.

Aber, Ricky konzentriere dich! Geht da nicht seitlich eine lange Felskante schräg nach oben. Wohin führt sie?

Nicht allzu weit, dann knickt sie ab, wird sogar etwas breiter. Vorsichtig lehne ich mich weiter nach der Seite. Jetzt kann ich sogar unten einen kleinen Teil der Talsohle sehen.

Mein Puls beginnt zu rasen. Der Felsenweg führt nach dem Abknicken ein langes Stück seitlich an der Felswand entlang, macht noch einmal eine weite Kurve und müsste dann im Tal enden. Das letzte Stück kann ich leider nicht mehr ganz einsehen.

Ich warte noch eine Weile , bis sich mein Puls beruhigt hat. Aber die Zeit wird knapp. Was im einzelnen zu tun ist, weiß ich noch nicht. Je dunkler es wird, desto aussichtsloser wird eine Aktion.

Seltsam jetzt ... , diese Einstellung: Es gibt keine echte Alternative, nur ein: Entweder – oder!

Ich sehe an mir herab. Die Bindungen sind auf, die Skier noch da, dank meiner alten Lederriemen. Ob ich diesen Geck jemals an Freunde und Bekannte weitererzählen kann?

Mir ist nicht nur kalt, ich handle jetzt auch überraschend eiskalt.

»Eine schöne Wortspielerei«, flüstere ich, diesen Gedanken nachhängend. Aber es ist gut, meine eigenen Worte zu hören.

Vorsichtig löse ich die Riemen, befestige die äußeren Enden wieder an den Skiern. Sie werden als Tragriemen gebraucht.

»Junge, wenn du den schmalen Grat schräg nach oben schaffst, dann kannst du den abknickenden Pfad nach unten abfahren.«

»Vielleicht!« Ich rede wieder zu mir, führe Selbstgespräche.

Beide Skier hängen an den Tragriemen über der Schulter. Mit letzter Kraft versuche ich, zum Grat hinüber zu hangeln. Es klappt einfach nicht.

Doch, es muss gehen, unbedingt, sonst bin ich verloren.

Wippen, ich muss wippen, dann festklammern und mit dem Restschwung hochziehen. Wenn die Kraft für das letzte Überhangeln nicht reicht, komme ich nicht mehr zu einem sicheren Stand zur kleinen Plattform zurück, dann stürze ich unweigerlich und endgültig ab.

Es hat gereicht. Das Schlimmste ist wohl überwunden, hoffe ich jedenfalls.

Wenn der weiße, helle Schnee nicht wäre, könnte ich sicherlich kaum noch Einzelheiten um mich herum erkennen. Die Zeit drängt. Aber jetzt nur nicht überhastet handeln, die mögliche Rettung vor Augen. Noch ist nichts verloren, aber gewonnen habe ich auch noch nicht.

Ich schaffe es tatsächlich. Teilweise eng an der Felswand entlang schrammend, teilweise frei auf dem schmalen Grat balancierend, erreiche ich die obere Wendestelle.

Gott sei Dank, hier ist ausreichend Platz, um einigermaßen sicher die Skier anzulegen. Auch die Lederfangriemen werden wieder funktionsgerecht angelegt.

Eine Mischung aus euphorischer Stimmung und depressiver Skepsis überlagert und hemmt teilweise meine Bereitschaft, endlich und ohne weitere Verzögerung zu starten.

Vielleicht sollte ich einfach hier bis zum nächsten Tag sitzenbleiben und auf Retter warten? Kann ich eine solch lange Zeit in der eisigen Nachtkälte aushalten? Ich zaudere noch eine Weile. Dann wische ich weitere Gedanken in diese Richtung einfach zur Seite.

›Auf geht's Ricky! Es bringt nichts, noch mehr Zeit zu verschwenden!‹
Der Weg, nein, es ist eher ein schmaler Pfad, ist gefährlich. Kein Platz
zum Abschwingen, hoffentlich kann ich wenigstens die Skier ab und zu
ruckweise zur Felswand hin querstellen, abbremsen, und ausreichend
Geschwindigkeit wegnehmen.

Vorsichtig taste ich mich in den Pfad. Das erste Teilstück führt fast
parallel an der Felswand entlang, nicht allzu schwierig.

Erst relativ flach, dann steiler, jetzt sehr steil.

Die Skier ruckweise kurz querstellen, immer öfter. Meine ›Taktik‹
scheint aufzugehen – zunächst.

Eine scheinbar harmlose Abbruchstelle am Felsen, von der Wendestelle oben nicht einsehbar, löst Panik und fast gleichzeitig eine blitz-
schnelle Reaktion in Bruchteilen von Sekunden aus. Extremes Querstellen, energischer Einsatz der Skikanten, es gelingt nur teilweise. Der
schmale Pfad ist in einer Breite von drei oder vier Schritten durch einen
tiefen Felsenspalt unterbrochen.

Jetzt hilft nur noch die Flucht nach vorne.

Ich springe, versuche einigermaßen sicher zu landen und es gelingt.
Aber inzwischen ist die Geschwindigkeit zu hoch, die Fahrt nicht
mehr kontrollierbar. Beim nächsten Kurzschwung verkante ich, hebe
ab – und werde hinauskatapultiert – ins Nichts ...

*

Zum zweiten Mal stürze ich, fange wieder an zu schweben – in eine
längst vergangene Lebensphase?

Bergsteiger, die abgestürzt, aber doch noch überlebt haben – durch
welchen Umstand auch immer – haben schon wiederholt von solchen
seltsamen Reisen in die Vergangenheit mit verschiedenen Lebensab-
schnitten und unterschiedlichen Erlebnisphasen berichtet.

Raum und Zeit, die Dimensionen scheinen sich wieder zu verändern.
Aber auch der Schleier weicht, der Blick ist klar. Das kann doch keine
bloße Halluzination sein!?

Zurück in eine vergangene Zeit, Korrektur oder Bestätigung der späteren, realen Erinnerungen?

Der Nebel scheint sich zu lichten.

Die Konturen der Umgebung erscheinen jetzt kräftiger, klarer.

Aber ich bin jetzt an einem anderen Ort, in einer anderen Zeit.

Seltsam, es passt nichts mehr so richtig zusammen!

Meine frühe Kindheit rauscht an mir vorbei, nein, teilweise bin ich mittendrin! Von der Kindheit in die frühe bis späte Jugendzeit und wieder zurück. Ein System kann ich (noch) nicht erkennen.

Was sollte ich anders machen, vielleicht kann ich sogar selbst steuern, den Lauf des Schicksals korrigieren – im Nachhinein? Absurd!?

Nützt es vielleicht, wenn ich mich besonders intensiv auf ganz spezielle Lebensabschnitte konzentriere, auf bestimmte Ereignisse in meinem bisherigen Lebenslauf, die ich gerne noch einmal nacherleben würde? Aber auf was denn und wie viel Zeit bleibt mir noch?

Jetzt verlangsamt sich diese seltsame Schwebephase, sicherlich steht ein besonderes Ereignis bevor – hoffentlich ein angenehmes, ein gutes ... ...

... vielleicht ein dramatisches aus meiner früheren Kindheit?

Die Schule ist aus. Draußen, direkt vor dem Eingang zum Schulgebäude steht ein Auto der Polizei. Ich ahne bereits, was das bedeutet und was sich wohl bald ereignen wird.

Wie alt bin ich jetzt? Zehn oder elf Jahre? Seltsam – ich weiß es nicht, jedenfalls nicht genau.

Wir sind schon mittendrin im Geschehen. Meine Einschätzung hat sich verfestigt, jetzt weiß ich auch, was hier gespielt wird.

Und noch einmal: Es ist mir nicht so recht bewusst, wer oder was führt hier eigentlich Regie!? Wer bestimmt Zeit und Ort der jeweiligen

Erlebnisphase!? Nach welchen Kriterien werden die Ereignisse ausgewählt und ablaufen!?

Warum liegt der Beginn nicht – ordnungsgemäß – am Anfang der frühen Kindheit und warum wird der weitere Verlauf des Lebens nicht chronologisch aufgeführt?

Schluss jetzt! Geradezu albern, über was ich mir in dieser Phase überhaupt Gedanken mache!

Die Verfolger sind dem streunenden Hund bereits auf den Fersen. Die Polizei hat die Aufgabe übernommen.

Ein Terrier, oder ist es ein Schäferhund, der erbarmungslos gejagt wird? Das herrenlose Tier steht unter ›Tollwutverdacht‹, wird nicht zuletzt auch wegen seiner Körpergröße als gefährlich eingestuft. Niemand im Dorf weiß, wem er gehört und wo er herkommt.

Die ›Treibjagd‹ hat eben gerade begonnen. Mein Freund Günter und ich sind gerade noch rechtzeitig vor Ort angekommen, um das Drama mitzuerleben.

Der Hund läuft auf einer Wiese, entlang einer sanften Steigung. Hat er selbst schon einmal ein anderes Tier gejagt? Jetzt ist er selbst der Gejagte, fühlt instinktiv die drohende, tödliche Gefahr.

Die Wolkendecke reißt auf, gute Sicht für den Schützen – eigentlich zu schön, zu friedlich, um jetzt zu sterben.

»Wenn er den Wald erreicht, dann hat er es geschafft«, flüstert Günter.

Sollten wir ihm nicht die Daumen drücken?

Jetzt lehnt sich der Schütze an einen kleinen Baum, zielt lange und konzentriert – er hat nicht mehr viel Zeit.

Der Schuss fällt. Ein Ruck geht durch den Körper des Terriers, aber er läuft, seltsam verkrampft, weiter.

Stille – fast friedlich. Die Entscheidung ist greifbar nahe: Leben oder Tod. Wenn er den nahen Wald erreicht, nützt es ihm überhaupt noch etwas?

Der nächste Schuss fällt. Wieder ein kurzes, ruckartiges Aufbäumen – dann knickt er ein, richtet sich aber sofort wieder auf.

Langsam wendet er seinen Kopf. Auf uns, Günter und mir, bleibt sein Blick haften. Unsagbar traurig, so scheint es mir. Ist ihm bewusst, dass wir ihn ans Messer geliefert haben?

Ja, wir beide haben dem Dorfschullehrer von den Begegnungen mit dem streunenden Hund berichtet – vielleicht doch etwas zu dramatisch. Die Weitermeldung an die zuständige Behörde war die logische Folge.

… Der Terrier läuft noch ein paar Schritte weiter. Er ist dem Tode geweiht. Das fühlt er, das weiß er wohl auch.

Aber, urplötzlich scheint sich die Situation zu verändern!

Das Tier – es ist wohl doch eher ein Schäferhund als ein Terrier – will offensichtlich kein Mitleid, keine Gnade mehr, er will noch einmal kämpfen.

Seine Nackenhaare sträuben sich. Welch ein Anblick – geradezu furchterregend. Mutiert der normale Schäferhund zum gefährlichen Wolfshund oder wird er jetzt sogar zum echten Wolf?

Der nahe Wald ist nicht mehr sein Ziel. Dorthin zu entkommen könnte ihm noch gelingen, aber es rettet ihn nicht mehr. Seine Verletzungen sind zu schwer, sie sind tödlich.

Der Wolf, dahin hat er sich inzwischen verwandelt, richtet sich auf. Sein Körper streckt sich, Hals, Kopf und Schnauze bilden eine Linie, seine Augen blicken zum Himmel. Wird er sich jetzt mit einem Wolfsgeheul verabschieden?

Der Schütze lehnt immer noch am Baum, wartet offensichtlich ab, ob noch ein weiterer Schuss nötig ist.

Blitzschnell, ohne Vorwarnung, hechtet der Wolf plötzlich mit einigen langen Sprungschritten in Richtung seines Feindes. Die letzten Meter legt er in seltsam geduckter Haltung zurück. Hat er keine Kraft mehr? Oder soll dieses Verhalten dem Sieger seine Ergebenheit anzeigen?

Nein. Diese Einschätzung mit negativem Beigeschmack hat das Tier nicht verdient.

Mit verhaltenem Knurren setzt der Wolf zum Sprung an. Etwas zu kurz, denn wieder knickt er ein. Er kommt nicht über den vorgehaltenen Gewehrlauf seines Gegners hinweg. Das war es dann wohl.

Die Würfel sind gefallen. Längeres Abwarten kommt nicht mehr in Frage. Ohne weiteres Zögern zieht der Polizist den Abzugshahn durch.

Aber, es macht nur ›Klick‹, dann nach kurzer Pause noch einmal ›Klick‹. Ladehemmung oder defekte Patrone? Keine Zeit, darüber nachzudenken.

Der Wolf nutzt das darauf folgende kurze Absenken des Gewehrlaufs zum erneuten Angriff. Er verbeißt sich in den Arm seines Feindes. Aber er will mehr, er will seinem Gegner an die Kehle. Jetzt ist es ein Kampf der Gladiatoren: Mann gegen Wolf, fast Waffengleichheit.

Ich bin etwas irritiert als ich bemerke, dass ich dem Schwächeren, dem Außenseiter die Daumen drücken möchte. Aber das gilt doch eigentlich nur für einen gefahrlosen Wettkampf. Hier geht es jedoch um mehr, um Leben und Tod. Da wird und darf nur einer gewinnen. Ich sollte aufhören, nach anderen Lösungen zu suchen. ›Ja, aber ... ‹, gilt hier nicht. Es wäre dekadent, die von der Natur vorgegebenen Seiten zu wechseln.

Mit dem Gewehrkolben versucht der Schütze, sich den Wolf vom Leibe, im wahrsten Sinne des Wortes, vom Halse zu halten.

Endlich gelingt ein glücklicher, aber wirkungsvoller Hieb.

Der Wolf geht zu Boden. Er zittert am ganzen Körper. Seine wilde Aggressivität, sein Kampfgeist, sind urplötzlich weg, einfach verschwunden.

Entschlossen rückt der Mann nach, bleibt vor dem Tier stehen.

Fast bedächtig umgreift er mit beiden Händen sein Gewehr. Ein kräftiger Kolbenhieb soll wohl das Drama beenden.

»Nein, nein, bitte nicht«, rufe ich mit überlauter Stimme. Aber, kann er mich hören, kann mich überhaupt jemand hören?

»Nein, nicht erschlagen wie einen, wie einen räudigen Hund. Das hat er nicht verdient.«

Hat er mich doch gehört? Das kann gar nicht sein.

Er ist Polizist und hat, wie selbstverständlich, auch seine Pistole dabei. Ohne Hast zieht er diese Waffe aus dem Halfter, lädt durch und schießt. Dieses Mal gibt es keine Panne. Es ist vorbei.

»Danke für den Gnadenschuss«, murmle ich noch. Der ist wenigstens schmerzfrei. Ob das auch etwas mit Achtung, mit Würde – auch, wie in diesen Fall auf ein Tier bezogen – zu tun hat? Ich weiß nicht.

Günter und ich wissen, schon damals wie jetzt noch einmal in der Wiederholung, dass das Tier nicht an Tollwut erkrankt war. Das hat eine entsprechende Untersuchung ergeben.

Für einen entfernt Außenstehenden mag es ein spannendes Ereignis gewesen sein. Für uns weniger. Erzählungen, Berichte, über und mit spannenden Jagdgeschichten haben seither ihre Faszination verloren – obwohl diese spezielle Begebenheit eigentlich nicht damit in Verbindung gebracht werden sollte. Das ist mir jetzt noch einmal klargeworden.

*

Und ich bin wieder einmal, oder noch, in meiner Kindheit – meiner ›mittleren‹ ...

Zum wiederholten Mal schon werde ich geweckt. Der Hahn vom Nachbarhof krächzt sein lautes ›Kikeriki‹ in den frühen Morgen. Wenn doch nur einmal ein Fuchs käme ... ...

Ich genieße die Ruhe, die frische Morgenluft. Eigentlich sollte ich noch einmal ins Bett gehen. Ist es nicht noch zu früh zum Aufbleiben?

Irgendetwas liegt in der Luft. Angestrengt lausche ich in alle Himmelsrichtungen. Was ist das nur? Etwa Lastwagen auf dem Weg zu einer Baustelle? Und das am Samstag?

Der Lärm schwillt immer mehr an. Dieses metallische Klirren – machen Raupenfahrzeuge mit Ketten für den Baustelleneinsatz solch einen Krach?

Von meinem etwas erhöhten Standplatz aus kann ich die weiter unten vorbeiführende Dorfstraße nicht sehen. Den oberen Teil, oder zumindest das Dach eines Lastwagens aber schon.

Die ersten Fahrzeuge fahren langsam vorbei. Aha, das sind Militärlaster, im Halbdunkel kaum auszumachen. Das übliche Herbstmanöver?

Jetzt schwillt auch das kettenklirrende Brummen weiter an. Ein Soldat steht aufrecht in seinem Fahrzeug. Nein, das ist kein LKW, das ist ein Panzer, ja, ein richtiger Panzer. Die Luft scheint jetzt ringsum zu erzittern.

Ich will näher ran. Nur keine Zeit verlieren. Wer weiß, wie lange das ganze Spektakel noch andauert.

Nach wenigen Schritten stehe ich auf der Böschung, die, etwa mannshoch, an dieser Stelle die Straße begrenzt.

Mein erhöhter Standplatz bringt mich fast in Augenhöhe zum Soldaten, der aufrecht im Geschützturm steht. Sein Gesicht ist unbeweglich, sein Blick geradeaus nach vorne gerichtet.

Es dauert keine zwanzig Sekunden, der nächste kommt. Recht zügig rollt er heran, fast hätte er die Abbiegung versäumt. Aber das ist kein Problem für ihn. Beeindruckend, wie er, fast auf der Stelle drehend, doch noch in die richtige Richtung einschwenkt.

Den ursprünglichen Gedanken, es könnte etwas unerwartetes, überraschendes passiert sein, kann ich natürlich wegwischen. Es ist tatsächlich nur ein Manöver, also kein blutiger Ernst.

Das Brummen schwillt wieder an. Der nächste Koloss ist in Sicht, rollt bedächtig, fast vorsichtig, heran. Ich kann jetzt in das Gesicht des im Turm stehenden Soldaten sehen. Er muss noch sehr jung sein. Spontan hebe ich den Arm, winke ihm zu, erst etwas schüchtern, dann mutiger.

Ein leises Lächeln huscht über sein Gesicht, dann nickt er fast unmerklich mit dem Kopf.

Achtung, Ricky, ... nur ja nicht den Arm zu hoch nach oben strecken.

Ein Empfang mit dem ›Hitlergruß‹, das sollte man den amerikanischen Soldaten wirklich nicht zumuten. Das meine ich sogar ernst.

Panzer um Panzer rollt vorbei. ›Wo wollen die denn alle hin, das ist ja fast eine ganze Armee. Das geht jetzt schon über eine halbe Stunde so‹. Aber, alles geht einmal zu Ende.

In diesem Augenblick sind da noch andere Gedanken, die sich jetzt wieder geradezu aufdrängen, einschleichen, oder die sich bereits regelrecht eingebrannt haben.

Ich stelle mir vor, zum wiederholten Mal, wie das gewesen sein könnte, als sich junge Burschen von gerade einmal 16 und 17 Jahren gegen Ende des großen Krieges solchen Ungetümen entgegengestellt haben. Teilweise im freien Feld, mit wenig Aussicht, lebend zu entkommen, wenn eine Aktion nicht erfolgreich war – zusätzlich noch bedroht von sichernden feindlichen Infanteriesoldaten. Und wenn sie noch gleichzeitig den tödlichen Angriffen von Kampfflugzeugen ausgesetzt waren – wie konnten sie das Inferno nur aushalten?

Die meisten haben gewusst, dass sie ihr junges Leben verlieren werden. Sie haben die intensiven Luftangriffe der Engländer und Amerikaner – insbesondere die teilweise flächendeckenden Bombardements auf deutsche Städte und sogar Dörfer als höchst verbrecherische Taten gewertet. Nicht nur als Folge der Propaganda – viele haben dies selbst, aus mehr oder weniger großer Entfernung, erlebt oder wurden zu unfreiwilligen Zeugen. Sie waren der Überzeugung, gegen einen verbrecherischen Gegner zu kämpfen. Mit der Verehrung für den ›Führer Adolf Hitler‹ soll das nur noch wenig zu tun gehabt haben.

So jedenfalls, hat ein kanadischer Offizier nach der Vernehmung der überlebenden jugendlichen Soldaten berichtet. Mich fröstelt.

Und noch einmal stelle ich mir die eine oder andere Situation vor, wie und ob sie vielleicht im Inferno noch an die Mutter, an die Familie gedacht haben. Oder sie haben gebetet, den Finger am Abzug, die Angst im Nacken, das Grauen vor Augen!?

Ich sehe hartgesottene Typen, die wimmernd im Erdloch liegen, während sich unscheinbare ›Milchgesichter‹ hinters gerade frei gewordene Maschinengewehr werfen, um die Lücke wieder zu schließen.

Auch an der Flak stehen sie, oder liegen hinter Panzersperren, während auf breiter Front die stählernen Kolosse auf sie zurollen. Wenn sie dann, vom innerlichen Jubel begleitet, einen dieser Panzer erledigt haben – war ihnen da bewusst, was im selben Moment mit den Männern drinnen in ihrer stählernen, nur scheinbar sicheren ›Schutzkabine‹ geschieht? Deren Mütter warten doch auch auf die Rückkehr ihrer Söhne ...

Aber warum beschäftige ich mich wieder so intensiv mit diesem Thema? Warum werde ich wieder damit sozusagen konfrontiert? Weil ich das frühe Sterben junger Menschen im Krieg ungeheuer traurig finde, vor allem auch für deren Familien.

Es ist mir bewusst, dass eine Diskussion darüber tabu ist. Aber, die Gedanken sind frei: Warum haben wir, wenigstens für diese ganz jungen Männer – noch kaum dem Kindesalter entwachsen – keine Gedenkstätte übrig? Keine pompöse, nein, wenigstens eine kleine, ihrem Alter entsprechend, kaum der Rede wert.

Ich werde nachträglich wieder leise für sie beten. ... Heimlich, weil nicht mehr zeitgemäß, aber auch weil ich nicht weiß, wie viel Zeit ich noch habe!

Das Thema scheint noch nicht abgeschlossen zu sein.

Ich bemerke wieder eine alte Frau, die ihren gebrechlichen Mann beim ortsansässigen Friseur abholt. Ich erinnere mich wieder genau, ich war zufällig selbst Zeuge, als sie sich zu diesem Thema geäußert hat: »Wir hatten zwei Söhne, beide sind im Krieg gefallen. Bei seinem letzten Heimaturlaub hat der ältere die Bemerkung gemacht: ›Lieber bin ich tot, als unser Vaterland, unsere Leute, meine Kameraden zu verraten.‹

Ja, auch ich, die Mutter, bin stolz auf meine Söhne.«

Nach einer kurzen, betretenen Pause übt sie heftige Kritik an den

›Kriegsgewinnlern‹, den ehrenwerten, umerzogenen und heuchlerischen Bürgern.

Hastig wendet der Friseur sich an die alte Dame: »Nicht weiter, bitte, Sie reden sich ja um Kopf und Kragen!«

Hilft diese Einstellung auch einer Mutter – über den ›Heldentod‹ als Brücke – den Verlust ihrer Söhne leichter zu ertragen? Ich weiß es nicht. Aber, … und wenn es ihr persönlich hilft?

Es ist noch immer nicht Schluss.

Volkstrauertag.

Ohne wesentliche Zeitverzögerung finde ich mich wieder auf einer späteren Gedenkfeier in meinem Heimatdorf.

›Ich hat‘ einen Kameraden‹, spielt ein Solist auf der Trompete zum Abschluss der Feier. Ein leichter Schauer läuft mir über den Rücken. Wieder muss ich an die vielen gefallenen Soldaten denken. Ja, es hatten sogar noch einige Leute Tränen in den Augen, nach so langer Zeit.

Mutter ergänzt gedankenverloren: »Die ›Kronewirtin‹ neben mir hatte nicht nur feuchte Augen, nein, sie hat richtig um ihren ältesten Sohn geweint, der im Krieg gefallen ist.

Die Zeit heilt diese Wunden nicht.

Heute ist Samstag. Zusammen mit zwei älteren Jungs schaue ich mir noch einmal die Spuren an, die von den Ketten der Panzerfahrzeuge hinterlassen wurden.

Aber plötzlich – wieder ist ein dumpfes Brummen zu hören, noch ganz fern.

Geht das etwa wieder weiter, in dem mir bekannten Ablauf?

Es sind keine Panzer, die jetzt angerollt kommen. Es sind ›nur‹ Militärlastwagen. Sie sind offensichtlich größtenteils mit Proviant und Benzinkanistern beladen. Das kann man sehen, denn viele fahren mit rückseitig offener Plane.

Wahrscheinlich wird hier Proviant, Sprit und sonstiges Material transportiert, auch für die Panzer von heute Morgen.

Die Kurve vor oder besser gesagt zwischen den beiden Gasthöfen Adler und Krone ist für Großfahrzeuge ziemlich eng. Für Panzer, die auf der Stelle drehen können, kein allzu großes Problem. Für größere Lastwagen aber schon ...

Mit Schrittgeschwindigkeit durchfahren sie diesen Engpass. Und jetzt passiert es ...

Plötzlich tauchen zwei, nein drei Jugendliche hinter dem Fahrzeug auf. Einer von ihnen springt auf die Laderampe. Er fällt fast herunter, kämpft verzweifelt und schafft es dann doch mit Stützhilfe der beiden Anderen.

Unglaublich! In wenigen Sekunden werden zunächst zwei volle Benzinkanister über die Ladekante geschoben und von den beiden ›Mitläufern‹ abgenommen. Von irgendwoher kommt ein kurzer Zuruf: ... »noch Zeit!« Noch ein weiterer Kanister landet auf der Straße. Der Aufprall ist nicht sehr stark. Die helfenden Arme und Hände der Mitbeteiligten verhindern es!

Die Strategie, auch für den weiteren Ablauf, ist verblüffend. Die Person im Laderaum springt wieder ab und bleibt noch für einen kurzen Moment bei den Helfern in der Straßenmitte stehen.

Ich erahne den Grund: Sie wollen nicht zu früh in den Blickbereich des Rückspiegels kommen, wenn die Kanister von der Straße auf die Seite geschafft werden. Im Halbdunkel der gerade untergehenden Sonne könnten sie von den Fahrern noch gesehen werden. Wichtig ist natürlich, dass die Beute verschwunden ist, bis der nächste Laster um die Ecke biegt.

Eine Zeit lang geht alles gut. Folgt aber ein Laster dem Voranfahrenden in einem sehr kurzen Abstand, wird ein Zeichen gegeben und ... nichts passiert. Wo der mitwirkende Beobachter steht, kann ich auf die Schnelle nicht herausfinden.

Welch eine raffinierte Strategie.

Alles läuft wie geschmiert, als hätte man das Ganze vorher ausgiebig trainiert. Es ist atemberaubend, was den jungen Burschen noch so alles einfällt – jedenfalls für mich!

Es sind vorwiegend die Benzinkanister, auf die man es abgesehen hat.

Plötzlich läuft ein weiterer Helfer mit einer Stange in den Händen hinter dem Fahrzeug her. An einem Ende ist ein Haken angebracht. Raffiniert: Die Stange wird an den Tragegriffen eines Kanisters eingehakt, zur Heckklappe gezogen. Helfende Arme ziehen ihn dann herunter. Die neue Strategie ist erkennbar: Der Sprung auf die Laderampe wird überflüssig.

Das nächste Transportfahrzeug lässt etwas länger auf sich warten. Oder ist etwa schon Schluss?

Nein, ein weiterer Laster taucht auf, bereits angekündigt durch ein dumpfes Brummen. Irgendwie seltsam – ich bin, wie beim ursprünglichen Originalablauf, nervös, obwohl ich an der Aktion nicht direkt beteiligt war, bzw. jetzt wieder bin.

Das ziemlich aufwendige ›Unternehmen‹ ist nicht ohne Risiko. Aber bisher ging alles gut, eigentlich viel zu glatt.

Der Laster biegt um die Ecke, langsam, auch etwas zögerlicher als die anderen zuvor. Seine extrem geringe Geschwindigkeit wirkt geradezu wie eine Einladung. Ein kurzer Blick in den Laderaum – alles o.k. Die Aktion ›Benzinklau‹ kann weitergehen.

Schon liegt der erste Kanister auf der Straße. Der zweite wird gerade zur Laderampe gezogen.

Urplötzlich stoppt das schwere Fahrzeug ohne erkennbaren Grund. Den Zuschauern, die verstreut herumstehen, scheint der Atem zu stocken. Vielleicht nicht allen, aber den meisten, glaube ich. Selbstverständlich sind auch einige mit dem illegalen, fast schon organisierten Treiben nicht einverstanden.

Was ist los? Hat der Fahrer oder Beifahrer etwas bemerkt?

Zunächst passiert nichts. Die ›Piraten‹ bleiben wie angewurzelt hinter dem Laster stehen. Was sollen sie tun? Müssen sie improvisieren? Oder haben sie hierfür einen Plan ›B‹ – etwa weglaufen, einfach flüchten?

Wo ist eigentlich ihr Beobachter?

Unsicher, fast unbewusst gehe ich in die Kurve hinein. Einer der Jungs schaut zu mir, fragend. Mit der Hand deutet er in die Richtung, aus der der nächste Laster kommen wird.

Ich verstehe! Möglichst unauffällig halte ich meinen Daumen nach oben. Es bleibt noch etwas Zeit.

Mit einem leichten Kopfnicken signalisiere ich, dass ich Zeichen geben werde, wenn das nächste Fahrzeug in die Nähe kommt.

»Mach gefälligst, dass du von der Straße kommst!«, höre ich jetzt jemand rufen. Es ist mein Bruder. Betont langsam, im Bewusstsein meiner neuen, wichtigen Aufgabe, tue ich dann schließlich, was er sagt. Aber ich halte Blickkontakt, weiterhin bereit, das wichtige Handzeichen zu geben.

Der Fahrer hat inzwischen das Seitenfenster heruntergekurbelt. Er spricht mit einem unbeteiligt herumstehenden Burschen. ›Um was es auch immer gehen mag, hoffentlich verlässt er sein Fahrzeug nicht‹, geht es mir durch den Kopf.

Es scheint doch noch alles gut zu gehen. Warten, aufatmen. Nach kurzer Verzögerung kann die Beute übernommen werden.

Noch ein weiteres Militärfahrzeug. Dann ist Schluss.

Ich selbst spiele nicht mehr mit, meine Mithilfe wird nicht mehr gebraucht.

Zu Hause werde ich von Franz empfangen. Er will mich bei der Polizei anzeigen, teilt er mir mit. Ich grinse, ich weiß ja ...

Trotzdem frage ich: »Warum?«

»Du bist auf die Straße gelaufen und hast den ›Piraten‹ irgendwelche Zeichen gegeben. Somit bist du nicht nur ein unbeteiligter Mitläufer, sondern auch aktiver Helfer oder sogar Mittäter.«

Selbstverständlich, dass ich von seiner Seite nichts zu befürchten habe. Trotzdem bin ich betroffen – er hat ja teilweise recht. Ich bin gespannt, ob er das Thema noch einmal im engeren Familienkreis anschneidet. Meine Eltern sind da sehr, fast schon übertrieben, empfindlich.

Ich bin noch dabei! ...

Die neue Woche beginnt – vielleicht nicht ganz unerwartet, mit einem Paukenschlag.

Ungewöhnlich früh ist heute der Ortsdiener unterwegs. Länger als sonst scheint er seine Glockenschelle zu schwingen, um dann neue Nachrichten zu verkünden.

Vor unserer Schule bleibt er stehen. Schon nach den ersten Sätzen stockt mir – wieder – der Atem. Auch meine Mitschüler lauschen gespannt. Ich weiß nicht, wer von ihnen über die ›Benzinaktion‹ vom Samstag Bescheid weiß. Jetzt wird es öffentlich bekanntgegeben.

Die Stimme des Ortsdieners klingt eindringlich!

»Die Amerikaner haben das ›Abhandenkommen‹ oder besser ›Verschwinden‹ von Benzinkanistern auf dem Transportweg sehr wohl bemerkt. Da es sich um eine relativ große Menge handelt, kann nicht einfach zur Tagesordnung übergegangen werden!«

Nach einer kurzen Pause fährt er mit erhobener Stimme fort: »Alle entwendeten Kanister müssen innerhalb von zwei Tagen wieder zur Abholung vor dem Rathaus bereitstehen. Dann will man auf eine polizeiliche Weiterverfolgung verzichten. Das ist die Bedingung, die der für den Transport verantwortliche amerikanische Offizier gestellt hat, ohne wenn und aber.«

Er macht eine kurze Pause, schaut noch einmal in die Runde und ergänzt: »Unser Bürgermeister hat sich persönlich für die Fairness – oder besser Großzügigkeit – bei den Amerikanern bedankt.«

Auch ich bin erleichtert. Schließlich bin ich als ›Zeichengeber‹ auch ›Mittäter‹, wie mein Bruder augenzwinkernd – nicht ganz zu Unrecht – meint.

Selbstverständlich wurde die Anweisung des Bürgermeisters ohne Ausnahme befolgt.

*

Großvater ist schwer gestürzt. Vom Sonnenlicht geblendet, strauchelt er und fällt die Treppe hinunter – in unmittelbarer Nähe der Kirche. Er schafft es nicht. Er stirbt.

Die Männer, die ihn in den Sarg legen sollen, sind da. Etwas früher als üblich. Aber es ist relativ warm, draußen und drinnen. Einen kühlen Raum gibt es im Dorf für diese Fälle nicht – noch nicht.

Mutter erlaubt mir, dabei zu sein. Ich will Großvater noch einmal sehen, aus der Nähe, denn wegen der hohen, sommerlichen Temperaturen wird der Sarg anschließend fest geschlossen.

Ich habe keine Scheu, aber eine gewisse Spannung ist selbstverständlich da.

Einer der Männer, der Totengräber, nimmt das Leintuch an Großvaters Kopfende in beide Hände. Er kennt diese Situation zur Genüge. Nichtsdestotrotz, warum nur zögert er plötzlich? Sein Gesichtsausdruck – warum wirkt er so seltsam angespannt?

Fast hastig zieht er jetzt das Leintuch hoch und wirft es in Richtung Fußende des Toten. Ich sehe, dass Mutter ruckartig einen kleinen Schritt zurück geht.

»Kommen Sie, gute Frau, das ist nichts für Sie«, flüstert einer der Männer, ergreift ihren Arm und zieht sie in Richtung Türe.

Ich bin geschockt, kann mich kaum bewegen. Wie sieht denn Großvater aus? Er ist kaum noch zu erkennen.

Seine Augen sind halb offen, wässriges Blut läuft heraus, auch aus Nase und Mund. Der ganze Kopf, vor allem das Gesicht, die gefalteten Hände, sind aufgedunsen. Und dann, dieser unangenehme Geruch ...

»Um Gottes Willen, der Bub«, ruft Mutter den Männern zu.

»Es geht schon«, antworte ich leise, verneige mich noch einmal kurz vor dem Toten und gehe zum Ausgang. Ich weiß, dass ich diese Szene in der kommenden Nacht noch einmal im Traume erleben werde – vielleicht mehrmals.

Der Tod ist noch gegenwärtig, wenn auch in einem ganz anderen Zusammenhang. Soll ich etwa auf meinen eigenen Tod vorbereitet werden, kommt gleich auch noch zusätzlich eine Nahtoderfahrung?

Es geht tatsächlich noch weiter. Die Erlebniszeitreise ist noch nicht zu Ende – allerdings in einer Art Zeitraffermodus. Die Abläufe sind teilweise undeutlich, teilweise auch außergewöhnlich scharf. Ich habe nur wenig oder gar keinen Einfluss darauf. Mittlerweile ist es mir auch gleichgültig ... ...

Mutter weicht wieder einen Schritt zurück, dieses Mal wie vom Blitz getroffen. Ich stehe neben ihr am Fenster zum Hof. Das Drama nimmt seinen Lauf.

... Der Schlachter zieht die Schnauze vom Geißlein nach oben, wohl um den Hals für den tödlichen Schnitt zu strecken. Der Rest ist für ihn Routine: Messer an die Kehle, ein kräftiger, ruckartiger Zug und ...

Dem Schnitt durch die Kehle folgt ein kurzes, krampfartiges Aufbäumen des ganzen Körpers. Der gequälte, zischende Laut, von einem unheimlich gepressten Fauchen begleitet, geht durch Mark und Bein.

Mutter wirkt verstört als sie flüstert: »Bub das ist nichts für uns. Komm, geh auch weiter zurück.«

Ich bleibe, unbedingt. Es ist noch nicht ganz vorbei. Wieder spritzt ein kleiner Schwall Blut aus dem aufgeschnittenen Hals. Blut ist offensichtlich in die Luftröhre gelaufen und wird jetzt von der Restluft aus der Lunge ausgehustet. Davon soll das geschlachtete Geißlein nichts mehr mitkriegen?

Ich muss es verdrängen. Aber, hat ›Böckli‹ in den letzten Sekunden seines Lebens wirklich zu uns heraufgeschaut, hilfesuchend und verzweifelt, geradezu anklagend?

Wie in Trance gehe ich die Treppe hinunter. Noch ein paar Schritte, dann stehe ich vor ›Böckli‹, meinem kleinen, ehemaligen Spielkameraden.

Wieder höre ich die stockende Stimme meiner Mutter: »Nein, nein, auf diese Art und Weise, so schlachten wir unsere Tiere nicht. Das zweite Geißlein soll am Leben bleiben.«

Ich habe plötzlich das Gefühl, dass sich meine Wahrnehmung, mein Gefühl, schleichend ändert. Im Gegensatz zu meiner früheren Erinnerung sehe ich das Geschehen jetzt reichlich gelassener. Der tiefergehende Schock stellt sich nicht mehr ein. Ich denke jetzt offensichtlich in der Welt der Erwachsenen.

Fast hätte ich meiner Mutter und auch meinem Vater erklärt, dass überall auf dieser Welt Tiere geschlachtet, in der freien Natur Tiere von anderen gejagt und gefressen werden. Das wurde noch nicht einmal von den Menschen erfunden. Es wurde, sozusagen, von der Natur selbst so eingerichtet. Oder, von wem denn sonst!?

Hin und her, vor und zurück: Der Restablauf auf dem Hof führt doch noch einmal zu den ursprünglichen Empfindungen zurück. Eine starke, kindliche Gefühlswelle schaukelt mich wieder kräftig durch. Ich könnte weinen.

*

Sommerferien, ... in welchem Jahr?

Ich träume, wie wahrscheinlich auch die meisten Kinder, oder zumindest die Jungs, von Abenteuern oder ganz besonders spannenden Ereignissen. Oder bin ich bereits wieder in der Jugendzeit? Nein, in der ›späten‹ Kindheit.

Ich lasse den seltsamen Zustand meditativ auf mich einwirken.

Die Zuordnung gelingt ohne Verzögerung. Der neue Ort und die zugehörige Zeit sind schon wieder präsent.

Zweifelsfrei bin ich bei Berthold, einem schon älteren, mir gut bekannten Schüler aus dem Nachbardorf zu Besuch. Das Haus, das gesamte Grundstück sieht aber nicht aus, als ob es von einem Bauern bewirtschaftet wird.

»Aber doch, allerdings nur in Teilzeitbeschäftigung«, erklärt er zur Begrüßung, als hätte er meine Gedanken erraten. »Tiere gibt es hier nicht mehr, aber die renovierte Scheune dort wird noch für alles Mögliche genutzt«, meint er ergänzend. Dann dreht er sich herum und ruft lachend in Richtung der halboffenen Scheunentür: »Das stimmt doch,

Eva, oder etwa nicht? Du hast doch schon am ersten Tag deiner Ankunft versucht, den Ort zu nutzen.«

Ein helles Lachen antwortet, dann erscheint das Gesicht eines Mädchens am unteren Teil des Türrahmens. Ein unergründliches, feines Lächeln umspielt ihre Lippen.

Sollte ich sie nicht mit Handschlag begrüßen?

»Tue es, wenn du willst. Du kannst es aber auch sein lassen.«

Er scheint schon wieder meine Gedanken gelesen zu haben.

»Aber wundere dich nicht. Sie wird bald versuchen, dich ungeniert anzumachen.« Er taxiert mich mit einem kurzen Seitenblick. Dann grinst er, als er die Frage stellt:

»Bist du überhaupt schon in der Pubertät?«

Ich beantworte seine Frage nicht, möchte jetzt aber doch selbst einmal zu Wort kommen und stelle, in ganz lockerem Ton, die Gegenfrage:

»Darf ich sie nicht mit Handschlag begrüßen, auch wenn, oder obwohl sie vielleicht deine Freundin ist?«

»Natürlich, aber ohne freundschaftliche Umarmung, sonst kommst du schneller in die Pubertät als dir lieb ist.« Er lacht wieder hintergründig.

Betont lässig schreite ich zu Scheunentür, strecke den Arm aus. Das Mädchengesicht geht nach oben. Wir sind jetzt auf Augenhöhe. Urplötzlich tritt die ganze Gestalt hinter dem Türrahmen hervor, ergreift meine Hand und zieht mich ganz nahe zu sich heran. Es bleibt keine Zeit, mir einen Eindruck zu verschaffen, insbesondere über ihre Figur, ihre Art, sich zu bewegen, alles was auch schon einen Jungen im pubertären Alter interessiert.

Die anschließende Begrüßungsumarmung bringt mich noch weiter aus dem Gleichgewicht.

»Lass dich nicht von meinem Cousin beschwatzen«, haucht sie mir ins Ohr. Einen kurzen Moment schmiegt sie sich an mich wie eine Katze. Ich spüre ihren warmen Atem und bin irritiert als ich bemerke, nein fühle: Das ist kein kleines Mädchen, das ist eine junge Frau. Im gleichen Atemzug wird mir bewusst, dass sie nur mit einem knappen Badeanzug unter einem leichten Umhang bekleidet ist. Offensichtlich hat sie kurz vor meiner Ankunft noch ein Sonnenbad genommen.

Berthold tippt mir leicht auf die Schulter und flüstert leise: »Komm mit!«

Fast überfallartig will er mir nach wenigen Schritten im Hofgarten etwas mitteilen, hält jedoch noch einmal inne, scheint nach den richtigen Worten zu suchen. Er ist ernst, seine ganze Haltung hat sich geändert. Wo ist nur seine ungezwungene, lockere Selbstsicherheit geblieben?

»Eva ist auf Besuch hier bei uns, für etwa 5 bis 6 Wochen. Mehrere Versuche ihrer Eltern, sie auf die Volksschule zu schicken, sind schon nach jeweils kurzer Zeit gescheitert. In der Verwandtschaft spricht man es nicht aus, aber ich weiß, dass ihre Intelligenz sich auf ganz niedriger Stufe bewegt, fast schon auf der Schwelle zum Schwachsinn.«

Er macht eine kurze Pause. Schämt er sich etwa dafür, dass sie zu seiner Verwandtschaft gehört?

»Andererseits – und das hast du wohl auch schon bemerkt – ist sie sehr hübsch, fast schon eine Schönheit. In der Kombination mit einer weiteren problematischen Veranlagung – sie ist ›mannstoll‹, irgendwie sogar animalisch – hat das auch schon zu mehreren unangenehmen Komplikationen geführt.«

»Wie alt ist sie?« Einige Sekunden sind schon vergangen, meine Frage ist sozusagen als Pausenfüller gedacht.

»19 Jahre, ... und zu alt für dich«, meint er grinsend. Er scheint seine lockere Art wiedergefunden zu haben.

»Aber sie hat auch schon ›vorpubertierende‹ Jungs verführt und die können das auch schon, wie sie mir augenzwinkernd verraten hat.« Jetzt gibt sich Berthold wieder so, wie ich ihn kenne.

Was soll ich dazu sagen!?

Wir gehen wieder in den Scheunenvorbau.

»Du gibst mir doch recht, Eva«, meint er, mit künstlich erhobener Stimme.

Sie sitzt auf einem kleinen Hocker, weiß nicht, von was er spricht und schweigt.

Er ist jetzt zweifellos in seinem Element. Er will das Thema noch etwas ausweiten:

»Jungs im vorpubertierenden Alter halten besonders lange aus, weil bei ihnen noch nichts Entscheidendes passiert. Du weißt doch, was ich meine!?« Nach kurzer Pause dann: »Ist es nicht so, Eva?«

Ihre Antwort wartet er nicht ab, sondern er erklärt weiter:

»Das kann ich auch noch aus meiner späten Kindheitsphase bestätigen. Die meisten Jungs kennen das sicherlich. Ich sage nur: ›Doktorles-Spiele‹!«

Das war fast ein Befreiungsschlag. Die Stimmung ist wieder locker und ungezwungen.

»Na ja, Eva überzeugt die jungen ›Doktoranten‹ dann, in den allermeisten Fällen jedenfalls, dass eine intime, körperliche Behandlung allen gut tut.« Nach einer kaum wahrnehmbaren Kunstpause ergänzt er in gleichbleibendem, monotonem Tonfall: »Das ist doch so, Eva!?«

Sie errötet leicht, scheint einen Moment lang etwas verlegen. Dann dreht sie sich leicht zur Seite, als wollte sie mir, und nicht ihm, die Antwort zukommen lassen. Aber, aber ja doch, so ist es tatsächlich auch gedacht.

»Wenn mir ein Junge gefällt, können wir beide Spaß haben.«

Sie neigt ihren Kopf leicht zu Seite, taxiert mich – zunächst fast unauffällig, dann fast herausfordernd – und haucht: »Ja, auch wir könnten tollen Spaß haben.«

›Knapp 14 Jahre – und nur wenig Erfahrung‹, kommt mir jetzt im Nachhinein in den Sinn. Aber schon aufregend.

»Ich muss jetzt gehen!« Mit dieser Bemerkung will ich andeuten, cool über der Situation zu stehen. »Leider«, ergänze ich noch vorschnell und leichtsinnig mit Blickkontakt zu Eva. Schade, dass Berthold mich nicht auffordert, noch zu bleiben. Aber plötzlich macht er doch noch ein Angebot:

»Morgen ist Samstag, da könntest du doch noch einmal vorbeikommen, wenn dir die Anfahrt mit dem Fahrrad nicht zu weit ist. Es gibt noch viel zu erzählen und zu diskutieren.«

»Könnte ich eigentlich, o.k.«

»Ich bin auch wieder da, wenn Berthold nichts dagegen hat,« murmelt Eva, gerade noch laut genug, dass wir es hören können.

Mein hastiger Kommentar: »Ich habe nichts dagegen.«

Etwas zu eifrig, so ein Mist, das war nicht cool, Ricky!

Natürlich bin ich da, wenn auch einige Minuten später als ausgemacht. Schließlich ist das erneute Treffen nicht so wichtig, so sollte es wenigstens aussehen.

Es gibt tatsächlich viel Neues zu erzählen – über Schule, Sportereignisse, private Aktivitäten, ein wenig Politik, auch eine ganze Menge Nebensächliches.

»Sie wird gleich hier sein«, meint Berthold fast nebenbei, als ich endlich die entsprechende Frage stellen wollte. Ist er Hellseher? Was soll sein unterschwelliges Grinsen?

Eva kommt, wie gerufen. So, oder so ähnlich gibt es doch einen Spruch?!

Sie schwebt herein wie ein Engel – etwas übertrieben vielleicht, was ihr eher eine animalische Ausstrahlung verschafft.

Die bisher anregende Unterhaltung verflacht und wird sozusagen zurückgefahren. Aber die neue Situation führt nicht ersatzweise zu vermehrter Langeweile.

»Ich habe noch eine Kleinigkeit zu erledigen, aber du hast ja jetzt für kurze Zeit Gesellschaft.« Berthold blickt nach dieser Ankündigung zu mir, völlig neutral, ohne erkennbare Absicht. Gilt das auch für Eva?

»Wie lange bleibst du weg?«, meint sie scheinbar gelangweilt.

Aha, das kleine Luder. Was ihr an Intelligenz fehlt, macht sie, zumindest teilweise, durch Raffinesse wett. Mir kann es nur recht sein ... , oder vielleicht doch nicht!?

Was kann mir denn passieren? Sie wird mich schon nicht vergewaltigen ... und wenn schon ... ! Nein, ein Kampf auf Leben und Tod würde sich daraus nicht entwickeln!

›Aber, Ricky, nicht so dramatisch! Es könnte ja auch einfach zu einem tollen Erlebnis werden. Ehrlich, eigentlich geht mein Wunsch, meine Erwartung in diese Richtung. Na klar ... !‹

Was für Gedanken. Aber die Gedanken sind frei und können allerlei Reaktionen auslösen – in diesem Fall: Mir wird warm, ich kann meinen Herzschlag spüren, sogar hören.

»Du bist noch etwas nervös«, flüstert sie. »Lass mich nur machen. Was möchtest du denn sein? Etwa ein Hahn, oder ein Hengst? Nein, besser ein Eber. Der kann fast eine halbe Stunde lang, ohne große Unterbrechung. Außerdem: Dein Heimatort ist nach diesem Tier benannt, wie mir mein Cousin verraten hat.«

Sie lacht mir ins Ohr, erst schmeichelnd, dann immer fordernder.

O mein Gott, jetzt ist sie schon fast über mir ... Sie versteht was davon ... Sie schmiegt sich an, gekonnt mit dem gesamten Körper ... , mir wird schwindlig.

»Eva, bist du da?«

Wer ist denn das? Diese Stimme kenne ich nicht.

Das Mädchen, oder die junge Frau, zuckt zusammen, legt ihren Finger auf die Lippen und gibt mir zu verstehen, dass ich möglichst schnell und unauffällig verschwinden soll.

Aber warum? Wie denn, wohin denn? Es führt nur eine Tür nach draußen und von dort kam die Stimme.

Ich schaue mich kurz um. Ja, im hinteren Eck steht unsortiertes Gerümpel, teilweise verdeckt durch eine schmale Bretterwand. Dahinter kann ich mich verstecken. Berthold wird ja bald hier sein. Lustig: Fast wie das Kinderspiel – Räuber und Gendarm.

Eva scheint einverstanden zu sein.

Seltsam – wieder einmal: Ich weiß kaum noch, was damals wirklich passiert ist! Ich hoffe, dass ich jetzt dabeibleiben kann!

Ein junger Mann betritt die Scheune, sieht sich kurz um.

»Hier bin ich«, ruft Eva, erstaunlich ungezwungen. Der Mann hat sie bereits gesehen, geht spontan auf sie zu und umarmt sie zur Begrü-

ßung. Sehr innig, wie ich durch einen schmalen Spalt in der Bretterwand sehen kann. Seine Hände sind bereits nach wenigen Sekunden
unter der fast durchsichtigen Kleidung, die sie anhat, verschwunden.

›Der kann das besser als ich‹, geht es mir durch den Kopf. Na gut,
er ist ja auch schon älter.

»Bist du allein, wie wir ausgemacht haben?«

»Ja, Berthold ist erst in einer halben Stunde wieder zurück.« Ihre
Stimme, ein Hauch mit zunehmend aufreizender Tonfärbung, die
kenne ich bereits.

Der junge Mann sicherlich auch, oder aber, er lässt sich dadurch
verführen.

Offensichtlich will er keine Zeit verlieren. Er scheint wohl die Ört-
lichkeit gut zu kennen. Gezielt nimmt er aus einer langen Holzgeräte-
kiste eine Pferdedecke und legt sie auf den Deckel der Kiste.

Entweder kennt Eva das weitere Vorgehen, oder sie kann es kaum
noch länger erwarten. Sekunden später liegt sie auf der Kiste bereit.
Zum Schmusen?

Die Szene vermischt sich. Zum jetzigen, realen Zeitpunkt weiß ich,
was gleich passieren wird. Nur wenig 14-jährige Jugendliche der damaligen Zeit – wie ich – kennen jedoch weder aus eigener Erfahrung
noch aus dem Fernsehen den Liebesakt, der sich jetzt gerade ereig-
net.

Ganz schön aufregend, aber zu viel Gejammere und Gestöhne. Na
ja, es dauert nur 1 Minute, höchstens. War es das, was Berthold tags
zuvor in diesem Zusammenhang gemeint hat?

Völlig unerwartet erscheint plötzlich ein weiterer Mann in der Scheunentür. Er scheint zu wissen, was sich hier abspielt und nähert sich
dem jungen Pärchen, zunächst ohne eine Erklärung.

Er ist wesentlich älter als der junge Mann und Eva.

»Bist du fertig?« Er wartet die Antwort nicht ab, sondern schiebt den
jungen Mann einfach zur Seite.

Eva will protestieren, der ältere Mann hat sich bereits über sie gebeugt. Es nützt nichts.

Was geht denn hier ab? Ist das ein abgekartetes Spiel der beiden Männer?

Jetzt bedrängt der ältere Mann die junge Frau brutal. Ich weiß, was hier gerade passiert oder gleich geschehen wird.

Eva wehrt sich, beginnt leise zu schreien. Nein, es klingt nur deshalb gedämpft, weil der ältere Mann ihr eine Hand auf den Mund gelegt hat.

Was soll ich tun? Warum greift der junge Mann nicht ein?

Eva zappelt, winkt und zeigt hilfesuchend mit einem Arm zur Bretterwand, meinem Versteck.

Ich bin entdeckt. Offensichtlich habe ich nicht sorgfältig genug auf meine Deckung geachtet.

Aber das ist mir jetzt egal! Die Entscheidung, wie ich mich weiterhin verhalten soll, wird mir abgenommen. Der jüngere Mann hat mich entdeckt, packt den älteren an der Schulter und zeigt mit der Hand in meine Richtung.

Die beiden Männer haben zunächst Mühe, mich und die neue Situation richtig einzuschätzen. Das Dämmerlicht in der Scheune erschwert es ihnen, sofort zu erkennen, mit wem sie es zu tun haben und wie groß demnach das Problem geworden ist.

»Nur ein junger Bursche, ich erledige das«, meint der Ältere.

Sollte ich nicht doch noch versuchen, mit einem Blitzstart und anschließendem Sprint an den Männern vorbei zur Tür zu kommen?

›Nein, Ricky, das würdest du dir nie verzeihen, du bist doch kein erbärmlicher Feigling‹! Ich rede mir selbst Mut zu. Mit leichtem Erstaunen fällt mir auf, dass mein erhöhter Pulsschlag sich wieder fast normalisiert.

Seltsame Gedanken gehen mir durch den Kopf. Plötzlich bin ich mir – für einen Augenblick – wieder bewusst, dass dieses Ereignis längst vorbei ist und ich mir eigentlich ganz andere Sorgen machen müsste. Aber ändern kann ich sowieso nichts.

Falle ich noch? Ist mein Absturz vielleicht schon zu Ende? Bin ich schon in einer Art ›todesnahen‹ Situation?

Ich weiß es nicht.

Der ›Gedankenausflug‹ ist nur von kurzer Dauer.

Die Situation in der Scheune ist noch nicht geklärt. Was meint der Ältere mit seiner Ankündigung? Noch hat er sich nicht in meine Richtung bewegt. Was hat er vor?

Jetzt greift er, betont ruhig, in seine Jackentasche. Nach wenigen Sekunden erscheint seine Hand wieder – mit einen Gegenstand, den ich zunächst nicht erkennen kann. Die anschließende schnelle Armbewegung in meine Richtung kann ich ebenfalls nicht einordnen.

Jetzt ein Luftzug, dann ein kurzes, knackendes Geräusch mit anschließendem Vibriergeräusch. Ich brauche gar nicht erst zur Seite zu schauen. Aus den Augenwinkeln sehe ich: Ein etwas seltsam geformtes Messer steckt in der Bretterwand, nur knapp eine Handbreit neben meiner Schulter.

»Bist du wahnsinnig«? Der junge Mann ist entsetzt, schreit jetzt fast hysterisch: »Hast du etwa noch eines deiner Wurfmesser dabei«?

Nutzt es etwas, wenn ich wieder hinter der Bretterwand in Deckung gehe? Oder soll ich die Heugabel, die seitlich an der Wand hängt, als Waffe ergreifen? Kann ich damit überhaupt ein weiteres Wurfmesser abwehren? Wohl kaum. Aber vielleicht könnte ich die Heugabel wie einen Speer in die Richtung des Messerwerfers schleudern? Ja, ich werde es tun, wenn er ein weiteres Wurfmesser hervorzaubert und mich bedroht.

Der Messerwerfer scheint meine Gedanken zu erraten. Er lacht und lacht ... ...

»Was ist denn hier los?« Berthold ist wieder da. Gott sei Dank.

Eva weint leise. Sicherlich auch vor Erleichterung. Allerdings: Berthold hat jetzt schnell erkannt, dass hier keine ›Spaßorgie‹ veranstaltet wird.

Der Messerwerfer will offensichtlich die Diskussion in eine bestimmte Richtung lenken. Er deutet mit der Hand lässig zur Bretterwand und erklärt:

»Bis vor Kurzem habe ich noch als Schausteller, teilweise auch im Zirkus gearbeitet. Da habe ich auch das Messerwerfen gelernt. Jetzt ist es nur noch ein Hobby. Dem jungen Burschen dort wollte ich nur einen kleinen Schrecken einjagen. Selbstverständlich habe ich das Messer absichtlich danebengesetzt. Ja, wer will denn schon heimliche Zuschauer haben – beim Sexvergnügen?«

»Er wollte mir Gewalt antun«, faucht Eva.

»Sie hat recht, wirklich«, stimme ich ihr zu. »Eigentlich sollte man Anzeige erstatten.« Oh je, jetzt habe ich mich doch etwas weit vorgewagt!

Der ältere Mann, der Messerwerfer, geht auf mich zu. Nur keine Bange, er will wohl nur sein Wurfmesser wieder an sich nehmen.

Fast freundschaftlich legt er seinen Arm um meine Schulter. Aber … ,nein, das ist nicht versöhnlich, nur scheinbar locker. Sein Griff, seitlich gegen meinen Hals, wird plötzlich hart, für die Außenstehenden kaum erkennbar. Hat er wieder einen linken Trick auf Lager?

Vor einigen Monaten schon hat mein Bruder Franz mir ein kleines Sportbuch, eigentlich eine Broschüre, geschenkt. Titel: ›Jiu-Jitsu, die sanfte Kunst der Selbstverteidigung.‹

Ergänzend zur reinen Theorie haben wir auch schon einige Male verschiedene Griffe, Würfe und sonstige Kampfaktionen geübt – gemeinsam auf einer Wiese.

Der Hobbymesserwerfer drückt mir jetzt teilweise auch die Luft ab. Kurz kommt Panik auf. Warum greift niemand ein? Erkennt niemand die – bescheiden ausgedrückt – unangenehme Situation?

Was erlaubt sich dieser Rüpel überhaupt? Der aufkeimende Zorn vertreibt die Panik, auch die Restangst ist plötzlich weg.

Jetzt, Bruder Franz, wird und muss sich zeigen, ob die wenigen Übungsstunden auf der Wiese ausreichen.

Blitzschnell hebe ich meine Beine an, will mich fallen lassen. Verdammt, es geht nicht, da er mich am Hals festhält. Allerdings, er kommt selbst aus dem Gleichgewicht, neigt sich, ungewollt, leicht nach vorne. Das muss reichen!

Seinen Würgearm habe ich bereits fest im Griff. Jetzt raus aus der verkrampften Hockstellung, Knie durchdrücken, mit viel Schwung den Schulterwurf ansetzen und durchführen. Es klappt – technisch nicht ganz so perfekt, aber das Ergebnis ist umwerfend – für ihn im reinsten Sinn des Wortes! Er rutscht, ach nein, er fliegt über meine rechte Schulter, kracht halb seitlich auf den Boden. Aus … …

Ob ich Eva wiedersehen werde? Sie ist nur noch wenige Wochen hier. Ich weiß es und hätte nichts dagegen, noch etwas länger auf diesem Erlebnispfad bis zum Ende dieser kleinen Wegstrecke zu bleiben. Aber – vielleicht ist es doch nicht so wichtig … …

*

Horst betritt die Bühne.

Er geht im Nachbarort zur Schule. Nur durch einen Zufall habe ich ihn kennengelernt – im Schwimmbad.

Er ist allein. Offensichtlich sucht er Freunde, oder jemanden, mit dem er einen Teil seiner Ferienzeit verbringen kann.

An diesem Wochenende hat er sturmfreie Bude. Sein älterer Bruder und die Eltern sind zu Verwandten verreist.

Er lädt mich zum gemeinsamen Spielen bei sich zu Hause ein.

Ich bin beeindruckt. Obwohl er mir nicht alle Räume zeigt, es gibt keine Zweifel: Hier wohnen wohlhabende Leute.

Das Jagdzimmer, eine Art Hobbyraum mit den üblichen Geweihen. Dann das Prunkstück, der Waffenschrank. Hinter der getönten Glasfront gleich vier Jagdgewehre. »Zwei gehören meinem Vater, zwei seinem ältesten Sohn, meinem Bruder, der erst vor einer Woche erfolgreich die Jägerprüfung abgelegt hat«, erklärt er mir fast beiläufig.

»Die Jägerei ist nichts für mich. Ich mache mir nichts daraus, da tanze ich aus der Reihe.« Horst beobachtet mich verstohlen, er möchte wohl gerne wissen, wie diese Bemerkung bei mir ankommt. »Blackdog, unser Jagdhund, ist und bleibt für mich fast die einzige Verbindung zu diesem Treiben. Oder darf man Hobby dazu sagen?«

Aha, ich ahne … , da schwimmen nicht alle auf derselben Welle. Aber er lacht jetzt, geht plötzlich zur Tür und verlässt den Raum.

Was soll das jetzt werden?

Ich sehe mich weiter im Raum um und bemerke kaum, dass sich die Tür wieder leise öffnet.

Der Schreck fährt mir, im reinsten Sinne des Wortes, in die Glieder – ein Wolf, Unsinn, ein großer Hund, steht mitten in der geöffneten Tür. Bevor ich irgendwie reagieren kann, ertönt schon die Stimme meines neuen Spielgefährten: »Keine Angst, das ist Blackdog. Fast hätte ich ihn vergessen.« Das, allerdings, glaube ich ihm nicht so ganz.

Ein schönes Tier, bleibt jetzt stehen wie eine Statue, betrachtet mich neugierig. Er ist sicherlich von edler Rasse, ein wirklich prachtvolles Exemplar.

Horst scheint meine Gedanken zu lesen.

»Ja, er ist von edler Rasse, allerdings mit kleinen Fehlern. Das meinen jedenfalls einige Experten aus der Zunft der Jäger, Freunde meines Vaters.« Er streichelt das Tier, macht eine kurze Pause.

Höre ich da nicht so etwas wie Verachtung heraus?

»Er ist etwas zu großgewachsen, hat ein pechschwarzes Fell. Zweimal ist er deshalb schon knapp dem Tod entronnen.« Wieder hält er kurz inne, fährt dann etwas zögerlich fort: »Das passt nicht zu einem Jagdhund von edler Rasse. Das meinte auch der Züchter. Das Tier muss getötet werden, es darf diese negativen Eigenschaften nicht weitervererben. Deshalb soll es auch nicht an eine neutrale Person verschenkt werden.«

Er schweigt jetzt, erinnert sich wieder, ist ganz offensichtlich betroffen.

Ich bin irritiert, möchte jetzt aber keine unpassende Frage stellen. Das brauche ich auch nicht. Horst hat bereits bemerkt, dass mich diese

Geschichte beschäftigt, oder sogar bewegt. Monoton, wie im Selbstgespräch, redet er weiter:

»Die eindringliche Bitte meines Bruders und seine Bereitschaft, den Jagdhund selbst zu übernehmen, haben das Tier gerettet – zunächst einmal.«

Wieder eine wirkungsvolle Pause, fast professionell, könnte man meinen. Aber so ist es sicherlich nicht.

Dann, fast im Flüsterton: »Erst vor wenigen Tagen hat Blacky die zweite, entscheidende Hürde genommen. Mein Vater ist ohne entsprechendes Wissen meines Bruders mit dem Hund in den Wald gegangen, um einen letzten Test zu machen. Eine Prüfung auf Leben und Tod, im Beisein einiger Jagdkollegen. Und das ging so ... ...

In kurzer Entfernung wurde ein Stallkaninchen freigelassen, von einem der Jäger erschossen – oder besser und noch infamer – nur angeschossen. Blackdog durfte, artgerecht im Sinne der selbsternannten Jagdexperten, nicht übertrieben erschrecken, sollte dann das angeschossene Kaninchen stellen, aber nicht wie ›gefundenes Fressen‹ behandeln und entsprechend darüber herfallen.«

Horst streichelt den Hund. Ich brauche die Frage gar nicht erst zu stellen. Ohne weitere Pause wird sie beantwortet:

»Unglaublich, die Jäger hätten den Hund erschossen, wenn er diese Prüfung nicht bestanden hätte. Das war tatsächlich so ausgemacht. Das hat mein Vater meinem Bruder gegenüber ausdrücklich bestätigt. Seitdem ist die Stimmung bei uns sehr schlecht. Aber, ich finde inzwischen alles, was damit zu tun hat, abstoßend, geradezu pervers.«

»Horst, du solltest nicht übertreiben ... ,« werfe ich ein.

Betretenes Schweigen, wir hängen beide unseren eigenen Gedanken nach.

»Morgen kommt meine Familie vom Verwandtenbesuch zurück. Mein Bruder hat vor einer Woche seine Jägerprüfung abgelegt. Als Belohnung oder Anerkennung gehen übermorgen Vater und Sohn gemeinsam auf die Jagd. Wahrscheinlich sitzen sie dann stundenlang auf dem Hochsitz und lauern auf Beute".

Horst macht keinen Hehl aus seiner Abneigung. Er gibt sich sichtlich

Mühe, seine fast schon an Fanatismus grenzende Einstellung zu verschleiern.

Ich selbst habe mit der Jägerei wenig zu tun, habe hierzu aber eine wesentlich positivere Einstellung.

Horst beendet seinen Monolog mit undeutlichem Gemurmel:

»Aber auch ich werde dabei sein und ich werde den weitaus größeren Spaß haben.«

Er braucht nichts, muss nichts Näheres dazu sagen.

Mir geht es sehr schlecht. Eigentlich weiß ich ja, zumindest ungefähr, wie es ausgeht. Aber die Einzelheiten sind mir nicht vollständig bekannt.

»Um Himmels willen, lass das! Horst lass es, bitte.« Wie kann ich ihn nur davon abbringen? Ich ahne, nein ich weiß doch ... ...

Aber diese seltsame Blockade hat bereits wieder eingesetzt.

Nur weg hier. Wieder kämpfe ich darum, diesen Lebensabschnitt zu verlassen. Immer, wenn es besonders unangenehm wird, möchte ich zurück in die reale Welt. Aber da wartet auf mich der Tod!

Für einen Moment wird mir wieder bewusst, was gerade passiert. Wie lange dauert mein Sturzflug schon? Wann kommt der tödliche Aufprall? Lieber Gott, ja, vielleicht sollte ich beten.

Eiskalter Hauch streift mein Gesicht. Fast unmerklich gleite ich wieder hinüber in die Vergangenheit.

Aber dieses Mal erlebe ich keinen neuen, anderen Abschnitt meines früheren Lebens. Fast nahtlos knüpft das Geschehen wieder an. Der Film läuft einfach weiter, obwohl ich schon glaubte, es hinter mich gebracht zu haben.

Obwohl Zeit, Raum und die Ereignisse teilweise von mir verzerrt, verändert, vielleicht sogar halluzinativ wahrgenommen werden, erahne ich was passiert ist, geschieht und sich unmittelbar ereignen wird. Dieser Zustand ist unangenehm.

Wahrsager oder Hellseher können dies sicherlich bestätigen.

Es ist noch ziemlich dunkel. Horst kommt aus dem Haus, steigt auf sein Fahrrad und fährt, ziemlich hektisch, sofort los. Ich weiß was er vorhat, bin mir aber nicht ganz sicher.

Zu meiner Überraschung trottet Blackdog, der Jagdhund, an seiner Seite. Was soll das denn werden?

Vor zwei Tagen hat Horst schon angedeutet, dass für seinen Bruder an diesem Wochenende der erste Jagdeinsatz geplant ist. Heute ist es soweit.

Horst scheint zu wissen, welcher Hochsitz, mit Platz für zwei Personen, in Frage kommt. Warum haben Vater und Sohn den Jagdhund zu Hause gelassen? Offensichtlich wird er für diese Art zu jagen nicht gebraucht. Ich weiß es nicht. Will Horst dies, aus welchem Grund auch immer, etwa korrigieren? Wie werden die beiden Jäger, v.a. sein Vater, auf diesen (vermeintlichen) Spaß reagieren?

Wird sich aber auch meine konkrete Vermutung bestätigen?

Die Morgendämmerung ist noch nicht angebrochen. Eine schmale Mondsichel spendet etwas Licht, ganz wenig nur – aber reicht das für die Jagd?

Die beiden Jäger sitzen schweigend auf dem Hochsitz, kaum zu erkennen. Sie warten auf das Wild, oder auf ihr Opfer, wie Horst es sieht.

Das Gras der Wiese ist ungewöhnlich hoch, dicht und teilweise verfilzt. Kleine, niedere Büsche, Hecken oder Ähnliches bilden einen natürlichen Sichtschutz für das Wild. Warum wurde nicht gemäht? Aus welchem Grund ... ...

Aber, was geht mich das an?

Auch ich warte, weniger auf das Wild, sondern ... auf was denn?

Eine, nein, zwei dunkle Gestalten schleichen durch das dichte Gras. Jetzt verharren beide bewegungslos.

Oh, mein Gott, das sind keine Rehe oder sonstiges Wild.

Jetzt blinkt es kurz auf, nur ganz schwach, aber gut erkennbar für das geübte Auge.

»Horst, hör sofort auf, um Himmels willen, hör auf!« Ich rufe, schreie, kreische. Aber, was ist denn nur mit meiner Stimme? Er kann mich wohl nicht hören!? Nein, natürlich nicht.

Die Aufregung ist zu stark. Kann ich nicht diesen Schauplatz verlassen und in die Wirklichkeit zurückkehren?

Eigentlich kenne ich den Ausgang der ganzen Tragödie. Aber ich weiß auch, dass ich nicht selbst direkt dabei war. Wieso bin ich jetzt überhaupt hier am Originalschauplatz, als hätte ich einen persönlichen Anteil am sich anbahnenden Geschehen? Warum darf, nein muss ich das Drama selbst hautnah im Nachhinein miterleben?

Nein, dieses Mal will ich nicht sofort in die reale Welt zurück – zum Ort meines nicht minder dramatischen Absturzes über den Skihang! Ich kämpfe mental – oder auf welche Art sonst – heftig dagegen an. Ausgerechnet jetzt, obwohl ich nicht weiß, ob und wie ich überhaupt eingreifen kann, will ich bleiben.

Noch einmal rufe ich verzweifelt: »Horst steh auf, zeige dich! Blackdog, warum bellst du nicht? Gib Laut, auch wenn ein Jagdhund das nicht tun soll!« Warum kann er mich jetzt nicht wahrnehmen, obwohl wir uns vor wenigen Tagen noch unterhalten haben? Hat das vielleicht etwas mit verändertem oder – je nach Art – wechselndem Bewusstseinszustand zu tun?

Der Vater lässt seinem Sohn, dem Neuling, den Vortritt. Ruhig legt dieser das Gewehr auf, zielt bemerkenswert ruhig.

Jetzt, plötzlich eine schnelle, hastige, heftige Armbewegung – um Bruchteile von Sekunden zu spät.

Der Schuss ist abgefeuert, der Knall ohrenbetäubend. Ein kurzer Aufschrei, vermischt mit leisem Wimmern, ist zu hören.

Ich ahne, nein, ich weiß jetzt – und nicht nur ich – was passiert ist.

Wieder Totenstille. Dann, völlig unerwartet, das schaurige Heulen eines Wolfes. Im Licht des Mondes und der beginnenden Dämmerung kann ich die Silhouette erkennen, den nach oben zum Mond gereckten Kopf des Tieres – es ist Blackdog. Warum heult er? Hat ihn die Dramatik des Geschehens kurzzeitig verändert? Erstmalig benimmt er sich nicht wie ein Jagdhund. Aber, eigentlich ist ›trockener Humor‹ hier fehl am Platze.

Horsts Vater hat offensichtlich im letzten Moment die Fehleinschätzung der Situation erkannt und versucht, durch Wegschieben des Gewehrlaufs die Tragödie zu verhindern.

Eigentlich darf ein Jäger bei unklaren Verhältnissen gar nicht schießen. Ein Fehlverhalten mit tragischen Folgen.

Die beiden Jäger, Vater und Sohn, knien am Boden. Vor ihnen liegt Horst, die Augen weit aufgerissen. Blut sickert durch seine Hände, die er krampfhaft auf die Schusswunde presst. Der Bauchschuss ist tödlich. Sein Vater, von Beruf Arzt, weiß das.

»Lauf zum Bauernhof dort drüben, ruf einen Notarzt«, flüstert er dem unglücklichen Schützen zu. Er weiß, dass es keinen Sinn mehr hat. Aber sein ältester Sohn soll nicht zusehen, wenn der Bruder stirbt.

In diesem Moment richtet sich Horst noch einmal auf. Er weiß nicht, wer geschossen hat. Aber das ist für ihn jetzt zweitrangig.

»Es ist allein meine Schuld.« Seine Stimme wird schwächer.

»Das werde ich auch so aussagen, wenn nötig!«

Er blickt nach oben, seine Augenlider beginnen zu flackern.

Kann er auch mich sehen? Das halte ich nicht mehr aus.

In der Zeitung vom Tag danach, die mir plötzlich in der Hand liegt, lese ich noch eine ergänzende Mitteilung.

Die Kugel, eine Spezialanfertigung, war zusätzlich mit einem Kranz umwoben – bei der Jagd auf größere Tiere wie Rehe und Wildschweine durchaus üblich.

Horst hatte kaum eine Chance. Gut, dass ihm das nicht bewusst war in den letzten Minuten seines Lebens.

Ob sein Bruder jemals wieder auf die Jagd gegangen ist, weiß ich nicht und will es auch gar nicht wissen.

*

Der Schnitt, der Sprung ins nächste Ereignis hat keinerlei Bezug auf das gerade eben wiedererlebte! ...

Einmalig: ... – 28° Grad in der Nacht, in unserer Region, im östlichen Teil des Odenwald! Das hat es hier noch nicht gegeben. Niemand kann sich an ähnliche Minusgrade erinnern.

Stahlblauer Himmel, grelles Sonnenlicht am nächsten Tag, das durch die ausgiebigen Schneereste noch verstärkt wird, können die hier in dieser Gegend lebenden Menschen nicht begeistern. Vielleicht Touristen, aber hier gibt es in dieser Zeit nur wenige.

Schon in der folgenden Nacht steigt das Thermometer wieder auf vergleichsweise geradezu ›erträgliche‹ – 20° Grad.

Ein Ansteigen der Temperatur für den nächsten Tag ist wieder zu erwarten. Auch die Sonne ist wieder da.

Der Sportunterricht an unserer Schule sollte eigentlich wegen Erkrankung des Sportlehrers an diesem Tag ausfallen. Das wurde uns bereits am Vortag mitgeteilt.

Eigentlich schade, bei diesem schönen Wetter ...

Völlig unvorbereitet trifft uns die Mitteilung, dass nun doch Ersatz gefunden wurde. Gut so!

Ein Spaziergang von 2 Std. ist angesagt – schon frühmorgens und mit erhöhtem Tempo selbstverständlich, denn der sportliche Aspekt soll doch im Vordergrund stehen. In einer kurzen Erklärung werden wir Schüler darauf hingewiesen.

Der neue Lehrer scheint, auch sein Auftreten soll dies signalisieren, sehr konsequent zu sein.

Ich bin, ebenso wie die meisten meiner Mitschüler, nicht darauf vorbereitet. Mit entsprechender Kleidung, ja ... aber so ... ?

Es ist eiskalt, trotz der angenehmen Sonnenstrahlen.

Die Temperaturen sind schon angestiegen, liegen aber immer noch weit im zweistelligen Minusbereich.

Wir stapfen durch Schnee – und Eisreste einer Nebenstraße. Leichter

Wind kommt auf, eiskalt fegt er durch die relativ dünne Kleidung der meisten Schüler.

Ein Mädchen beginnt plötzlich zu weinen. Nein, im Gegenteil, es ist eher ein trotziges Lachen!?

»Ihr seid keine kleinen Kinder mehr und werdet im nächsten Jahr die ›Mittlere Reifeprüfung‹ ablegen. Also, stellt euch nicht so an und betrachtet das Ganze als Vor-Test für eure körperliche Fitness«.

Die Stimme des Lehrers ist laut, seine Bemerkung ist bis in die hinterste Reihe zu verstehen. In der Tat, wir haben eine Zweierreihe gebildet und marschieren wie eine Kolonne von Soldaten durch freies Gelände.

›Was für ein Schwachsinn‹, geht es mir durch den Kopf.

Lorenz, ein Mitschüler, der bisher vorneweg marschiert ist, tritt plötzlich aus der Reihe, bleibt stehen und verkündet:

»Ich kann, nein, ich will nicht mehr weiter. Mein linkes Ohr ist schon halb erfroren. Auch die Schmerzen im großen Zeh sind unerträglich. Ich werde den Landwirt, der jetzt dort vorne mit seinem Traktor in unsere Straße einbiegt, bitten, mich mitzunehmen ... Irgendwohin, wo ich mich aufwärmen kann«.

»Ich will auch mitgenommen werden«, ruft ein Mädchen.

Fast automatisch bleiben alle stehen. Die Haltung der Mehrheit signalisiert stumm: Auch wir wollen umkehren!

Auch ich spüre jetzt wieder die eisige Kälte, vielleicht auch, weil ich ahne, oder weiß, was gleich passieren wird!?

Betont langsam geht der neue Sportlehrer auf den ›Aufrührer‹ zu, betrachtet ihn von oben bis unten. Fast nebensächlich bemerkt er ruhig:

»Wann und ob du überhaupt ausscheren darfst, das bestimme ich. Das gilt auch für alle anderen. Verstanden?«

»Sie haben gut reden. Sie waren vorbereitet und haben warme Winterklamotten an. Die meisten von uns nicht. Sorry, aber das ist schon fast pervers.«

Aber, hm ... , Lorenz, das war jetzt doch zu viel. Trotzdem kommt die Ohrfeige für ihn unerwartet. Sie ist nicht allzu kräftig, aber – Zufall oder Absicht – das lädierte, halberfrorene Ohr wird auch teilweise getroffen. Der Schmerz ist sicherlich fast unerträglich. Nur so ist die Reaktion erklärbar.

Lorenz schlägt blitzschnell zu – nein, nicht ganz. Er stoppt seinen Schlag auf halbem Weg ab, hält irritiert inne.

Ebenso überraschend auch die Reaktion des Sportlehrers. Ohne Zögern greift er nach dem Hals, oder genauer, nach dem Genick des Aufsässigen, zieht ihn zu sich heran und ... schlägt ihm mit voller Wucht zwischen Hinterkopf und Genick. ›Nur‹ mit der flachen Hand, halb so schlimm!?

Lorenz stolpert, taumelt, aber er fällt nicht. Auch den nächsten Schlag übersteht er aufrecht. Alle Achtung, denn Jungs in unserem Alter werten das positiv, mit großem Respekt. Albern?

Der Traktorfahrer hält kurz an, schüttelt den Kopf. Ich kann nicht hören, was er zu unserem Lehrer sagt. Noch ein prüfender Blick in die Runde, dann fährt er im Schritttempo weiter. Ob wir ihm die plötzliche, sofortige Umkehr verdanken?

Drei Schüler haben mehr oder weniger schwere Erfrierungen an den Ohren, an den Fußzehen. Die lädierte Nasenspitze endet für das betroffene Mädchen hoffentlich nicht als Dauerschaden.

Der übereifrige Sportlehrer wird versetzt. Ob, von wem auch immer, Strafanzeige erstattet wurde, weiß ich nicht. Irgendwie habe ich das Geschehen verdrängt.

Eines wird aber wieder an die Oberfläche gespült: Strafe muss sein, über Umfang und Härte kann man sich streiten.

Aber ich bin wieder einmal schockiert über die fanatische Wut, mit der die Strafe vollzogen wird, dieses ›sich in Rage hineinsteigern‹ wie der Volksmund sagt.

So, als wäre der zu Bestrafende ein gefährlicher persönlicher Gegner, oder gar ein Todfeind!

Ich kann auch selbst ein Lied davon singen. Der Genickschlag unseres Musiklehrers beispielsweise, der durch den unsanften, nachfolgenden

Kontakt mit der Tischplatte fast mein Nasenbein gebrochen hat. Oder die Strafaktion unseres Herrn Pfarrer ... ...

*

Die Schulzeit – mit Erlebnissen und Episoden auf drei verschiedenen Schulen (Schularten) scheint ein wichtiger Abschnitt in meinem Leben zu sein. Ein Entkommen oder Loslassen scheint äußerst schwierig. Es gelingt mir einfach nicht, auch wenn ich es, wie im kommenden Fall, auf den ich geradewegs zusteuere, gerne möchte.

Wenige Wochen noch bis zur Abschlussprüfung der ›Mittleren Reife‹. Eigentlich eine Prüfung ohne besonders große Bedeutung.

Aber eine Ansammlung ungünstiger, widriger Umstände, die man als erfundene Abenteuererzählung abtun könnte, prägen und drücken manchmal ihren Stempel auf – zumal auch entscheidende Auswirkungen auf die eigene Zukunft möglich sind.

So etwas gibt es in dieser Konzentration doch nicht wirklich, habe ich mich wiederholt selbst getröstet.

Fast im Zeitlupentempo werden zwei bittere Wochen abgespult. Im Nachhinein, oder wie jetzt in der Neuauflage, empfinde ich es doch etwas weniger dramatisch.

*

Unser Deutschlehrer möchte zu Übungszwecken ein paar Diskussions – bzw. Argumentationstrainingsstunden ansetzen. Nach Abstimmung mit dem Religionslehrer soll das Thema lauten: *Gibt es Gott?* Argumente für und dagegen sollen jeweils in Gegenwart von mehreren Schulklassen in einem entsprechenden Vortrag abgehandelt werden.

Mehrere Teilnehmer melden sich freiwillig: ›Für ... ‹
Keiner will den Part: ›Gegen ... ‹ übernehmen.

Ich weiß nicht so recht, wie mir geschieht. Bin ich zu dusselig, oder ist Wichtigtuerei im Spiel?

Unter dem ausdrücklichen Hinweis, dass meine Argumente ›gegen ... ‹ nur theoretisch zu werten sind und nicht unbedingt meine wirkliche Meinung widerspiegeln, übernehme ich die ›undankbare‹ Seite.

... Ich halte mich gut, zu gut. Auch nachfolgende Fragen mit zunehmend hitzigen Gegenargumenten der anderen Schüler beantworte ich, zu meinem eigenen Erstaunen, relativ cool, auch aus dem Stegreif. Und die meisten Fragen gehen an mich ...

Wollen sich viele Schüler vor den anwesenden Lehrern nur anbiedern, indem sie die hier gängige Meinung (›für‹) vertreten? Aber, ist es nicht auch meine ehrliche Meinung? Würde ich als Zuhörer nicht ebenfalls Argumente (›für‹) in die Diskussion einbringen?

Nichtsdestotrotz spüre ich aufkeimende Verachtung für die Mehrheit der Wortmelder für ihre pseudoengagierten Beiträge. Zumindest einen Teil von ihnen halte ich für Heuchler. Ja, denen sollte ich zum guten Schluss noch eins draufgeben!

» ... Wenn es einen Gott gäbe – bitte den Konjunktiv beachten – einen allmächtigen, gütigen, allwissenden, ausgestattet mit allen ihm zugedachten positiven Eigenschaften, warum ...

– hat er, nicht nur für uns Menschen, sondern mehr oder weniger für alle Lebewesen dieser Erde, teilweise höchst unterschiedlich, auch ungerecht, Freude und Leid, Glück und Unglück geschaffen – oft in geradezu unerträglichem Ausmaß? Warum ...

– empfinden viele Menschen ihr Schicksal als ungerecht, v.a. dann, wenn sie, nach bestem Wissen und Gewissen, nicht Schuld daran sind? ... Und weiter ...

– habt ihr einmal darüber nachgedacht, wie viele Lebewesen – inklusive wir Menschen – ihr Leben nur dadurch erhalten können, dass andere Lebewesen im engeren Umfeld getötet und als Nahrung herhalten müssen? Nicht als Zeitvertreib, nein, als von der Natur – also von Gott – vorgegebenen Notwendigkeit!?

– würde man, in unser Alltagsleben projiziert, einen solchen ›Konstrukteur‹ mit diesen oder ähnlichen Ergebnissen nicht einfach als ›Stümper‹ abqualifizieren? ... etc., etc ... ...

Oder – jetzt bin ich mittendrin im ›für‹ und ›gegen‹ – hatte unser Gott etwa gar nicht die alleinige Erschaffungsgewalt, die uneingeschränkte Gestaltungs – und Entwicklungsbefugnis? Gibt es etwa eine Gegenseite, eine Art Opposition, wie wir das in den verschiedensten Formen auch bei uns kennen?«

Ich erschrecke und halte kurz inne. ›Mein Gott Ricky, ging das nicht etwas zu weit?‹

Sofort meldet sich lachend ein Fragesteller: »Meinst du mit der Gegenseite etwa den Teufel?«

Seltsam, kein weiterer Teilnehmer lacht mit. Ich kann mich wieder etwas entspannen. Aber ...

Ich spüre bereits die kalte Abneigung, die mir insbesondere von den Schülern der anderen Klassen entgegenschlägt.

Als mich auch noch ein Pater, den ich noch aus meiner Zeit im Missionskonvikt kenne, auf dem Flur mit ›Antichrist‹ betitelt, bin ich doch ziemlich enttäuscht, ja, sogar etwas deprimiert.

*

Ein ungutes Gefühl beschleicht mich bereits zu Beginn der folgenden Woche. Kurz vor der ›Mittleren Reifeprüfung‹ erwarten wir nämlich das Ergebnis eines wichtigen ›Besinnungsaufsatzes‹. Die Auswertung mit Benotung ist wichtig. Thema war die Ausführung eines Schriftstellers – den ich nicht kenne – : »Die Zeit ... «. Leider, oder Gott sei Dank, kann ich den übrigen Text in der Rückblende nicht mehr erkennen.

Nur drei Schüler haben dieses Thema ausgewählt und abgehandelt. Ich bin sicher, dass mir eine gute Arbeit gelungen ist.

Die Klassenarbeiten liegen auf dem Tisch. Ich bin froh, dass der weitere Ablauf schnell über die Bühne geht, verständlich.

Der Deutschlehrer nimmt zunächst gezielt die Arbeit seiner Lieblingsschülerin in die Hand. Er lässt einige Passagen ihrer Arbeit von der Schülerin selbst vorlesen, als beispielgebendes Werk, sozusagen. Er spendet selbst noch einmal Applaus. So weit, so gut.

Als ›abschreckendes‹ Beispiel ergreift er anschließend das Heft mit der schlechtesten Arbeit. Kommentare wie: »Ausgesprochen schlechter Aufbau, insgesamt eigentlich Thema total verfehlt. Nichtsdestotrotz werde ich einen Teil der Arbeit hier vorlesen. Ihm selbst will ich es nicht zumuten.«

Es bleiben doch nur zwei Schüler übrig, die infrage kommen.

Ich fühle, höre plötzlich meinen Herzschlag. Oh mein Gott, lass es nicht mich treffen!

Gebete werden nicht immer erhört. Die Demütigung, die in den darauffolgenden Minuten erfolgt, empfinde ich als entwürdigend und bereitet mir fast körperliche Schmerzen. Ich lasse es, nein ich muss es über mich ergehen lassen.

Zum Schluss noch eine abwertende Bemerkung des Lehrers, dann der Beifall heischende Blick in die Runde. Er erwartet offensichtlich Zustimmung.

Aber es bleibt mucksmäuschenstill.

Endlich meldet sich eine Mitschülerin: »Ich kann leider mit der ersten Arbeit wenig anfangen, sorry. Die Arbeit von Ricky hingegen finde ich gut, sogar recht gut. Aber da gehen die Meinungen sicherlich auseinander.«

Einbildung? Haben nicht auch einige anderen mit dem Kopf genickt?

Meint sie es ehrlich, oder will sie nur ›quertreiben‹?

»Danke, vielen Dank«, flüstere ich leise.

Der Lehrer ist offensichtlich schockiert. Er reagiert sehr schnell und meint abblockend: »Nicht jeder kann Arbeiten bewerten. Ich werde aber nicht die Mitschüler darüber abstimmen lassen. Wahrscheinlich darf ich das gar nicht.«

Ich wandere schon ein paar Schritte weiter ...

Erstmalig werden die Deutschaufsätze der ›Reifeprüfung‹ von Lehrern anderer Schulen zusätzlich korrigiert und bewertet – ein Test.

Diesen Test habe ich glänzend bestanden. Ein wenig Stolz kommt auf, auch eine Art eigenständiger Wiedergutmachung.

Die Woche ist noch nicht um. Ich ahne, nein, ich weiß es natürlich. Manchmal kommt es eben ›knüppeldick‹.

Französischunterricht – unsere Lehrerin ist nicht gut auf mich zu sprechen. Ihre Angewohnheit, sich neben mich auf die Pultbank mit Blick Richtung Klasse zu setzen, habe ich schamlos ausgenutzt. Bei Abfragen aus dem Wörterbuch habe ich mein Buch unmittelbar neben ihr, seitlich dicht neben ihren Rücken platziert und die Antworten zu ihren Fragen möglichst unauffällig einfach abgelesen. Der Trick fliegt auf ...

Seither sind meine Hausaufgaben, v.a. Textbearbeitung und Aufarbeitung vorgegebener Texte in Französisch unvollständig und mangelhaft. Unangenehme Konsequenzen drohen ...

Das soll sich ändern. Ich kann damit rechnen, in der nächsten Stunde wieder geprüft zu werden. Der vorgesehene Teilabschnitt einer Kurzgeschichte wird angegeben.

Dieses Mal erledige ich meine entsprechenden Hausaufgaben sehr gewissenhaft. Ich freue mich schon auf die von mir geradezu ›aufgezwungene‹ positive Reaktion der Lehrerin.

Die Textübersetzung gelingt sehr gut – bis auf eine einzige Stelle. Das ist nicht tragisch, wenn ich entsprechend darauf hinweise. Es schmälert nicht meine gute Ausarbeitung insgesamt.

... Es kommt, wie es kommen muss. In dieser Woche hätte ich gar nicht aus dem Haus gehen sollen.

Warum nur lässt sie mich – im Gegensatz zu anderen Mitschülern – fast eine ganze Seite übersetzen? Mit jeder Zeile schwindet die Hoffnung, erst gar nicht bis zur kritischen Stelle zu kommen.

Ich halte inne, blicke auf, will mein Handicap vorab an dieser Textstelle anzeigen. Einen Moment noch zögere ich, warte darauf, dass sie es ›gut sein‹ lässt. Sie denkt offenbar gar nicht daran.

Aber dann, welch eine Überraschung: Sie gibt mir unerwartet eine kleine Hilfestellung. Vielleicht kann ich es doch noch schaffen?

Nein, der kleine Hinweis reicht nicht. Ich stottere herum. Jetzt muss ich doch noch die Situation erklären.

Ich komme gar nicht mehr dazu.

»Ich habe dich doch noch erwischt. Dieses Mal wird es Folgen haben«. Ihre unversöhnlich Bemerkung überrascht mich sehr.

Ich pendle zwischen Niedergeschlagenheit und aufkommender Wut. Es ist einfach zu viel, was in dieser Woche passiert ist.

Langsam stehe ich auf, gehe auf die Lehrerin zu. Kurz bevor ich in Richtung Tür abbiege, passiert es: »Leck mich doch am A ... «, fauche ich sie an.

Nein, nein, nicht aggressiv, eher verhalten.

›Das war nicht gut, Ricky‹, geht es mir durch den Kopf. Einen Moment lang warte ich geradezu darauf, dass sie mich zurückhält. Dann werde ich mich sofort entschuldigen. Nichts passiert.

In diesem Moment ertönt die Klingel, die Unterrichtsstunde ist zu Ende.

In den nächsten Tagen warte ich auf Konsequenzen. Aber nichts geschieht – zunächst.

Am Montag der darauffolgenden Woche erscheint ganz überraschend unser ›Di-Rex‹ in der Deutschstunde. Mit ernster Miene bittet er um kurze Aufmerksamkeit.

»Es gab in der vorangegangenen Woche zwei Vorfälle in dieser Klasse, von denen ich durch Zufall erfahren habe. Eigentlich nichts besonders Gravierendes. Nichtsdestotrotz möchte ich kurz darauf eingehen, zumal ich auch die ›psychische Überlastung‹ einzelner Schüler im Auge behalten muss.«

Gilt das mir? Kommt jetzt doch noch die Rechnung? Muss ich mir ernsthaft Sorgen machen?

Der ›Di-Rex ‹ blickt in die Klasse, wendet sich dann direkt an mich:

»Deinen Aufsatz – umstritten und unterschiedlich bewertet von ›ungenügend‹ bis ›sehr gut‹, habe auch ich gelesen. Eine Bewertung möchte ich nicht vornehmen. Das ist Sache des Deutschlehrers. Ich persönlich, sozusagen als *fast* ganz neutraler Beobachter, finde das Werk nicht schlecht, ja, eher sogar recht gut.«

Sein unterschwellig verschmitztes Lächeln wirkt auf mich sofort beruhigend. Aber ebenso schnell ist das Gefühl der Erleichterung wieder dahin. Sein Gesicht wird wieder ernst. Ohne merkliche Pause redet er weiter:

»Was dein Verhalten in der letzten Französisch-Stunde anbetrifft, da gibt es nur einen Kommentar: So geht das nicht! Ein Schüler kann nicht einfach aufstehen und – ohne Erlaubnis des Lehrers, oder, wie in diesem Fall der Lehrerin – den Unterricht abbrechen und kurzerhand den Raum verlassen. Das wird im Wiederholungsfall natürlich bestraft.«

Erst im Wiederholungsfall?

Ich warte. Aber, was passiert noch wegen meiner höchst beleidigenden Bemerkung gegenüber der Lehrerin beim Verlassen des Klassenzimmers? Weiß er etwa gar nichts davon?

Di-Rex und Deutschlehrer tuscheln noch. Offensichtlich war die ganze Szene doch abgestimmt.

Mit einem kurzen Kopfnicken verlässt der Chef des Gymnasiums den Raum.

Egal, wieder einmal finde ich, dass unser Di -Rex ein ›feiner Kerl‹ ist ... und das meine ich auch so ... mit höchstem Respekt.

*

Sommerferien, ... in welchem Jahr?

Ich träume, wie wahrscheinlich auch die meisten Kinder, oder zumindest die Jungs, von Abenteuern aller Art oder besonders spannenden Ereignissen. Oder bin ich bereits wieder in der Jugendzeit? Nein, in der ›späten‹ Kindheit oder schon ein paar Jahre weiter?

Ich lasse den seltsamen Zustand meditativ auf mich einwirken.

Ich gleite von einem Extrem ins Andere: Das Fußballspiel einer höherklassigen Mannschaft des VfR Mannheim ist angesagt.

»Nicht allzu viel erwarten«, warnt mein älterer Bruder Hannes frühzeitig. »Die Spieler in den oberen Klassen sind auch nur Menschen.

Auch ihnen gelingt es nicht, genauso wie uns, Tore nach Belieben aus zwanzig oder dreißig Meter Entfernung ins gegnerische Tor zu schießen«.

Das taten sie auch nicht. Trotzdem bin ich insgesamt begeistert.

Aber, Moment mal, ...

Darüber will und werde ich auch – vielleicht später einmal – in einem Kinder – oder Jugendbuch berichten, falls ich überleben sollte. Die Chancen stehen nicht gut, nein, sogar sehr schlecht. Aber die Hoffnung stirbt bekanntlich zuletzt ...

Im Moment bin ich auf der Rückreise mit dem Zug an der Endstation angelangt. Weiter geht es nicht.

Eigentlich werde ich erst am morgigen Sonntag zurückerwartet. Wie komme ich aber jetzt, heute Abend noch, nach meinem Heimatort?

Mit dem Taxi?

Sieben Kilometer – mein restliches Taschengeld will ich hierfür nicht einsetzen.

Also, abholen lassen. Vielleicht könnte ein Anruf in der ehemaligen Stammwirtschaft meines älteren Bruders genügen. Die Telefonnummer ...

Kein Telefonbuch in der nur wenige Meter entfernt stehenden Telefonzelle. Mehr als ärgerlich!

Fahles Dämmerlicht liegt bereits über dem Bahnhofsgelände. Ich mache mich auf den Weg – zu Fuß. Was bleibt mir auch anderes übrig?

Halbherzig versuche ich, Autos anzuhalten. Aber die fahren alle geradeaus in Richtung Kreisstadt und das ist nicht mein Ziel.

Noch wenige hundert Meter – jetzt nach rechts und ich bin auf der Nebenstraße in Richtung Heimatort.

Ein Schild ›Umleitung‹ irritiert mich.

Nicht für mich! Als Fußgänger kann ich ein Hindernis umgehen.

Die Straße führt direkt in den Wald. Weiter, es wird schon langsam dunkel.

Eine provisorische Absperrung vor einem Erdhügel behindert zunächst ein zügiges Vorankommen. Die Folgen eines kräftigen Unwetters?

Vorwärts, weiter – plötzlich erhellen Blitze in immer kürzeren Abständen den Wald, allerdings ohne das normalerweise nachfolgende Donnergrollen. Also nur ein kräftiges, aber nur harmloses Wetterleuchten?

Soll ich umkehren? Was für eine Frage! Es wird mir für einen Augenblick wieder bewusst, dass der Lauf der Dinge nicht im Nachhinein korrigiert werden kann.

Mein derzeitiger, selbstgewählter Leitspruch fällt mir auch wieder ein: Ein Indianer – inzwischen 18 Jahre alt – kennt keinen Schmerz, keine Angst oder Furcht. Na ja.

Es wird jetzt fast schlagartig dunkel, oder genauer noch, stockdunkel!

Eine dichte Wolkendecke schluckt fast jegliches Restlicht. Seitliches Streulicht kann den dichten Wald links und rechts der Straße kaum noch durchdringen.

Nach dem Wetterleuchten scheint doch noch ein richtiges Gewitter mit Blitz und Donnergrollen aufzuziehen.

Ich kenne die Gegend, die Örtlichkeiten ziemlich gut. In meiner Laufrichtung lauert, besonders auf der linken Straßenseite Gefahr. Die relativ steilen Abhänge mit unterschiedlich dichtem Baumbestand sind kein allzu großes Problem ... bei ausreichender Sicht!

Im nächsten hellen ›Blitzlicht‹ ergreife ich ein kurzes Holzstück und warte – angespannt und konzentriert!

Jetzt – mehrere Blitze, kurz hintereinander, erhellen die engere Umgebung, vor allem auch die Straße – und das ist wichtig!

Ich renne los und versuche, mir im Laufen eine möglichst lange Wegstrecke nach vorne einzuprägen. Dann renne ich noch ein Stück weiter in die Dunkelheit.

Anschließend mit dem Holzstück die Straße abtasten, um noch ein paar weitere Meter zu gewinnen – macht das überhaupt Sinn?

Jetzt – Motorengeräusche von vorn. Das fahle Streulicht der Fahrzeugscheinwerfer erhellt bereits die Straße. Automatisch renne ich los, um die Situation auszunutzen und weiteren Boden gutzumachen. Endlich erfasst mich das Licht der Scheinwerfer.

Es ist ein Unimog. Der Fahrer bremst etwa auf Schritttempo herunter, hält aber nicht an. Durch das halbgeöffnete Fenster ruft er fragend: »Kommt man durch?« Ich zucke mit den Schultern, aber er fährt schon weiter.

Wenn er die Baustelle nicht durchfahren kann, muss er wenden, dann kann er mich mitnehmen .

Ich lege die Hände an die Ohren und lausche wie ein Indianer. Schafft er es? Ja, leider.

Das Spiel geht weiter. Wieder Motorengeräusche, diesmal aus Richtung Baustelle. Der Unimog?

Nein, ein Motorrad! ... Hoffentlich ohne Beifahrer.

Diesmal renne ich *nicht* los. Ich meide, vorsichtshalber, die linke Straßenseite, taste mich nach rechts und warte.

Er kommt ziemlich schnell aus der Kurve, nimmt jetzt Gas weg. Ich stelle hastig mein kleines Reisetäschchen auf den Boden, winke, fuchtle wild mit den Armen.

Verdammt, er fährt vorbei. Nein, doch nicht – er bremst und hält dann an. Gott sei Dank, er ist allein.

Ich werfe meinen ›Taststock‹ weg, den brauche ich ja nun nicht mehr. »Hallo, ... Hallo, ... ?«

Hätte ich das Holzstück frühzeitiger wegwerfen sollen, um etwaige Missverständnisse zu vermeiden!?

Ich renne wieder los, der kalte Schweiß rinnt mir von der Stirn. Schnell herankommen muss ich, die Situation erklären.

Das Scheinwerferlicht und damit die Hoffnung sind bereits hinter der nächsten Wegbiegung verschwunden. Wieder laufe ich orientierungslos noch ein paar Schritte ins Dunkel.

Cool, ruhig bleiben, Ricky, einem Indianer, meiner derzeitigen ›Leitfigur‹, hätte das sicherlich nicht viel ausgemacht. Aber, wie komme ich darauf? Habe ich zu viel Karl May gelesen?

Langsam pendle ich aus. Der Boden ist jetzt angenehm weich!?

Verdammt, bin ich zu weit links? Zu spät ...

Instinktiv, aber bewusst gehe ich runter in Bauchlage, die Füße in Richtung abwärts. Meine Hände krallen sich in den weichen Waldboden, jedoch immer bereit zuzupacken, wenn etwas Handfestes vorbeistreifen sollte.

Was passieren könnte, wenn ich unkontrolliert an einen Baum pralle, das ist mir bewusst!

Walderde, durchmischt mit modrigen, halbverfaulten Blättern wirbelt in mein Gesicht. Seltsam, was man in einer solchen Situation alles wahrnimmt!

Mein Oberkörper rutscht seitlich weg. Aufpassen, nur nicht unkontrolliert abrollen, sondern möglichst hart anpressen, abbremsen. Jetzt die Arme und Hände zum Schutz ganz eng an den Kopf. Mein linkes Bein prallt gegen ein Hindernis. Ich kippe ungewollt noch stärker seitlich weg – plötzlich abrupt Stillstand.

Fast geschafft, Ricky.

Vorsichtig krieche ich nach oben. Meine Finger ertasten festen, harten Untergrund. Ich bin wieder auf der Straße. Meine Minireisetasche liegt noch unten, kein Problem, die Bergung hat Zeit bis morgen.

Mit Herzklopfen sitze ich fast hilflos auf dem Boden. Meine Hand zittert, ich wische mir den Schweiß von der Stirn ...

Ein richtiges Gewitter löst jetzt das Wetterleuchten ab. Es fängt heftig an zu regnen. Im Licht der Blitze sehe ich einen riesigen, entwurzelten Baum ganz nahe am Straßenrand liegen. Die freiliegenden, mit Erde behangenen Wurzeln sehen aus wie ein großer Fächer.

Dort muss ich hin! Wurzelwerk mit einem querliegenden Baumstamm bilden einen komfortablen Hohlraum, fast eine kleine Höhle.

Aber ist das nicht gefährlich? Wie lange würde es wohl dauern, bis man mich findet, wenn der Blitz hier einschlägt?

Noch weitere, seltsame Gedanken schwirren mir im Kopf herum: Warum schlägt der Blitz immer vorzugsweise in Bäume, in Unterstände aller Art ein, wenn Menschen oder Tiere, also Lebewesen, Schutz darunter suchen? Jahrzehntelang und mehr scheinen diese Orte oder Stellen für Blitz und Donner nicht von Interesse zu sein. Aber wehe, wenn … … Mancher Bauer kann von solchen Verlusten bei seinen Tieren, die unter Bäumen – seltsamerweise auch unter relativ niederen – Schutz gesucht haben, berichten.

Aber, das ist mir jetzt egal, draußen im Freien bin ich nicht weniger gefährdet! Ich werde so lange hier in meinem Unterschlupf bleiben, bis das Gewitter vorbei ist, auch wenn es noch stundenlang dauert.

Ein ziemlich leises Rascheln nur, fast rhythmisch, übertönt die momentan nur leichten Windgeräusche – dann wieder Stille. Ein dürrer Ast wird geknickt oder gebrochen, was ist denn das? Wer oder was treibt sich denn noch, außer mir, hier herum? Noch ein Schutzsuchender?

Unsinn! Solche extremen Zufälle gibt es nicht.

Ein weiterer Blitz mit anschließend längerem Donnergrollen übertönt zunächst jede weiteren Nebengeräusche. Aber …

Oh mein Gott, was spielt sich denn hier ab? Warum hat das ›Blitzlicht‹ jetzt nur noch den Seitenrand meines Unterschlupfs erleuchtet? Ein Erdrutsch? Komme ich überhaupt noch heil hier heraus?

Das Gewitter ist offensichtlich wieder stärker geworden.

Der nächste Blitz. Der Lichtspalt am Eingang meiner Höhle hat sich verändert – er hat sich wieder etwas verbreitert. Zwei Lichtpunkte erscheinen plötzlich, flackern unruhig, kaum länger als eine Sekunde, verschwinden, tauchen noch einmal auf.

»Ich hätte meinen ›Taststock‹ nicht wegwerfen sollen. Das muss ein Tier sein, sicherlich kein Gespenst. Sch … ,Sch … «

Meine Stimme klingt dumpf, mein Zischlaut fast aggressiv. Das soll es auch, denn entdeckt bin ich auf jeden Fall. Aber, Gott sei Dank: Die aufkeimende Panik hält sich noch in Grenzen.

Vorsichtig taste ich den engen Raum um mich herum ab. Glück muss man haben – in diesem Fall ein abgebrochenes Wurzelstück. Damit kann ich einen Fuchs, einen Dachs, oder was für ein Tier auch sonst, verjagen ...

... aber, auch ein Wildschwein? Hier in der Region soll es wieder welche geben, wie auch Experten nach Begutachtung von Waldschäden festgestellt haben. Rudeln mit Nachwuchs sollte man zumindest zu bestimmten Nachtzeiten nicht zu nahe kommen.

Plötzlich ein leises Schnauben, dann ein paar kurze Grunzlaute und ... Ja, jetzt kann ich es sogar riechen! Es ist ein Wildschwein, oder gar ein ganzes Rudel?

Ich springe auf, mein Kopf schrammt gegen die Decke meiner kleinen Höhle. Egal ...

›Ricky, jetzt musst du kämpfen, wenn nötig – wie ein Indianer: Mann gegen wildes Tier. Raus aus der engen Höhle, damit du genügend Bewegungsfreiheit hast.‹ Meine wirren Gedanken ordnen sich allmählich.

Ich tue, was ich mir selbst empfohlen habe. Notfalls kann ich ja versuchen, auf einen Baum zu klettern, oder wegzulaufen. Nein ...

... nein, letzteres würde ein Indianer niemals tun!

›Sehr witzig, Ricky!‹

›Aber, ja: So falsch ist der Gedanke gar nicht!‹

Noch ist die Situation nicht geklärt, schon gar nicht beseitigt.

Ein Sprungschritt und ich stehe im Freien. Meine Hände umklammern das Wurzelstück. Ich schaue mich um – nur bedingt kampfbereit, sorry.

Welcher Baum in unmittelbarer Nähe würde sich zum schnellen Hochklettern eignen? Keiner ...

Meine Augen versuchen das Dunkel zu durchdringen, mit geringem Erfolg.

Ein erneuter, etwas schwächerer Blitz hilft. Ich erstarre.

Nur wenige Meter entfernt steht das Wildschwein, schaut mich direkt an. Bekanntlich sehen (Haus)schweine nicht besonders gut. Gilt das aber auch für Wildschweine?

Noch ein Blitz. Gebannt starre auf die Stelle, wo das Tier stand.

Nichts zu sehen, es ist weg. Jetzt verrät auch ein leises Rascheln, das sich allmählich entfernt, dass die mögliche Gefahr einfach verschwindet.

Es war sowieso nicht soo ... schlimm, beruhige ich mich sofort. Soweit ich erkennen konnte, war es ein Jungtier, das vielleicht selbst Schutz vor Blitz, Donner und Regen gesucht hat. Gut, allerdings – das zugehörige Rudel könnte noch ganz in der Nähe sein! Nur nicht leichtsinnig werden.

Ich schaue nach oben. Bilde ich es mir das nur ein oder sind nur noch dünne Wolkenfetzen übriggeblieben?

Nur ein paar wenige Sterne zur besseren Orientierung, vielleicht auch noch ein wenig Mondlicht. Mein Gott, das würde schon ausreichen!

Es ist merklich kühler geworden, ab und zu noch eine schwache Windböe, fast weich.

Auf der rechten Straßenseite weicht plötzlich diese scheinbar undurchdringlich dunkle Wand zurück. Jetzt weiß ich ziemlich genau, wo ich mich befinde.

Der Himmel über mir gibt zusätzlich fahles Streulicht frei. Noch etwa eine Stadionlänge und ich bin draußen.

Ich schaue kurz zurück. Der Wald, den ich seit meiner Kindheit immer geschätzt, ja, geliebt habe, erscheint mir nun nicht mehr so bedrohlich.

»Glück gehabt«, höre ich mich flüstern. Meine Stimme klingt etwas belegt, ich hüstle sogar verlegen, dann kann ich wieder lächeln.

Vor dem nächsten Waldstück biege ich ab und nehme eine Abkürzung über freies Gelände.

Unglaublich, jetzt tatsächlich einige Sterne auszumachen! Bei ausreichender Sicht erreiche ich ohne weitere Verzögerung die ersten Häuser des Dorfes.

Ich sehe auf die Uhr: es ist jetzt schon nach 22 Uhr. Stimmt die Anzeige? Ein kühles Bier zum guten Abschluss? Soll ich noch schnell in einer Kneipe einkehren? Keine schlechte Idee. Die ›Linde‹ hat sicherlich noch geöffnet.

Bevor ich eintrete, streife ich die deutlich erkennbaren Reste meines unfreiwilligen Bodenkontaktes im Wald ab.

Es sind noch Gäste da. Im Dorf kennt eigentlich jeder jeden. Einen Moment lang bleibe ich in der offenen Eingangstür stehen, um mit einem schnellen Rundblick einen Tisch auszumachen, der eventuell mit älteren Freunden besetzt ist.

Ich wundere mich über die besondere Aufmerksamkeit, die einem solch späten Gast zuteil wird. Oder etwa nur, weil dieser Gast noch so jung ist?

Neugierige, auch besorgte Blicke mustern mich. Es wird fast schlagartig still. Sollte ich etwa beim Eintreten eine Erklärung abgeben? Oder eine Begründung, warum ich so ramponiert aussehe?

Die Spannung löst sich fühlbar, als mich die Wirtin hinter der Theke mit einem leichten Lächeln heranwinkt. Noch ein kurzer, prüfender Blick in mein Gesicht, dann nickt sie mit dem Kopf in Richtung WC.

Ich beginne zu ahnen, ihre nachfolgende Bemerkung klingt wie eine Bestätigung: »Du siehst aus wie ein, wie ein ... «

... »Indianer?«, unterbreche ich sie mit betont unbewegtem Gesichtsausdruck – die Chance für einen würdigen Abschluss darf jetzt nicht verspielt werden ...

»Ja, wie ein Indianer auf dem Kriegspfad«, ergänzt die Wirtin und lacht.

Vor dem Toilettenspiegel beseitige ich notdürftig die Spuren im Gesicht, am Kopf und an den Händen – ein Mix aus Erde und angetrocknetem Schweiß. Könnten die Flecken und Streifen nicht auch ganz gezielt aufgetragen worden sein – als kunstvolle Kriegsbemalung!? – Nein, nicht schon wieder. Es reicht!

Mein kleines Bier habe ich schnell ausgetrunken. Ich bin jetzt müde und vertröste die Neugierigen – auf irgendwann später.

Einige Sterne stehen am Himmel. Warum nicht früher? Dann wäre mir doch einiges erspart geblieben! Aber soll ich wirklich ein solch spannendes Abenteuer bedauern und viel lieber darauf verzichten? Sorry, wohl kaum ...

Zu Hause angekommen, bin ich seltsam abgeklärt.

Es gibt eben Erlebnisse, auch unangenehme, die man nicht missen möchte – vor allem dann, wenn die Ereignisse nach einiger Zeit mit einer gewissen nostalgischen ›Verklärung‹ gesehen und beurteilt werden. Das kenne ich ja aus meiner Kindheit.

*

Mein Bruder Franz kommt ins Bild.

Er ist bei der Bundeswehr und hat noch ein paar Wochen bis zu seiner Entlassung.

Jetzt, oder in diesem Augenblick, erzählt er mir, dem Jüngeren, dem bisher daheimgebliebenen Unbedarften, über ganz besondere Erfahrungen in seinem bisherigen Leben.

Eigentlich kenne ich ja die ganze Geschichte. Ich bin neugierig, ob sie mit der ursprünglichen Version meiner bisherigen Erinnerung übereinstimmt.

Heute stellt er Erkenntnisse zur Diskussion, die er offensichtlich aus der Kaserne mitgebracht hat. Strategien und Taktiken der Soldaten im Kampf – in der Vergangenheit, Gegenwart und Zukunft.

» ... und die russischen Panzer rollten geradewegs und mit relativ hoher Geschwindigkeit auf die deutschen Stellungen zu, feuerten sogar während der Fahrt«, erklärt er mir.

»Beim Auf – und Abwippen des Kanonenrohrs im unebenen Gelände? Da haben sie wohl kaum getroffen.«

Mein Einwand, mit leicht ironischer Stimme vorgetragen, behagt ihm nicht besonders.

Er hält dagegen: »Natürlich nicht, aber die psychologische Wirkung ... ... Verstehst du, was ich meine?«

»Nein, das wäre pure Munitionsvergeudung, das hätte man auch damals schon technisch besser lösen können. Rätselhaft, warum das bisher nicht geschehen ist, nirgendwo! Vielleicht ist das auch gut so!« Jetzt klingt meine Stimme ernsthaft.

Schon ist mein Bruder wieder am Zug: »Na, wie denn, aber bitte konkret ... und kein wichtigtuerisches Geschwafel!«

»Hm, wie soll ich das erklären, ohne technische Feinheiten oder Details zu präsentieren.« Das kann ich sowieso nicht.

Ich bleibe aber dran: »Nun, ganz einfach ... ! Man konstruiert die Abschussvorrichtung so, dass das Kanonenrohr auch während der unruhigen Fahrt auf den vorgesehenen Zielpunkt gerichtet bleibt. Wie mit einer Wasserwaage eingestellt, bleibt das Rohr scheinbar unbeweglich in der Schussrichtung – unabhängig vom Hin und Her, oder Auf und Ab bei der Fahrt im Gelände. Das ist das Prinzip, vereinfacht dargestellt.« Nicht schlecht, Ricky.

»So ein Unsinn«, kontert Franz und erklärt etwas verunsichert:

»Wenn das so einfach wäre, dann hätten die kriegführenden Truppen schon längst ihre Panzerverbände mit dieser – von dir erdachten – geradezu wundersamen Vorrichtung ausgerüstet. Ha, ha, ha ... Schlauberger!«

Er ist wieder obenauf. Aber dann wird er plötzlich sehr böse und faucht geradezu:

»Was bildest du dir eigentlich ein, glaubst du vielleicht, dass alle Fachleute, auch in der Militärtechnik, Trottel sind?«

»Nein, aber wenn alle Menschen sich so verhalten, nichts hinterfragt, immer ähnlich reagiert hätten, dann säßen wir alle noch in Höhlen oder Holzhütten.« Auch ich bin jetzt verärgert.

Ein etwas sonderbarer Vergleich für dieses Thema, zugegeben.

Franz springt wütend auf.

Hat Mutter im Nebenraum zugehört? Urplötzlich steht sie im Raum, schaut vorwurfsvoll, sagt zunächst kein Wort.

»Über den Krieg zu palavern, finde ich nicht gut, aber über die Verbesserung wirkungsvoller Mittel für das Töten zu streiten, erst recht nicht.« Sie spricht leise, zögert einen Moment, setzt neu an:

»Was Panzer betrifft, so kennt ihr sicher noch die Geschichte, die euer Vater vom ›unfreiwilligen Helden‹ gegen Ende des großen Krieges, erzählt hat, fast widerwillig ... ... Ich finde das, was damals geschehen ist, auch heute noch ungeheuerlich – egal, von welcher Seite man es betrachtet.«

Na ja, ihre Reaktion kommt für mich nicht sehr überraschend, schließlich kenne ich ihre pazifistische Einstellung bei und zu diesem Thema.

Das Ende ihrer Rede gleitet fließend hinüber ins Geschehen, das ich in diesen Einzelheiten nicht kenne …

Aber, ich bin wieder überrascht, mehr noch irritiert, dass ich offensichtlich wieder dabei sein soll – direkt am ursprünglichen Ort des Geschehens. Oh, mein Gott …

*

»Wird die Durchfahrt an dieser Engstelle blockiert, ist schon viel gewonnen. Die riesigen, felsigen Steinblöcke links und rechts stehen auch Panzerketten unüberwindbar im Weg. Seitlich dahinter breitet sich fast moorähnliches Gelände aus. Diese Stelle ist außerdem mit wenigen Soldaten zu verteidigen. Obergefreiter Müller, das ist eine anspruchsvolle Aufgabe für Sie. Drei junge Soldaten, kurz aber intensiv ausgebildet, werden Ihnen beigestellt!«

Der Kommandant dreht ab.

Der Obergefreite kennt diesen Ort. Kurz vor seiner Verwundung ist er hier durchgekommen, noch in östliche Richtung. Er hat sich freiwillig gemeldet, obwohl er noch nicht voll einsatzfähig ist. Ob der Ort ›kriegswichtig‹ ist, weiß er nicht. Er will seine Pflicht tun.

Der Obergefreite und die drei Jugendlichen kennen sich erst seit ein paar Tagen. Sie verstehen sich aber recht gut. Das kann ich schnell erkennen.

Sie sind gut bewaffnet. Die Panzerfäuste liegen an gut getarnten und für den Einsatz günstigen Stellen bereit. Hinter dem leichten MG sitzt der Obergefreite, der Chef, wie sie ihn nennen. Das ist aber doch unsoldatisch, dürfen sie das denn?

Schon bald wird alles vorbei sein. Mit etwas Glück können sie hier in Ruhe auf das Ende des Krieges warten.

Nur Hansi, der Jüngste in der Gruppe, kaum dem Knabenalter entwachsen, würde gerne kämpfen. Das bittere Ende, von dem der Chef gerade gesprochen hat, das kann er, nein, das will er auch nicht sehen.

Morgendämmerung. Leichter Nebel wabert in den Engpass.

Der Chef lauscht plötzlich auffällig, stützt sich mit den Armen vom Boden ab, steht langsam und bedächtig auf.

»Was ist los«, ruft Fritz, der Älteste der Jungspunde, neugierig.

»Hört doch, ich kenne dieses eigenartige Geräusch. Panzer, das sind Panzer.«

»Das sind unsere!« Hansi ist freudig überrascht. »Die lassen wir natürlich durch«, meint er gönnerhaft.

›So jung noch und schon solch einen trockenen, professionellen Humor‹, geht es mir, dem Abseitsstehenden durch den Kopf!

»Nein in diesem Abschnitt, in dieser Region, gibt es keine geschlossenen deutschen Panzerverbände mehr. Aber vielleicht haben wir Glück und sie wollen gar nicht hier durch.« Der Chef – so will ich ihn ab jetzt auch nennen – ist beunruhigt, das fühle ich.

Noch ist nichts zu sehen, aber sie kommen unaufhaltsam näher, da sind sich jetzt alle sicher. Das Rasseln der Ketten ist schon deutlich zu hören. Mein Gott, das sind nicht nur ein paar ...

Fritz, Willi und Hansi gehen in Stellung. Jeder greift sich eine Panzerfaust. Mit dieser Waffe können die feindlichen, eisernen Kolosse schließlich wirkungsvoll bekämpft werden. So wurde es ihnen jedenfalls gelehrt und sozusagen im Schnellverfahren beigebracht.

Die eisernen Ungetüme sind da, schneller als erwartet. Sie haben die Nebelfetzen scheinbar hinweggefegt. Ein Bild, gewaltig, wie auf einem Schlachtengemälde verewigt.

Der Engpass ist kritisch, das scheinen auch die Besatzungen in den Panzern zu vermuten. Sie haben die Turmluken geschlossen.

Die Spannung steigt ins Unerträgliche. Der steinige Boden, die ganze Erde scheint zu vibrieren.

›Es sind zu Viele. Vielleicht solltet ihr sie besser durchlassen. Was passiert, wenn gegnerische Infanterie nachrückt?‹ Einen Moment lang überschlagen sich meine Gedanken, dann unterdrücke ich die aufkeimende Panik wieder kurzzeitig.

Ich vertrete sozusagen die Stelle eines stillen Beobachters und bin beunruhigt. Aber ich kann den vier deutschen Soldaten keinen Rat geben, selbst wenn ich wollte.

Ein Schatten schleicht aus der Deckung, einer kleinen Mulde, springt plötzlich auf, steht jetzt aufrecht am oberen Rand der Böschung. Um Himmels Willen, was macht denn Hansi da?

Drei, vier, fünf Schüsse fallen, kaum zu hören durch den Lärm der anrollenden Panzer. Vom geschlossenen Turm des vorderen Ungetüms abgeleitet, scheppern die Querschläger heulend durchs Gelände. Aber ausrichten kann er doch mit den Kugeln seiner Handfeuerwaffe nichts. Was soll das!?

»Das war nur eine Warnung«, kreischt Hansi erklärend mit heißerer Stimme und hechtet wieder in seine Deckung.

»Bist du wahnsinnig!? Jetzt wissen die Gegner Bescheid!« Die Stimme des Chefs überschlägt sich fast.

Fritz zögert, er hat schon angelegt. Einen Moment wartet er noch auf neue Anweisungen, ihre Lage ist jetzt unberechenbar geworden.

Er liegt ganz dicht hinter einem Steinblock. Länger darf er nicht mehr warten.

Zwischen Turm und Fahrzeugblock sollte er treffen. Eigentlich kein Problem bei der geringen Entfernung. Oder etwa doch?

Energisch umklammert er die Panzerfaust, setzt neu an. Seine Hand beginnt leicht zu zittern, aber dann drückt er entschlossen ab. Instinktiv rutscht er sofort wieder etwas weiter zurück in die Deckung.

Er hört eine dumpfe Explosion, spürt auch fast gleichzeitig die Druckwelle.

Treffer, bravo, wie fühlt er sich jetzt? Ist ihm bewusst, was in diesem Augenblick mit den Soldaten im scheinbar sicheren Kasten aus Eisen und Stahl passiert?

Damals, als später in meiner Kindheit Panzer durch unser Dorf rollten, habe ich schon einmal darüber sinniert. Aber hier ist es tatsächlich passiert. Wieder einmal warten Mütter vergebens auf die Rückkehr ihrer Söhne ...

Fast automatisch greift Fritz nach der nächsten Panzerfaust.

Noch ist keine erkennbare Reaktion der Russen – um die handelt es sich – auszumachen.

Jetzt schiebt auch Willi das Rohr seiner Kanone durch das flache Buschgestrüpp. Ein Gemisch aus Rauch und Nebel verzerrt die Sicht. Aber auch er ist nahe genug am ... ... Zielobjekt – ja das ist wohl ein Ausdruck aus einer anderen Zeit!?

Wieder diese dumpfe Detonation. Gleichzeitig dreht sich der getroffene Koloss halb um die eigene Achse. Gut so. Jetzt ist kaum noch Platz für die Durchfahrt.

Klein-Hansi ist wieder aufgesprungen, reckt einen Arm in die Höhe. Er hat den Ernst der Lage immer noch nicht erfasst. Prompt spritzt Erde um ihn herum auf. Jetzt haben auch die Russen, zunächst ein MG-Schütze aus einem der nachfolgenden Panzer, die Situation erkannt und das Feuer eröffnet.

In einem kleinen Bogen robbt Fritz in Richtung seines Chefs. Dieser gibt ein Zeichen, das sofort verstanden wird und wohl bedeutet: Erst feuern, wenn der nächste Panzer in die verbliebene Lücke des Engpasses einfährt.

Was macht Willi denn jetzt? Will er sein Meisterstück abliefern? Von vorne, aus ungünstigem Winkel, zu weit entfernt, feuert er hastig, leichtsinnig und unüberlegt auf den dritten Panzer. Das ist pure Panik, er möchte wohl nur den Gegner auf Abstand halten.

Ein Schmiedehammer trifft einen Amboss aus Eisen. Ja, so etwa könnte man das Geräusch beschreiben, das ein seitlich vom Turm abprallendes Geschoss verursacht.

Aber Gott sei Dank … !? Nein, Glück für die kleine Gruppe – Fritz hat ebenfalls schon angelegt. Er hat bessere Nerven, feuert und er trifft wieder.

Die Durchfahrt ist blockiert.

Wo bleiben die russischen Infanteriesoldaten? Sind die Panzer zu schnell vorgerückt?

Der Chef feuert eine MG-salve nach der anderen, ohne gezielt zu treffen. Heftiges Abwehrfeuer soll wenigstens vorgetäuscht werden. Wie lange wird das die gegnerischen Infanteriesoldaten wohl aufhalten?

Gar nicht. Sie sind nachgerückt, schleichen schon durch das obere Hügelgelände.

Willi erwischt es zuerst. Ein Russe hat sich in eine günstige Schussposition herangearbeitet. Zwei Schüsse, Treffer, … aus. Er sucht nach dem nächsten Gegner.

Hansi hat das Drama beobachtet. Er springt auf. Im Moment dreht ihm der feindliche Soldat den Rücken zu.

»Hei, hei … « Unser tapferer Krieger steht schussbereit. Warum ruft er ihn an? Warum warnt er seinen gefährlichen Gegner, den feindlichen Soldaten?

»Hansi, schieß, schieß jetzt endlich, leg ihn doch um«, will ich ihn auffordern, zunächst flüsternd, dann krampfhaft schreiend – aber umsonst, er kann mich ja nicht hören.

Der Russe wirbelt herum. Irgendetwas scheint ihn zu irritieren, er zögert einen Moment. Warum? Hat er erkannt, dass ihm ein junger Möchtegernkrieger, fast noch ein Knabe, gegenübersteht?

Dann eröffnen beide fast gleichzeitig das Feuer – eine geradezu unglaubliche Szene.

Ich wünschte, es wäre nur ein Film.

Hansi hält sich aufrecht, er wankt nicht, aber sein linker Arm gleitet kraftlos von seiner Waffe. Der Gegner liegt am Boden.

Seitlich taucht ein weiterer russischer Soldat auf, schießt sofort. Mit letzter Kraft versucht der Kleine mit einer Hand seine Waffe anzuheben und noch einmal abzufeuern. Es gelingt nicht mehr. Langsam sinkt er zu Boden. Der Schleier des Todes legt sich bereits über seine Augen.

Mein Gott, Hansi. Warum nur bist du nicht in Deckung geblieben? Warum hast du dich nicht herausgehalten?

»Wir sind keine Heckenschützen aus dem Hinterhalt. Ihm ohne Vorwarnung in den Rücken schießen? Nein, nein! Mutter, du verstehst das doch«, höre ich ihn noch flüstern.

Er war ein fairer Krieger, aber einen großen Krieg mit seinen brutalen Regeln, den konnte er wohl nicht überleben, nicht auf diese Art und Weise. Da wird nicht Cowboy und Indianer gespielt.

Auch Fritz steht auf verlorenem Posten. Er könnte sich absetzen, aber der Chef liegt bewusstlos am Boden. Alleine kann er ihn nicht wegschleifen, liegenlassen geht auch nicht. Es ist nur eine Frage der Zeit, bis ihn die feindliche Kugel trifft. Ich kann nicht erkennen, ob, wann und wie es passiert. Noch feuert er, wirft jetzt die letzte greifbare Handgranate.

Er kämpft um sein Leben, nur noch darum und um sonst nichts mehr.

Inzwischen haben die Panzer aus den seitlichen hinteren Reihen den Hügel unter heftigen Beschuss genommen ohne erkennbare Rücksicht auf die eigenen Soldaten. Aber die meisten Einschläge liegen deutlich zu hoch. Offensichtlich vermuten die Panzerschützen den Feind im oberen Hügelgelände. Die ›Panzerjäger‹ liegen jedoch in Augenhöhe mit ihnen in einer flacheren Geländeschneise.

Dann aber, ein kurzes Kommando im Befehlston. Überraschend ziehen sich die Russen zurück.

Vielleicht hat Fritz doch noch einmal Glück gehabt. Der Chef erwacht aus der Ohnmacht. Er überlebt.

Er wird, gegen seinen Willen, überraschend schon nach wenigen Tagen mit dem ›Eiserne Kreuz‹ ausgezeichnet, das eigentlich auch seine gefallenen Kameraden verdient gehabt hätten. Sein entsprechender Antrag bleibt unbearbeitet, weshalb er sich auch zunächst sträubt, die Auszeichnung anzunehmen. Letztendlich hat er gar keine Wahl. Vorzugsweise werden lebende Helden gesucht, die machen sich meistens besser.

Ich will endlich weg von diesem unseligen Lebensabschnitt, den ich ursprünglich gar nicht selbst direkt erlebt habe und bisher nur aus Vaters Erzählungen kannte. Fast krampfhaft versuche ich aufzuwachen, weitere Albträume dieser Art abzuschütteln.

Es gelingt noch nicht ganz.

Der Chef hat Nachforschungen angestellt. Jetzt, 15 Jahre nach diesem Ereignis, sitzt er im Wohnzimmer von Hansi.

Die Mutter erwartet zurückhaltend, Hansis jüngerer Bruder eher neugierig, was der Chef ihnen anvertrauen will. Sie wissen in etwa, was damals geschehen war. Es hatte sich sehr schnell im Dorf herumgesprochen.

Der Chef bietet sein ›Eisernes Kreuz‹ als Anerkennung für Hansis Einsatz an. Der jüngere Bruder lächelt zunächst noch etwas überheblich, betrachtet beinahe lässig, fast schon verächtlich, den ›Gegenstand‹. Er ist offensichtlich schon vom ›Zeitgeist‹ beeinflusst.

Dann wird er nachdenklich, steht langsam auf und verlässt den Raum. Er ist sichtlich aufgewühlt, hat sogar Tränen in den Augen. Mein Gott, noch nach so langer Zeit?

»Er hat sehr darunter gelitten, dass sein fünf Jahre älterer Bruder nicht mehr wiedergekommen ist.« Die Mutter macht eine kurze Pause. Dann strafft sich ihr Körper, sie will etwas loswerden:

»Ich glaube nicht, dass es pure Einbildung war. Am Tag seines Todes lag ich mit einer schweren Erkältung im Bett. Das Zimmer war abgedunkelt.« Wieder folgt eine kurze Pause, dann:

»Plötzlich hatte ich das Gefühl, dass jemand neben dem Bett stand. Ein Schatten, der urplötzlich erst Konturen, dann Gestalt annahm. Es war Hansi. Nicht mit seinem üblichen, spitzbübischen Gesichtsausdruck – nein, ungewöhnlich ernst. »Verzeih, Mutter, auch mein kleiner Bruder wird es irgendwann einmal verstehen.«

»Die Szene war ungewöhnlich, aber nicht unheimlich, eher vertraulich. Bevor ich noch eine Frage stellen konnte, war der Spuk – nein, die Erscheinung – zu Ende.«

Die Frau, die Mutter, wirkt ausgeglichen, fast zufrieden.

»Ähnliche Geschichten hat man schon bei anderen Situationen gehört, vor allem, wenn es um Leben und Tod ging«, will der Chef, leicht verunsichert, beipflichten. Er tut es dann auch, fast im Flüsterton. Nach kurzer Pause bricht er ganz ab. Ich kann ihm nachfühlen.

Alle weiteren, wenn auch gut gemeinten Kommentare wären falsch und schlichtweg überflüssig.

Der Chef verabschiedet sich etwas verlegen. »Eigentlich wollte ich noch erwähnen, dass damals auch Fritz den Einsatz überlebt hat. Mit seiner Armprothese kann er noch lange leben«, murmelt er unverständlich, offensichtlich mit Absicht.

Er unterlässt auch diesen Hinweis. Alles, was er eigentlich noch sagen wollte, erscheint ihm offensichtlich nur noch banal, einfach unpassend.

Den Gegenstand, das ›Eiserne Kreuz‹, lässt er auf dem Tisch zurück. Möglicherweise wird es Hansis jüngerer Bruder doch noch achten, vielleicht später …

*

Aufwachen Ricky, oder in der Vergangenheit bleiben, aber an einem anderen Ort. Kann ich das überhaupt beeinflussen? Wenn ja, … ich würde dieses letzte Geschenk gerne annehmen.

Ob durch eigenes Zutun, mentale Konzentration oder was auch immer – ich kann mich tatsächlich aus dieser sehr unangenehmen Ereignisphase befreien.

Es ist mir in diesem Moment allerdings nicht so recht bewusst: Je weiter ich mich davon entferne, umso kürzer wird der Weg direkt ins Jenseits.

*

Wieder ein Zeitsprung.

Sportunterricht an der Schule. Ich bin Neuankömmling, kann aber nicht teilnehmen wegen einer noch nicht ganz ausgeheilten Knieverletzung, die ich mir beim Fußball zugezogen habe. Leider wird es eine vollständige Heilung nicht geben.

Der neue Sportlehrer, mit 66 Jahren eigentlich schon im Rentenalter, kennt kein Pardon. Solange kein Attest vorliegt ist der Schüler ein Simulant. Die Quittung: Note 5 für Sport im Halbjahreszeugnis. Ärgerlich, aber ich hoffe, dass ich bald wieder fit sein werde – wenigstens einigermaßen. Dem alten ›Knacker‹ werde ich es schon noch zeigen!

Der alte ›Knacker‹ ist ein harter Knochen. Er war in jungen Jahren ein erfolgreicher Amateurboxer und führt an zwei Wochentagen so eine Art privates Boxtraining durch. Das ist auch etwas für mich, da bei leichter Schonhaltung mein lädiertes Knie nicht allzu sehr belastet wird. Allmählich kann ich mehr und mehr punkten.

Auch beim normalen Schulsport bin ich endlich wieder dabei. Der Sportlehrer, der Alte, wie ich ihn fortan nenne, ist sehr angetan von meinen Leistungen.

Aber, was ist denn so wichtig an diesem Abschnitt meiner Jugendzeit? Warum bin ich wieder hier gelandet?

Wolfi erscheint jetzt auf der Bühne. Er sitzt in der Schule neben mir. Er ist intelligent, großzügig, ein anständiger Kerl.

Aber er ist mit einem großen Handicap belastet auf die Welt gekommen: Sein Skelett besteht aus ›Glasknochen‹, laienhaft ausgedrückt. Zusätzlich ist er kleinwüchsig, hat eine extrem runde Kopfform mit einem Mondgesicht. Darüber kann er sogar selbst Witze machen. Na ja …

Bundesjugendspiele – auch ich bin wieder dabei.

In der letzten Sportstunde werden noch die letzten Feinheiten trainiert. Wolfi, von der Teilnahme am Sportunterricht befreit, schleicht, fast aufdringlich, um mich herum. Was hat er nur?

»Ricky, ich möchte dich um einen großen Gefallen bitten«. Bevor ich noch eine Zwischenbemerkung machen kann, sprudelt es förmlich aus ihm heraus: »Du hast beim Sportlehrer inzwischen sehr viele Punkte gesammelt. Wenn du ihm meine kleine, aber für mich wichtige Bitte vorträgst, könnte das von großem Vorteil sein.«

Nach einer kleinen Pause redet er hastig weiter: »Der Alte will, dass möglichst alle an den Spielen teilnehmen, vor allem auch in passender, wettkampfmäßiger Ausrüstung.«

»Was ist daran falsch?« Meine kurze Zwischenbemerkung hält ihn nicht davon ab, seinen eigentlichen Wunsch jetzt ohne weitere Umschweife zu erläutern.

»Sieh mich doch an. Du kannst dir doch sicher vorstellen, wie ich aussehe – in kurzen Hosen, Sporthemd, Turnschuhen aus dem Kinderladen. Meine Beine sind dünner als deine Arme, usw., usw … Ich will nicht als Lachfigur auflaufen.«

»Es reicht, Wolfi«, unterbreche ich ihn irritiert.

Er macht einfach weiter: »Du weißt doch, dass der Alte bei der Olympiade 1936 als Betreuer der deutschen Boxstaffel fungiert hat. Was der wohl von Typen oder Figuren wie mir hält?«

Na ja, darüber habe ich mir noch keine tiefschürfenden Gedanken gemacht.

»Es ist gut, ich gehe sofort rüber zu ihm. Ich bin skeptisch, aber ich werde alles versuchen.« Meine Antwort scheint ihn etwas aufzumuntern.

Nur nicht lange rumdrucksen.

»Herr Chritzel, ich hätte da ein Anliegen, eine Bitte im Auftrag meines … , hm, ja … , meines Kumpels, dem Wolfi.«

Der Alte verfolgt weiter die Übungen einiger Schüler, wartet geduldig, ohne Zwischenfrage. Also mache ich weiter, wenn auch nicht mehr ganz so selbstbewusst:

»Wolfi bittet um die Erlaubnis, an den morgigen Wettkämpfen nicht teilnehmen zu müssen.«

»Warum nicht?« Seine Antwort ist kurz, er ist offensichtlich noch gedanklich anderweitig beschäftigt.

Ich dramatisiere, um die vermeintliche Wichtigkeit des Themas zu unterstreichen: »Sie kennen ihn doch. Wolfi möchte nicht als Witzfigur auftreten. Neben, oder wegen seiner körperlichen Gebrechen kann er auch keine sportlichen Leistungen bringen.«

Jetzt hat er begriffen, um was es geht. Seine Augen taxieren mich von oben bis unten, als ginge es um mich.

»Ist Wolfi nicht mannhaft genug, selbst zu kommen und sein Anliegen vorzutragen?«

Ich verstehe. Soll ich schon wieder gehen, ohne meinerseits einen echten Versuch unternommen zu haben?

Gott sei Dank. Wolfi schaut gerade erwartungsvoll herüber. Ich winke. Er ist unsicher, aber er kommt. Vielleicht rechnet er mit meiner Unterstützung? Gut, dann bleibe ich noch.

»Herr Chritzel ... ?« Wolfi ist relativ gefasst.

Der Alte wartet scheinbar geduldig. Wolfi trägt noch einmal sein Anliegen selbst vor.

Gleitet die Situation jetzt aus dem Ruder?

»Wolfi, deine Bedenken sind verständlich. Keiner sollte so tun, als ob ihm das nichts ausmachen würde, wenn er selbst betroffen wäre.« Ich bin etwas irritiert.

Nach dieser Einleitung geht der Alte noch einen Schritt auf Wolfi zu, legt ihm behutsam die Hand auf die Schulter und verkündet mit energischer Stimme: »Junger Mann, das ganze Drumherum ist zweitrangig. Darauf kommt es doch gar nicht an. Hauptsache, du stehst in den Reihen deiner Kameraden!«

Aha! ... Originalton Olympiade 1936!? Ich grinse sozusagen nach innen.

Seltsam nur – irgendetwas passt hier nicht zusammen.

Wettkampfspiele am nächsten Tag. Wolfi darf als Schiedsrichter teilnehmen. Mit der Stoppuhr in der Hand misst er konzentriert die Zeiten der Kurzstreckensprinter.

»Aufpassen«, will ich ihm zurufen. Zwecklos, denn er kann mich wohl nicht hören.

Er neigt sich etwas zu weit in die Bahn, wird von einem Läufer erfasst und zu Boden geworfen. Seine Glasknochen halten das nicht aus.

Die Mehrfachbrüche an Arm und Bein erträgt er einigermaßen mit Fassung – schließlich ist er es ja gewohnt.

›Das Schicksal ist nicht gerecht und der liebe Gott wird schon wissen warum! ... Oder auch nicht! Ich habe so meine Zweifel.‹ Schnell verdränge ich diese Gedanken wieder, wische sie einfach energisch hinweg! Denn ...

›Bub, versündige dich nicht‹, würde Mutter wohl hierzu vorwurfsvoll anmerken.

*

Der Film läuft ohne größere Unterbrechung weiter.

Ich bleibe am Ort, denn hier gibt es noch einiges zu erleben oder besser wieder zu erleben.

Ich bin einverstanden. Ändern kann ich es sowieso nicht, das ist mir mittlerweile klar geworden.

*

Rolle, der junge Mann aus der Stadt, kommt ins Bild.

Harmlos sieht er aus, nur wenige Jahre älter als wir Schüler. Er stellt sich gleich selbst vor und was wir hören, ist doch ziemlich ungewöhnlich.

»Ich bin Rolle, mit 23 Jahren etwas älter als ihr und soll hier für unbestimmte Zeit wohnen – bei und mit euch in diesem etwas abgelegenen Schülerwohnheim.«

Nach einer kurzen, künstlichen Pause redet er mit gesenkter Stimme weiter:

»Mein Aufenthalt hier ist nicht zufällig und auch nicht ganz freiwillig. Ich komme direkt aus dem Gefängnis und soll im Umfeld und in der Umgebung von euch Schülern sozusagen resozialisiert werden.«

Er grinst, legt wieder eine Kunstpause ein. Aber dann geht es knüppeldick weiter:

»Der Rest meiner Gefängnisstrafe von zwei langen Jahren ist auf Bewährung ausgesetzt. Eine passende Arbeitsstelle – und wichtig – ein Umfeld mit friedlichen Schülern, das sollen günstige Voraussetzungen für meinen weiteren Lebensweg sein. Mein Bewährungshelfer ist sehr streng und ziemlich kompromisslos. Aber das ist sicher auch nötig.«

Wieder grinst er. Dann, nach einer weiteren kurzen Pause:

»Nicht nur Hehlerei und ein paar kleinere Delikte haben mich ins Gefängnis gebracht, sondern mehrere schwere Schlägereien. Ein Kontrahent lag mehrere Tage im Koma, ein anderer hat der Krankenkasse zwecks Wiederherstellung erhebliche Kosten verursacht.«

Fast demütig blickt er in die Runde. Er wirkt jetzt geradezu niedergeschlagen.

Mein Eindruck: Schauspieler hätte er auch werden können.

»Sehr witzig«, meldet sich eine Stimme aus dem Hintergrund. Er ist Hobbyboxer und beteiligt sich regelmäßig am Training bei Chritzel.

»Schau dich doch selbst an. Um einen Gegner vernichtend zu schlagen, braucht man natürlich auch eine gewisse Masse, also Körpergewicht.« Er argumentiert als Sportler und wartet.

Rolle tut ihm den Gefallen:

»Ich wiege nur 64 kg. Körpergröße: Ca. 1,74 m.«

Dann, nach kurzer Kunstpause:

»Das ist auch eine Art Handicap, sozusagen – weil die Gegner wenig Respekt haben. Vielleicht nicht so sehr im Ring, aber draußen, im wahren Leben, kann dieser Umstand verheerende Folgen haben.«

Nicht mehr demütig, eher selbstbewusst schaut er in die Runde. Ein kurzer, aber intensiver Blick streift den Fragesteller. Aus seinem Gesichtsausdruck könnte man jetzt sogar eine Warnung herauslesen.

Ich bin mir sicher, nein, eigentlich weiß ich es doch. Da wird sich noch Einiges abspielen. Ob ich es noch einmal erleben werde?

*

Jürgen ist ein Motorradfreak. Die Begeisterung für seine Maschine ist fast grenzenlos. Nach einem schweren Sturz lag er mehrere Tage im Koma. Einige der Folgespuren sind noch immer in seinem Gesicht erkennbar.

»Es sind Reste von Straßenteer und keine Tätowierung, was da auf meiner linken Wange zu sehen ist – sozusagen eingefräst für alle Zeiten.« Jeder neue Bekannte, der neugierig sein Gesicht betrachtet, erhält fast immer diese Information, noch bevor er eine entsprechende Frage gestellt hat.

Jürgen weiß, dass ein weiterer Sturz, auch bei einem minder harten Schlag gegen seinen Kopf, für ihn tödlich sein kann.

Ab und zu dreht er auf dem Privatgelände der Schülerherberge mehrere Runden, um fit zu bleiben, wie er sagt. Manchmal stellt er sein Motorrad auch anderen Schülern für einige Proberunden zur Verfügung. Auch ich komme in den Genuss dieser großzügigen Geste. Einen Führerschein habe ich nicht, das ist auch nicht Bedingung bei den Fahrten auf dem privaten Übungsplatz.

Am heutigen Freitag sollen einige Stunden Schulunterricht ausfallen – nicht besonders schlimm, gleich ganz wegzubleiben.

Seit dem Frühstück lässt mich diese wahnwitzige Idee nicht mehr los. Ich weiß, dass an diesem Wochenende alle meine drei Geschwister nach Hause kommen – eine günstige Gelegenheit für ein Familientreffen.

Es regnet unregelmäßig und unterschiedlich stark. Trotzdem, oder gerade deswegen ...

»Jürgen, ich habe Heimweh, oder etwas Ähnliches. Leider gibt es keine direkte Bahn – oder Busverbindung zu meinem Heimatort.« Insgeheim hoffe ich, dass er mich begleiten könnte. Er als Fahrer und ich als Beifahrer auf seinem Motorrad.

Er überlegt eine Weile, winkt dann aber entschieden ab.

»Du denkst wohl ... ... nein, ich kann leider nicht wegen einer Geburtstagsfeier. Aber ich leihe dir mein Motorrad. Du hast doch einen Führerschein?«

Ich zögere, aber dann fällt mir ein: »Selbstverständlich.«

»Na also!«

Ich blicke zum Himmel und ergänze kleinlaut: »Aber nur für Mopeds.«

»Was hast du noch gesagt?« Schon kramt er konzentriert und scheinbar gedankenverloren in seinen Jackentaschen.

»Hier ist der Schlüssel. Nimm auch meine Regenjacke und vergiss deine komische Schildkappe mit Abdeckung nicht!«

»Danke, Jürgen.« Damit habe ich nun doch nicht gerechnet. Darf ich das annehmen? Es ist doch auch ein Risiko für ihn!?

Der Wind hat inzwischen nachgelassen. Der leichte Regen passt ausgezeichnet für mein Vorhaben. Bei diesem Wetter werden wohl kaum Verkehrskontrollen durchgeführt, zumal erst vor zwei Tagen ein großes, wenn auch unglückliches Spektakel ganz in der Nähe abgelaufen ist. Ein Soldat wurde auf einem Übungsmarsch während eines Gewitters tödlich vom Blitz getroffen, zwei weitere relativ schwer verletzt.

Kaum habe ich das Ortsschild passiert und bin noch keinen halben Kilometer ins Städtchen eingefahren: Stau.

Mit dem Motorrad brauche ich nicht unbedingt am Stauende anstehen. Langsam und vorsichtig fahre ich deshalb an der Schlange vorbei, biege in die leichte Kurve ein ... ...

»Oh mein Gott!!« – Blaulicht, also Verkehrskontrolle. Relativ viele Leute stehen an der Straßenseite, diskutieren. Ist irgendwas Besonderes passiert?

Ja, Bankraub, Überfall. Flucht der beiden maskierten Räuber mit einem Motorrad, höre ich. Das bedeutet: Ich werde auf jeden Fall kontrolliert. Was tun?

Ich fühle, wie mir der kalte Schweiß ausbricht, am ganzen Körper.

Der Führerschein bleibt wohl für längere Zeit ein Traum, wenn ich hier erwischt werde. Die Behörden werden bei der Ausstellung Schwierigkeiten machen.

Umkehren und abhauen? Das Motorrad einfach abstellen und scheinbar gelassen meinen vermeintlichen Zielort aufsuchen – die nächste Hauseingangstür!?

Ein unauffällig postierter Vorposten hat mich bereits im Auge und winkt. Er deutet nach vorne zu einer kleinen Parkfläche. Dort soll ich mich offensichtlich zur Kontrolle anstellen.

Betont langsam fahre ich nach vorn. Ein weiterer Polizist gibt mir per Handzeichen zu verstehen, rechts heranzufahren. Ich tue, was er sagt.

In diesem Moment reagiert der vor mir stehende Beamte auf den Zuruf eines Kollegen. Offensichtlich eine besondere Information, denn er geht zur besseren Verständigung ein paar Schritte auf diesen zu.

Die Straße wird für einen Moment frei.

Jetzt oder nie, Ricky!

Ich bin erstaunt, wie cool ich reagiere. Vollgas, Kupplung schleifen lassen und – wegen der regennassen Fahrbahn – kontrolliert anfahren. Ein paar Schlenker, aber es klappt.

»Die Würfel sind gefallen.« Jetzt gibt es kein Zurück mehr. Gut, dass Mutter das nicht sieht ... ... Sie würde weinen.

Es regnet stärker. Die Sicht ist nicht besonders gut. Ist das für mich von Vorteil, oder eher ungünstig? Gut, dass ich längere Zeit Moped gefahren bin. Der Unterschied zum leichten Motorrad ist nur gering.

Ich sollte das Tempo wieder etwas zurücknehmen, geht mir durch den Kopf. Dann falle ich weniger auf. Ich tue, was ich gerade gedacht habe. Irritiert nicht auch meine Kappe, ein Überbleibsel aus der Faschingszeit, die Polizei? Wahrscheinlich, wenn auch nur für einige Sekunden, denn ich komme relativ gut durch bis zum sichtbaren Ende der Kontrollsperre.

Im Rückspiegel sehe ich, dass sich etwas tut. Egal, ob es die Verfolger irritiert oder nicht: Ich deute mit heftig schwingendem Arm in eine Seitenstraße, fahre aber selbst geradeaus weiter.

›Tarnen und täuschen‹, das nützt jetzt nicht mehr viel. Vollgas, bis zur nächsten Biegung. Dahinter – hoffentlich weit genug, um für einen Moment aus dem Sichtfeld der verfolgenden Polizei zu kommen – geht eine Seitenstraße nach rechts ab. Mit extremer Kurvenlage biege ich ein.

Noch eine weitere Chance bietet sich schon nach kurzer Strecke an: Eine Garage, etwas nach hinten versetzt mit einem offenen Eingang zur Seite, nicht direkt zur Straße hin. In letzter Sekunde schwenke ich ein. Ohne zu zögern stelle ich das Motorrad hinein.

Fast eine Stunde schon sitze ich jetzt im Straßenkaffee. Hoffentlich hat der Garagenbesitzer das Motorrad noch nicht entdeckt.

Reines Wunschdenken, er steht vor der Maschine und betrachtet sie neugierig.

»Sorry, aber ich musste mich im nahegelegen Kaffee etwas aufwärmen.« Er nickt verständnisvoll. Aber sein Misstrauen steht ihm ins Gesicht geschrieben.

Er gibt sich einen Ruck und bemerkt scheinbar unaufgeregt:

»Heute Morgen wurde ein Bankraub verübt. Die beiden Täter sollen mit dem Motorrad geflüchtet sein.«

Unauffällig tasten seine Augen meine Kleidung ab. Sucht er nach der kleinen, typischen Ausbeulung für eine Waffe?

Ich muss unbedingt seine Bedenken zerstreuen.

Betont lässig erkläre ich: »Ich weiß, das ist auch ein Grund, warum ich ziemlich durchnässt bin. Bei der Polizeikontrolle wurde ich sozusagen bis aufs Hemd durchsucht.«

Diese Aussage hat ihn offensichtlich von meiner Harmlosigkeit überzeugt. Er wirkt jetzt entspannt. An einer weiteren Diskussion ist er nicht interessiert. Mit einem ›Tschüss und gute Fahrt‹ verabschiedet er sich und verschwindet im Haus.

Mit großer Erleichterung setze ich meine Fahrt fort. Ich nähere mich wohlgelaunt dem Ausgang des Städtchens.

»Ich glaube mich trifft der Schlag«, stottere ich vor mich hin. Schon wieder, oder besser gesagt, noch immer Polizeikontrolle. Was soll ich dieses Mal tun? Das gleiche Manöver klappt nicht noch einmal. Da bin ich mir sicher. Auch die Polizei lernt dazu. Einfach wenden? Mit dem Motorrad kein allzu großes Problem.

Ich schaue in den Rückspiegel. Keine Chance. Das übernächste Auto hinter mir fährt mit Blaulicht, wenn auch ohne Sirene.

Aufgeben, Ricky. Das Spiel ist gelaufen!

Langsam rolle ich zum nächsten Kontrollpunkt. Zu meiner Überraschung werden jetzt die Fahrzeuge nach nur kurzer Sichtprüfung zügig durchgewinkt.

Ein letzter Versuch. Ein Blick zum Himmel, mit Fluch auf den Regen, dann ein krampfhafter Hustenanfall. Der bedauernde Gesichtsausdruck des Polizisten lässt mich wieder hoffen.

Das Manöver hätte ich mir ersparen können. Ein kurzer Blick ins geräumige Polizeiauto – die Anspannung löst sich merklich. Die beiden Täter sind gefasst, ihr Motorrad steht bereits auf einem Pick-up an der gegenüberliegenden Straßenseite.

*

Mein Heimatort ist in Sicht. Nein, nicht mitten durch den Ort werde ich gehen, sondern über die Anhöhe, am alten Kriegerdenkmal vorbei.

Jetzt gerät doch einiges durcheinander. Mehrere Wohnwägen stehen auf dem Platz zwischen dem Denkmal und der alten Scheune. Es sind teilweise relativ moderne Fahrzeuge, wie sie mittlerweile auch von Einheimischen zum freien Campen benutzt werden.

Es sind Zigeuner. Nein, Sinti und Roma, wie sie sich neuerdings selbst nennen. Aber, auch die alte Bezeichnung hat für mich keine negative Bedeutung, vielleicht auch …

… wegen Anna, dem freundlichen Mädchen von damals. Wie hatte sie sich verabschiedet? … »Vielleicht kommen wir im übernächsten Jahr wieder in diese Gegend. Wenn das Schicksal es will, sehen wir uns wieder.«

Vielleicht habe ich mich zu wenig, oder gar nicht darum gekümmert!?

Plötzlich spüre ich wieder ihren warmen Abschiedskuss auf meiner Wange. Aber sie ist nicht da! Auch ihre Mutter kann ich nicht ausmachen – ich hätte gerne gesehen, wie sie heute aussieht, wie ich heute auf ihre betörende Schönheit reagiere.

Urplötzlich steht ihr Bruder vor mir. Er ist älter geworden, aber ich erkenne ihn sofort wieder. Lässig wirft er einen Tennisball auf den Boden, fängt ihn wieder auf. Fast symbolhaft, diese kleine Aktion.

Mein Pulsschlag erhöht sich. Herzklopfen nennt man das wohl. Sicherlich steht mir die entscheidende Frage bereits ins Gesicht geschrieben.

Äußerlich ruhig, cool, abgeklärt, warte ich auf das, was er mir mitteilen will. Er will etwas loswerden. Warum sonst ist gerade er aufgetaucht?

Nach scheinbar endlosem Schweigen beginnt er zu sprechen.

»Ich habe nie verstanden, was meine Schwester an dir so Besonderes entdeckt hat. Ihr seid euch doch nur zweimal relativ kurz begegnet. Oder habt ihr euch etwa heimlich noch ein weiteres Mal getroffen, vielleicht auch noch viel später?« Der letztgenannte Gedanke scheint ihm gerade erst plötzlich gekommen zu sein.

Anstatt darauf einzugehen, stelle ich jetzt ungeduldig meine Frage: »Wie geht es Anna?«

»Wir waren im vergangenen Jahr auch hier. Ich glaube, meine Schwester hat sich im Ort nach dir erkundigt. Sie war sehr traurig.

Vielleicht hat sie sogar geweint. Da habe ich, als ihr Bruder, ein ernstes Wort mit ihr geredet, wie man sagt. Ihr Verhalten ist, nein war, für mich unverständlich, geradezu albern!«

Nach einer kurzen Pause folgt die entscheidende Ergänzung:

»Anna ist seit kurzem verlobt.«

Noch eine Pause, dann:

»Na ja, nichts für ungut. Wahrscheinlich wäre ich auch mit dir als Annas Freund gut ausgekommen! Ihr jetziger Partner ist einer von uns – und das ist gut so. Versuche nicht, auf welchem Weg auch immer, daran etwas zu ändern, auch wenn dir das vielleicht sogar gelingen könnte.«

Er spricht mit reifem Ernst, aber dann lacht er plötzlich, dreht sich um und geht.

Das Kapitel ist zu Ende. Aber, was ist daran so wichtig, dass diese Seite, dieses kurze, fast belanglose Ereignis mit ergänzendem, bisher unbekanntem Ausgang noch einmal abgespult wurde? Nur ein Lückenfüller?

Gut so. Immerhin, keine weitere Dramatik, keine neuen Szenen, die bisher meistens ein unangenehmes Ende gefunden haben.

Spannende Ereignisse sind besser als langweilige Erlebnisabläufe. Aber, bitte schön, auch einmal mit einem vorwiegend positiven Ausgang. Warum kann ich mir die ›Rückblende-Ereignisse‹ nicht selbst aussuchen?

Für einen kurzen Moment bin ich wieder in der Wirklichkeit zurück, allerdings ohne klaren Bezug auf die augenblickliche, reale Situation, in der ich mich gerade befinde. Die Zeitspanne ist zu kurz, um klare analysierende Überlegungen durchzuführen.

Aber in besonderen, ganz speziellen und unerwarteten Augenblicken, bei bestimmten ›Einblendungen‹, fällt mir wieder auf, dass manche Erlebnisse nicht ganz meinen realen Erinnerungen entsprechen. Zeit, Raum und Ablauf sind manchmal verändert, auch gerade dann, wenn sie besonders klar erscheinen.

Zeitsprünge sind keine Seltenheit. Auch bisher völlig unbekannte Ereignisse laufen ab, teilweise sonderbar grotesk, geradezu halluzinativ – wie Albträume oder euphorische Glücksgefühle im wirklichen Leben!

Eigentlich sind diese Lebensabschnitte unwiederbringlich und unkorrigierbar abgeschlossen.

Ein Konzept kann ich immer noch nicht erkennen. Aber Zeit, darüber nachzudenken, habe ich nicht.

Überraschenderweise *wird mir ab und zu für Bruchteile von Sekunden meine wirkliche Lage bewusst. In solchen kurzen Augenblicken, zwischen cooler Abgeklärtheit und schockartiger Panik, ist die Hoffnung noch nicht gestorben.*

Es würde mich aber auch nicht verwundern, wenn ich den tödlichen Aufprall bewusst erlebe. Den Tod als Gestalt, ob mit oder ohne Sense in den Händen, erlebt man aber mit Sicherheit nur einmal.

*

Fast gleitend schwebe ich weiter in der bereits durchlebten Zeit, in gewisse, spezielle Lebensabschnitte. Aber fast zwangsläufig steht oder schwebt die Frage im Raum:

Ist das vielleicht schon eine Art Vorlauf zum ›Fegefeuer‹? Wird diese Vorstufe zum ewigen Licht nicht sogar von der Kirche als Lehre vertreten?

Das würde allerdings auch bedeuten, dass ich nicht direkt zur Hölle fahre! Auch ein Trost!

Vielleicht werde ich es bald wissen – oder nie erfahren.

*

Ich bin wieder, oder immer noch, in der Umgebung meines ehemaligen Heimatortes.

Ohne Vorwarnung bin ich wieder in einem weiteren Abschnitt, einem neuen dramatischen Ereignis der früheren Kindheit. Noch weiter zurück als das vorangegangene Geschehen – sehr viel weiter sogar ... ...

*

Keine weitere Zeit zum Nachdenken. Die Gedankenspiele sind zu Ende.

Jetzt läuft wieder der Echtfilm über eine weitere Episode in meiner Vergangenheit ab – unser Herr Pfarrer kommt ins Bild. Ich bin wieder, oder immer noch, in meinem Heimatdorf.

Das ganze Geschehen erscheint mir nach wie vor unbegreiflich, geradezu ungeheuerlich. Gerne hätte ich auf die Wiederholung dieser Szenen verzichtet.

Meine Mitschülerin, die Kathi hat doch nur den Kirchgang ›geschwänzt‹. Die auferlegte, unsinnige Strafarbeit konnte sie, mangels Zeit, gar nicht erledigen.

... ... Jetzt fängt Kathi an zu weinen, nachdem sie den ersten Teil der Prügelstrafe, ohne einen Laut von sich zu geben, ertragen hat.

Wie in Trance stehe ich wieder auf. »Das halte ich nicht mehr aus, ich muss hier raus«, murmele ich zunächst, schreie es dann aber geradezu hinaus. Aber niemand kann mich in meinem Zustand hören.

Den fanatischen Ausdruck im Gesicht des Pfarrers werde ich nie mehr vergessen. Aber warum nur diese fanatische Wut? Kathi hat ihm doch persönlich keinen Schaden zugefügt?

Und noch einmal: Warum hat niemand eingegriffen, warum wurde so etwas, wenigstens im Nachhinein, nicht angeprangert oder verurteilt?

Ein Dilemma, dessen bin ich mir bewusst. Einerseits ist meine Haltung zu unserem Pfarrer sehr distanziert, andererseits verdanke ich ihm eigentlich meine zukünftige Lebensentwicklung. Auch wenn sein ursprünglicher Plan – am Ende der Ausbildung einen Priester oder Missionar präsentieren zu können – nicht aufgegangen ist.

*

Einige Jahre später. Ich bin bei meiner Mutter zu Besuch. Meinen Heimatort habe ich ausbildungsbedingt schon vor längerer Zeit verlassen.

Der Zeitsprung in der ›Zeitreise‹ ist frappierend.

Wieder kommt unser Herr Pfarrer ins Spiel. »Er lebt noch, sogar ganz in der Nähe«, wie Mutter sagt.

Ein paar kleine Geschichten über ihn und sein seelsorgerisches Wirken sind immer unterhaltsam. Ich mache eine entsprechende Bemerkung.

»Nicht immer«, meint Mutter ziemlich nachdenklich. Dann, nach einer Weile:

»Das kann vor allem deine Schwester bestätigen«.

Sie will offensichtlich das Thema abschließen. Aber ich bleibe dran.

»Ich höre«, werfe ich locker ein. Aber dann bin ich hellwach und warte ungeduldig.

Sie zögert, überlegt einen Moment, ob sie mir die Story erzählen soll.

»Deine Schwester und der Nachbarjunge wurden vom Schulleiter für irgendwelche Ausscheidungswettkämpfe nach Auswertung der Bundesjugendspiele ausgewählt. Natürlich haben sie daran teilgenommen – die Wettkämpfe wurden an einem Sonntag durchgeführt.«

»Sehr schön. Dann hat mein Sondertraining in den Ferien bei ihr doch etwas gebracht ... und weiter?!«

Sie sucht nach den passenden Worten, weicht zunächst etwas umständlich aus, indem sie verharmlosend abwinkt und kurz anmerkt: »Der Sonntag ist ein Ausnahmetag, der Gang zur Kirche in die Hl. Messe hat absoluten Vorrang. Ihr kennt doch alle unseren Pfarrer und seine extreme Einstellung – aus eigener Erfahrung.«

»Ja, aber in diesem Fall kam die Einteilung der Sportler über die Schule, da gibt es keine private Abwägung. Klar, dass unser Herr Pfarrer das nicht gut fand.«

»Aber es hatte ein Nachspiel, ein ziemlich unangenehmes.«

Ich bemerke, dass Mutter etwas auf dem Herzen hat, wie man so sagt.

»Da kommt doch noch etwas. Erzähle einfach, was los ist, ohne weitere Umschweife.« Ich bin etwas ärgerlich, vielleicht auch, weil ich inzwischen ein ungutes Gefühl habe.

Sie rafft sich auf und meint hastig: »Ich erzähle am besten alles auf einmal, sonst schaffe ich es nicht. Unterbreche mich bitte nicht! ... « Na gut.

Am folgenden Tag ist Religionsunterricht.

Mutter braucht eigentlich nicht weiterberichten.

Ich bin plötzlich wieder selbst dabei, sozusagen als stiller Beobachter, obwohl ich am damaligen, eigentlichen Geschehen nicht beteiligt war.

Wieder eine dieser seltsamen Varianten!

Der Herr Pfarrer hat gerade das Klassenzimmer betreten. Bedächtig nimmt er eine Prise Schnupftabak. Das ist so eine Art Rauchersatz.

Ohne weitere Umschweife stellt er die übliche Frage, obwohl er die Antwort bereits kennt: »Wer war am vergangenen Sonntag nicht in der Kirche?«

Meine Schwester und der Nachbarjunge melden sich etwas zögerlich. Um von vornherein möglichen Konsequenzen – das bedeutet Strafen – zuvorzukommen, steht der Junge hastig auf. Es sprudelt förmlich aus ihm heraus:

»Wir beide konnten leider nicht. Wir sind im Auftrag der Schule zu Sportwettkämpfen gefahren.« Eine gute Begründung, aber ob das reicht? Er ist sich sicher, wirkt jetzt cool, vielleicht sogar etwas stolz.

Trotzdem Schweigen. Oder besser, beklemmende Stille im Klassenzimmer, sekundenlang. Warum eigentlich?

»Kommt nach vorne!« Die Stimme des Herrn Pfarrer klingt ruhig, beherrscht. Aber warum sollen sie zu ihm kommen, wenn er hierzu nur einen Kommentar abgeben will?

»Für Sonntage gibt es keine Schulpflicht, die Veranstaltung war also privat. Das bedeutet aber, der Kirchgang ist auch in solchen Fällen absolut vorrangig.« Jetzt ist in seiner Stimme ein gefährlicher Unterton herauszuhören. Wie wird er auf das von ihm zugeordnete Fehlverhalten der beiden ›Beschuldigten‹ noch weiter reagieren?

Er steht plötzlich auf, so schnell es seine arthrosegeplagten Knie erlauben, winkt beide noch näher zu sich heran.

Bedächtig legt er sowohl dem Jungen als auch meiner Schwester je eine Hand auf das Haupt. Will er ihnen etwa vergeben und seinen gnädigen Segen geben?

Kaum zu glauben, ich bin angenehm überrascht. Eigentlich kann ich mich wieder beruhigt entfernen.

Dann, plötzlich eine hastige, fast ruckartige Bewegung, anschließend ein kaum wahrnehmbares, dumpfes Knacken. Hm, ich sollte wohl doch noch besser bleiben, wenn möglich.

Die beiden Schüler sind plötzlich verschwunden. Nein, nicht ganz.

Otmar kniet vor dem Pulttisch des Pfarrers, hält sich krampfhaft fest. Aber wo ist meine Schwester Erika? Sie liegt am Boden.

Also doch. Es hätte mich auch gewundert, wenn der Herr Pfarrer nicht in ähnlicher Form reagiert hätte.

Es bedarf keiner langen Überlegung. Natürlich, er hat blitzschnell ihre Köpfe zusammengestoßen, seitlich an den empfindlichen Schläfen. Das ist nicht ungefährlich.

Es wird Zeit, dem Herrn Pfarrer endlich Einhalt zu gebieten. Wutentbrannt, zu (fast) allem entschlossen, eile ich zum Ort dieses unwürdigen Vorfalls ...

Ich bemerke, dass ich den Ort des unmittelbaren Geschehens wieder verlassen habe, wenn auch, gerade in diesem Moment, unfreiwillig. Aber eingreifen hätte ich sowieso nicht können.

Mutter ist wieder an der Reihe. Gut, so erfahre ich wenigstens – einige Jahre später – wie dieses Drama weitergegangen ist.

Als hätte es keine Änderung in der Erlebnissituation meinerseits gegeben – wie auch hätte sie dies wahrnehmen können – erzählt sie einfach weiter:

»Deine Schwester war für einige Sekunden – wenn nicht sogar länger – bewusstlos. Sie saß bereits auf ihrem Stuhl als sie wieder zu sich kam. Auch der Nachbarsjunge versuchte krampfhaft, sich auf den Beinen zu halten, wie er mir später selbst bestätigt hat.«

Sie macht eine Pause, oder ist ihr Bericht bereits zu Ende? Einen Moment lang atemlose Stille. So ähnlich mag es damals auch im Klassenzimmer gewesen sein.

»Unser Vater lebt nicht mehr. Aber der Vater des Jungen ist doch ein energischer Mann, mit dem nicht gut Kirschen essen ist, wie man so sagt. Wie hat er denn darauf reagiert?«

Unbegreiflich, ich suche noch nach einem einigermaßen akzeptablen Ausgang dieser ungeheuerlichen Entgleisung eines doch sonst geachteten ›Würdenträgers‹.

»Der Junge hat den Vorfall verschwiegen, da er wohl mit einer Über-reaktion seines Vaters – dem Pfarrer gegenüber – gerechnet hat. Das war auch gut so!« Mutter meint das sogar ernst.

»Was … ?« Wieder steigt Wut in mir hoch, wie damals bei der Miss-handlung der Kathi. Schemenhaft, in stark beschleunigtem Durchlauf läuft auch diese Szene noch einmal – wie eine Dokumentation – vor mir ab. Von dem Moment an, als der Herr Pfarrer die Kathi packt, ihr Gesicht und Brust auf die Schreibplatte der Schulbank drückt und ihr mehrere heftige Stockschläge verabreicht.

Mir wird wieder speiübel. Und wieder habe ich das Gefühl: ›Das ist barbarisch, das halte ich nicht aus!‹

Aber die Zeit hat einiges verändert. Ich bin keine elf oder zwölf Jahre alt mehr.

Wortlos, scheinbar ruhig stehe ich auf, will zur Tür gehen.

Mutter ist jetzt hellwach und stellt sich mir unauffällig, aber doch vorsorglich in den Weg.

»Bub, lass es sein, versündige dich nicht«, meint sie zunächst etwas zögerlich, dann aber sehr bestimmt:

»Setz dich wieder hin. Das ist doch alles schon so lange her. Vielleicht muss man aber auch ein wenig Verständnis aufbringen. Schließlich hat unser Pfarrer früher auch selbst einiges durchgemacht.«

»Was denn schon! Ja, ein paar tolle Geschichten hat er immer pa-rat … … z.B., dass er im Krieg als Seelsorger unterwegs war und ihm sein Gebetbuch in der Brusttasche das Leben gerettet hat. Ein ziemlich großer Granatsplitter war darin stecken geblieben. Jahrelang hat er das Metallstück aufbewahrt, für ihn ein Zeichen der besonderen ›göttlichen Vorsehung‹«. Meine Stimme klingt jetzt sarkastisch.

Mutter überlegt, sucht und ist dann sichtlich erleichtert, dass sie etwas gefunden hat und ein gutes Wort für ihn einlegen kann.

»Es gibt noch etwas anderes. Ich weiß nicht, ob ihr die Geschichte kennt. Der Herr Pfarrer selbst hat später nie öffentlich darüber gespro-chen«. Als sie bemerkt, dass die Neugierde meine Wut etwas bremst, beeilt sie sich, meine Aufmerksamkeit noch weiter zu steigern.

Betont verhalten präsentiert, nein, zelebriert sie förmlich die Neuigkeit:

»Unser Pfarrer hatte entweder Mut, oder er hat die Folgen falsch ein-
geschätzt.« Ich warte ungeduldig. Sie macht eine kurze Pause:

»Er hat in seiner Sonntagspredigt wortgewaltig und sozusagen öffentlich damals die Zustände im Dritten Reich angeprangert – und das
nicht nur ab und zu in kleinen Nebenbemerkungen.«

»Aha, sehr interessant! Aber, was hat das mit seinen unberechenbaren
›Ausrastern‹ zu tun?« Mehr fällt mir dazu im Moment nicht ein.

Mutter lässt sich durch meine Zwischenbemerkung nicht vom Thema
abbringen:

»Prompt wurde er noch am selben Tag abgeholt und ins Konzentra-
tionslager Dachau gebracht. Er hatte Glück, denn schon nach wenigen
Monaten wurde er, warum auch immer, wieder freigelassen.«

Ich warte eine Weile geduldig, aber kommentarlos.

»Es hat nicht sehr lange gedauert und unser Herr Pfarrer hat wieder – dieses Mal mit offensichtlich konkreten Bezug auf Dachau – die
›schlimme‹ Behandlung größtenteils unschuldiger Menschen besonders scharf verurteilt. Auch der allgemein gültigen Version, nur Kriminelle, Gesetzesbrecher, gefährliche Staatsfeinde seien in diesen Lagern
interniert, widerspricht er entschieden. Von der Kanzel herab forderte
er sogar die Kirchenbesucher auf, für diese armen Menschen zu beten.
Es ist nicht (mehr) bekannt, wer und wie viele Kirchenbesucher sich an
diesem Gebet beteiligt haben.«

Mutter beobachtet mich mit einem kurzen Seitenblick. Dann doziert
sie einfach weiter. Ich bin erstaunt und weiß nicht so recht, was ich
mehr bewundern soll: Ihre neue Redegewandtheit oder ihr detailliertes
Wissen über das damalige Verhalten des Herrn Pfarrer.

Allerdings, schon wieder, oder wieder einmal, erscheint mir das
Ganze recht ungewöhnlich, unwirklich, verwirrend, zumindest etwas
überzogen. Aber im Kern entspricht es sicherlich den Tatsachen, sowohl was das Verhalten des Herrn Pfarrer anbelangt, als auch was den
gesamten Inhalt von Mutters Erzählung betrifft.

»Es war zu erwarten, dass er kurze Zeit später wieder abgeholt wurde und in ein Lager kam. Es war wieder Dachau und er hat wieder überlebt. Dies wurde mir erst vor kurzer Zeit von einer Ordensschwester der Nachbargemeinde erzählt. Es ist mir nicht bekannt, ob der Herr Pfarrer nach dem Krieg selbst über dieses Kapitel seines Lebens öffentlich berichtet hat.«

Mutter will jetzt nicht unterbrochen werden. Nebenbei fällt mir auf, dass sie jetzt auch vom ›Herrn‹ Pfarrer spricht. Sie erzählt ohne große Pause weiter:

»Das Verhalten zum Wiederholungsfall lässt darauf schließen, dass unser Herr Pfarrer keineswegs die Folgen falsch eingesetzt hat. Er hat gewusst, was passieren wird. Also hat er mit seiner erneuten Anklage Mut bewiesen. Nun ja, möglicherweise hat er einen kleinen Verhaltensschaden davongetragen.«

Jetzt bin endlich ich an der Reihe und was ich dazu zu sagen habe, wird Mutter nicht sonderlich gefallen, denn ich bin ganz und gar noch nicht besänftigt:

»Was den Mut anbetrifft, das könnte man auch dahingehend auslegen, dass unser Herr Pfarrer sein Amt überschätzt und einfach seine ›Klappe‹ nicht halten konnte. Aber, es gibt vielleicht noch andere, unbekannte Aspekte für sein brutales Verhalten, besonders Kindern und Jugendlichen gegenüber. Wer weiß?«

Jetzt nutze ich Mutters Ausführungen und lege noch einen drauf:

»Gerade er, der sicherlich selbst unter diversen Misshandlungen psychischer und physischer Art im Lager zu leiden hatte, sollte wissen, wie sich solche Strafaktionen, insbesondere in Form von speziellen Behandlungen, anfühlen und auswirken. Besonders auch die Demütigungen, Erniedrigungen hinterlassen doch zeitlebens ihre Spuren. Warum nur hat er das verdrängt? Erschwerend kommt noch hinzu, dass sein Verhalten – es handelt sich hier um körperliche Gewalt gegenüber minderjährigen Abhängigen – kein einmaliger Ausrutscher war. Ich erinnere nur noch einmal an den Fall meiner ehemaligen Klassenkameradin Kathi.«

»Nebenbei bemerkt: Ob Mädchen oder Jungs, da hat er keinen Unterschied gemacht. Im Konfliktfall hat er alle gleich (schlecht) behandelt. Ob das ein Trost sein kann? Ha, geradezu modern, nicht wahr?«

Mutter schweigt. Aber sie ist nicht ganz unzufrieden, schließlich hat sie mich wieder heruntergeholt, von meiner Wut, die fast schon in Hass umgeschlagen ist. Das reicht für sie, aber für mich ist das nach wie vor unbegreiflich. Im Moment bin ich mir noch nicht sicher, ob ich ihn, den Herrn Pfarrer, nicht doch noch zur Rede stellen soll – oder gar, wie auch immer, zur Rechenschaft ziehen ... , aber das wäre doch etwas zu hoch gegriffen.

Auch dieses Kapitel ist endlich zu Ende.

Was kommt als Nächstes? Das kann ich leider nicht auswählen. Vielleicht ist das auch gut so.

*

Schullandheim – sechs Tage Skiausflug im Schwarzwald, getarnt als Sportveranstaltung zur körperlichen Ertüchtigung.

Wir sind in einer Art Jugendherberge oder Ferienheim untergebracht – weit und breit keine Stadt, kein Dorf. Na ja, Wirtshausbesuche, Ausgehen zum Tanzen oder sonstige Vergnügungen stehen nicht auf dem Programm, schließlich sind solche Vergünstigungen auch im normalen Schulbetrieb nicht vorgesehen.

Für die Nicht-Skifahrer sind Schlittenfahren, Schneewanderungen oder sonstiger Zeitvertreib vorgesehen. Wir Skifahrer haben nicht zuletzt diese Reise durchgesetzt und gehören sozusagen zu den Privilegierten. Welche Vorteile das mit sich bringt, oder was auch immer dies bedeuten soll, das weiß keiner so genau.

Da wir alle bereits 18 Jahre oder älter sind, kann unsere Ankunft ohne Bedenken mit einem kleinen Sektempfang gefeiert werden. Das haben sich die Herbergsleitung und das Personal ausgedacht. Wichtiger ist aber – zumindest für einige von uns – die neugierige Begrüßung durch eine kleine Mädchengruppe in unserem Alter.

Mit leichtem, kaum erkennbaren Grinsen verfolgt unser Sportlehrer die teilweisen verstohlenen, abwägenden Blicke auf beiden Seiten.

Etwas voreilig ergreift er das Wort: »Da wir alle die Abende wohl gemeinsam verbringen werden, sollte eine gewisse Distanz nicht überschritten werden. Ihr wisst, was ich meine. Das habe ich bereits im Vorfeld mit der Heimleitung abgesprochen. Im vergangenen Jahr hat es hier, bei ähnlicher Konstellation, großen Ärger gegeben. Das soll sich nicht, auf welche Weise auch immer, wiederholen.«

»Das wird schwer. Da sind ein paar verdammt hübsche junge ›girls‹ darunter und die scheinen es auch zu wissen«, flüstert Will‹em. Obwohl er leise gesprochen hat, haben auch Henning und Klaus es gehört. Sie nicken zustimmend. Ich kenne sie und bin mir sicher, dass sie nicht auf die eine oder andere ›Anmache‹ verzichten werden. Auch ich werde mal sehen, was sich machen lässt ...

Aber im Moment bin ich ziemlich abgelenkt. Der Sektempfang hat es mir angetan. Nein, nicht so sehr das Getränk, sondern das Umfeld, konkret sozusagen in Gestalt des noch spalierstehenden Personals. Hier habe ich bereits ein besonders attraktives ›Objekt‹ ausgemacht. Ein Mädchen, oder schon eine junge Frau, von anmutiger Schönheit, soweit ich das von meinem Standplatz aus einschätzen kann. Na gut, ich werde im Laufe des Abends noch, oder irgendwann am nächsten Tag, näher an sie herankommen. Ob auch andere Jungs zu Konkurrenten werden?

Nichtsdestotrotz versuche ich sofort relativ direkt Blickkontakt mit ihr aufzunehmen. Es scheint sogar zu gelingen. Nicht flirtend, eher neugierig schaut sie zu mir herüber, hält meinem Blick stand – länger als in einer solchen Situation üblich.

Schade nur – die unverbindliche Lockerheit ist verschwunden. Anstatt ihr spätestens irgendwann am nächsten Tag zufällig über den Weg zu laufen, ein paar lockere und selbstbewusste Sprüche abzulassen, mit scheinbar neugierigen Fragen eine zunächst unverkrampfte ›Beziehung‹

herzustellen – ich hoffe, dass ich das noch rechtzeitig schaffe. Letztendlich ist unser Aufenthalt hier zeitlich begrenzt.

Frühstück am ersten Tag vor dem Skiausflug. Ich habe ein unangenehmes Gefühl, als wäre mir in diesem Augenblick bewusst, dass hier möglicherweise die Weichen für die spätere persönliche Katastrophe – Absturz bei einer Skiabfahrt mit vielleicht tödlichem Ausgang – gestellt wurden.

›Unsinn, Ricky‹, geht es mir durch den Kopf. ›Auch ohne diesen Einstieg hier wäre ich beim Hobby-Skifahren mit dem jetzt wahrscheinlich dramatischen Ende geblieben. Nichts hätte sich wesentlich geändert!‹

Ich habe keine Bedenken mehr, die kommenden Ereignisse noch einmal zu erleben, vielleicht sogar wieder in relativ stark veränderter Form, Art und Weise.

In unserer Schulklasse gibt es nur verhältnismäßig wenig gute Skiläufer, d.h. nur eine kleine Gruppe macht sich auf den Weg zur Abfahrt. Der Skilift ist nur wenige hundert Meter entfernt. Deshalb wählt unser Betreuer einen kleinen Umweg mit der Begründung: Beginn am ersten Tag mit Gymnastik, Skiwandern mit abschließender Abfahrt.

Niemand in unserer Gruppe kennt die Umgebung, deshalb kommt auch keine Langeweile auf. Ansonsten gibt es nichts Besonderes, nichts Außergewöhnliches, an das man sich erinnern sollte.

Abendbrot. Es wird ausgiebig geflaxt. Offensichtlich haben einige der tagsüber Hiergebliebenen bereits Kontakt zur fremden Mädchengruppe hergestellt. Für uns eifrige Skifahrer aber kein großes Problem, denn: Mädchen anmachen kann man überall, Skifahren auf geeigneten Pisten nicht.

»Alles okay?«, ruft die Herbergschefin in den Saal. Nach einer kurzen Pause dreht sie sich um, verschwindet in der Küche, erscheint aber schon nach wenigen Sekunden wieder in der Tür, an der Seite der jungen Dame, die mich schon bei der Ankunft besonders fasziniert hat.

»Das ist Marilyn, oder kurz Mary, zuständig für fast alles, für Beschwerden ebenso wie für das Trocknen von feuchten Freizeitklamotten. Vielleicht wird sie auch bald größeren Einfluss und Mitspracherecht für die zukünftige Gestaltung dieser Herberge haben.« Ein kleiner Rundblick, mit kurzer Verweildauer bei unserem Tisch, welch ein Zufall – dann fährt sie fort:

»Mary steht also nicht mehr für alle Bedürfnisse zu Verfügung. Aufgrund einiger unliebsamen Erfahrungen habe ich mich entschlossen, dies gleich zu Beginn kundzutun. Mary ist sicherlich damit einverstanden, denn sie muss als Folge nicht permanent ihre Abweisung gegenüber ›Anmachern‹ erklären.« Ohne einen Kommentar abzuwarten, dreht sie sich um und geht.

Mary errötet leicht. Zunächst etwas unsicher, dann aber doch selbstbewusst, blickt sie in die Runde:

»Die Chefin meint es nur gut mit mir.« In künstlichem Flüsterton fährt sie fort: »Aber ich werde auch keinem, der nett zu mir ist, gleich den Kopf abreißen.« Verhaltenes, entspanntes Lachen im Saal.

›Wie hübsch sie ist. Nein, hübsch ist nicht ausreichend. Schön ist sie, eine geradezu blendende Erscheinung. Was macht nur eine solch attraktive Frau in dieser popeligen Jugendherberge oder Freizeitheim!?‹ Ich suche wieder möglichst unauffällig den Blickkontakt, vergebens.

Nur Will‹em scheint etwas bemerkt zu haben. Er grinst und erklärt: »Wenn wir nicht mehr in der Schule wären, müssten wir vielleicht unseren Wehrdienst ableisten.« Pause.

Ich beende seine Unterbrechung mit einem unwilligen, kurzen: »Na und? ... «

»Dann wüssten wir, vielleicht schon im voraus, ob wir bei den Mädchen anlegen sollten oder überhaupt könnten.« Mit leicht erhobenem Arm deutet er anschließend in die Runde und ergänzt mit erhobener Stimme: »Habt ihr noch nichts davon gehört, dass für Männer, vor allem in Kasernen, Gefängnissen, oder sonstigen Gemeinschaftsräumen – welcher Art auch immer – sogenannte Triebhemmer eingesetzt werden? Man nennt das Mittel ›Hängolin‹. Ob dies der richtige Produktname, oder eine Schmähbezeichnung ist, das weiß ich nicht. Allein der Name sagt schon alles.«

Er blickt sich kurz um, fährt dann mit gesenkter Stimme fort: »Aber ich werde morgen früh darauf achten, ob sich meine ›Morgenlatte‹ einstellt. Wenn ja, ist alles okay, wenn nicht, ... hm, wer sich, unbelehrbar, bei einem Mädchen blamieren möchte ...

Auch Henning hat gut zugehört. Seine erste Frage beim Frühstück am nächsten Morgen: »Na, Will‹em, was hat denn dein ›Wasserständer‹ angezeigt?«

»Hallo, dieses Thema sollten wir nicht so ordinär abhandeln«, meint der Angesprochene mit gespielter, künstlicher Entrüstung. »Ich sollte deshalb schweigen. Aber, ... na gut, ... ich verkünde euch Unwissenden: Ich kann, zumindest was mich betrifft, grünes Licht geben. Aber ob eine Jagd erfolgreich ist, auch wenn mit scharfer Munition geschossen wird, das weiß man erst hinterher. Auf jeden Fall ist jeder selbst dafür verantwortlich.«

»Was für eine Rede, Will‹em, fast schon philosophisch« ... Ich bin beeindruckt.

Mary kommt kurz an unserem Tisch vorbei. Einige der Jungs üben und übertreffen sich gegenseitig im üblichen Balzverhalten.

Unsere eigenen Mädels bemerken dies mit einigem Unwillen, Neid oder sogar Eifersucht.

Ich beteilige mich nicht, sondern simuliere bewusst den coolen, unbeeindruckten, nur unterschwellig neugierigen Zuschauer.

Falsche Taktik, ich komme einfach nicht weiter. ›Von wegen cool, Ricky – eher relativ stark gehemmt.‹ Die Zeit verrinnt.

Heute ist Schlittenrennen angesagt. Die präparierte Bahn vor der Herberge eignet sich nur bedingt. Der Untergrund ist einfach zu weich. Das Ganze ist offensichtlich als Beschäftigungstherapie gedacht oder soll der zunehmenden Langeweile vorbeugen.

Für uns Skifahrer ist für den heutigen Nachmittag eine Art Kombiwettkampf – Abfahrt mit Langlauf – angesetzt. Die Strecke – etwas mehr als zwei Kilometer – wurde mit ein paar Freiwilligen gespurt und abgesteckt. Für die ersten drei Plätze sind akzeptable Preise als Anreiz vorgesehen. Das ist schon eher etwas für mich. Ob Skilanglauf oder

Mittelstrecke in der Leichtathletik, da stehen meine Chancen nicht schlecht. Ach was, ich bin mir sicher, dass ich einen Preis gewinne.

Ob Mary bei der Preisverleihung auch anwesend sein wird? Im Moment kann, nein, will ich mich aber nicht erinnern.

Die teilnehmenden Läufer starten in kurzen Abständen. Kein Massenstart, man will ein mögliches Gerangel im teilweise unübersichtlichen Gelände vermeiden.

Es läuft sehr gut. Drei Viertel der Strecke, das sind etwas mehr als zwei Kilometer, liegen schon hinter mir. Plötzlich taucht sogar ein Streckenposten auf. Aha, unsere Betreuer haben an fast alles gedacht.

Schon aus einiger Entfernung kann ich den Zwischenzeitnehmer erkennen. Es ist der kleine ›Wolfi‹.

»Pass gut auf, damit dich nicht wieder einer umrennt oder überfährt«, rufe ich ihm beim Vorbeifahren zu.

»Wie liege ich mit meiner Zeit?«, will ich noch wissen.

»Sehr gut, aber weiter so, es kommen ja noch zwei oder drei Läufer.«

Ich komme an ein schmales Waldstück mit kurzem aber steilen Anstieg. Dahinter sind es nur noch ein paar hundert Meter bis zum Ziel, wenn ich das richtig einschätze.

Mit kräftigen Spreiz – oder Schlittschuhschritten versuche ich an diesem Hang noch etwas Zeit gutzumachen.

Ein kleiner Ast liegt in der ursprünglich gespurten Loipe. Man kann erkennen, dass einige der vor mir gestarteten Läufer das Hindernis in einem mehr oder weniger großen Bogen umgangen haben. Das hat bestimmt Zeit gekostet.

»Mit mir nicht«, keuche ich fast triumphierend. Ich stelle den linken Ski quer, den anderen Ski oder genauer die Skispitze – oder schaufel schiebe ich energisch unter den Ast. Jetzt mit Schwung und leichter Drehung zur Seite, das Hindernis von der Strecke schlenzen, das war's dann …

… das wäre es gewesen, wenn nicht ein weiteres Hindernis, unter dem Schnee verborgen, eine fast dramatische Wende eingeleitet hätte. Ich verliere das Gleichgewicht, rudere mit den Armen, kippe zur Seite weg.

Langsam rutsche ich noch mit dem Oberkörper über eine kleine Abbruchstelle im Gelände.

Der Ast liegt inzwischen abgestreift auf der Seite, wie ich mit einem kurzen Blick erkennen kann. Was ich noch sehe, ist weniger beruhigend: Ich habe mich offensichtlich verhakt mit einem Stück Stacheldraht einer angrenzenden Viehweide.

Mein Bein ist eingeklemmt. Jeder Versuch freizukommen, scheitert. Noch einmal rutsche ich einige Zentimeter weiter, mit dem Kopf nach unten.

Es kommt noch schlimmer. Mein rechtes Bein schmerzt – vor allem aber meinem lädierten Knie droht die Überstreckung. Jetzt ist der Draht stramm angespannt. Angestrengt versuche ich mit einer Art Pendelbewegung nach der Bindung zu fassen, um sie zu öffnen. Aussichtslos!

Was tun!? Auf den nächsten Läufer warten? Das wird kritisch, das halte ich vielleicht gar nicht aus.

Wie weit ist der Streckenposten, der Wolfi entfernt?

Ich rufe, so laut es nur geht: »Hilfe, Hilfe, Wolfi, schnell!«

Keine Antwort. Ich muss wohl doch warten. Panik setzt urplötzlich ein: ›Kommt überhaupt noch ein Läufer nach mir?‹

Ja, Gott sei Dank, ich kann jetzt schon seinen Atem hören. Nein, kein Läufer, es ist Wolfi.

Er ist vollkommen außer Atem, kreidebleich. Er versucht sofort, meinen eingeklemmten Ski freizubekommen. Seine Kraft reicht nicht aus.

»Es hat keinen Sinn. Versuche doch einfach, die Bindung zu öffnen«, rufe ich ihm zu. Er zerrt etwas umständlich daran herum und hat endlich Erfolg. Der Rest ist wieder fast Routine und kaum der Rede wert.

Wolfi ist immer noch weiß im Gesicht, fast grau. Er setzt sich erschöpft auf einen Baumstumpf, sucht nach Worten. Dann erklärt er: »Ich bin hierher durch den Schnee gerannt. Das bin ich nicht gewohnt – mein Kreislauf.«

»Nach Überquerung der Ziellinie wende ich sofort und hole dich hier ab. Einverstanden?« Er hat sicherlich nichts dagegen. Wie man sich täuschen kann …

Wolfi blickt kurz auf, schüttelt den Kopf und krächzt: »Ich verzichte. So ein Schwachsinn, was willst du denn noch gewinnen, nach dieser Zwangspause. Die feiern doch schon den Sieger bis du ankommst. Ich hätte dich besser hier liegen lassen sollen. Was für eine Kränkung, wenn du hättest feststellen müssen, dass dich niemand wirklich vermisst!«

Wir kommen an, sozusagen als Nachzügler. Der Rückstand ist undiskutabel. Nichtsdestotrotz werden wir doch von einigen Zuschauern und Mitkonkurrenten mit fragender Neugierde empfangen.

Aber auch mit Spott: »Hier kommen noch Pat und Patachon«, ruft ein Nichtteilnehmer. Ich grinse. Am liebsten hätte ich ihm eine saftige Ohrfeige verpasst. Aber, das hätte mir Wolfi wohl übelgenommen.

Abendbrot. Anschließend noch Zeit zur freien Verfügung. Einen Bauernhof mit kleiner Wirtschaft soll es in der Nähe geben, wie uns das Personal der Herberge verraten hat. Eine größere Gruppe macht sich auf den Weg dorthin. Ich bin sauer, denn gerne wäre ich dabei gewesen. Aber mein lädiertes Knie ist bereits leicht angeschwollen.

Ziemlich missmutig sitze ich auf einer Bank im Aufenthaltsraum und grüble vor mich hin. Vielleicht kann ich die für den morgigen Tag vorgesehenen Skiabfahrten vergessen. Nur wenig Positives könnte ich verbuchen für das Kapitel: ›Erlebnisse mit bleibendem Erinnerungswert für das eigentlich lobenswerte Projekt ›Ski-Landschulheim‹ im Schwarzwald.‹

Ich habe plötzlich das Gefühl, dass irgendjemand hinter meinem Rücken ›umherschleicht‹! Die beiden Mädchen am Nachbartisch scheinen keinen Notiz davon zu nehmen.

Will mir etwa jemand – aus welchem Grund auch immer – Gesellschaft leisten? Ich wäre nicht abgeneigt.

Vielleicht sollte ich mein Einverständnis vorab signalisieren.

Zu spät – sanft streicht eine Hand von hinten über meine rechte Schulter. Nein, das ist keine kräftige Männerhand – hat sich ›Wolfi‹ leise herangepirscht?

Bevor ich mich umdrehen kann, werde ich angesprochen, halb laut, mit fast geheimnisvollem Klang in der Stimme. Mir stockt der Atem. Diese Stimme habe ich schon gehört! Das ist doch ...

... ja, sie ist es!

›Wenn der Adler es nicht mehr schafft, am Himmelstor anzuklopfen, dann kommt eben der Engel zu ihm herunter ...‹ Ein seltsames Gedankenspiel, aber alles andere als nützlich. Ich verkrampfe förmlich, mein Blutdruck steigt in den Grenzbereich.

»Entspanne dich. Wir haben alle von deinem kleinen Missgeschick gehört. Ich bin hauptberuflich Krankengymnastin und soll auf Anweisung der Chefin nach deinem Knie oder Knöchel sehen. Natürlich nur, wenn es dir nichts ausmacht.« Sie spricht jetzt wieder normal, das künstliche Timbre in ihrer Stimme ist verschwunden.

»Sie sind eine Krankenschwester? Aber doch kein Arzt!«

»Richtig ... Und du bist offensichtlich Neuling auf dem Gebiet des Wintersports«, fällt sie mir ins Wort und ergänzt sofort: »Sonst wüsstest du, dass man ab eintausend Meter Höhe grundsätzlich ›per du‹ ist.«

»Aha, ich wusste gar nicht, dass diese Hütte so hoch liegt«, kontere ich und bemerke plötzlich, dass ihre ungezwungene Art auch meine Hemmungen geradezu wegspült.

»Mary – ich weiß, dass du so heißt, denn ich informiere mich grundsätzlich über meine Zielobjekte – wir könnten noch Freunde werden. Vielleicht sind wir das schon, du weißt es nur noch nicht.« Gott sei Dank, meine coole Lockerheit ist fast wieder da und das bedeutet: ›Mädel, nimm dich in Acht!‹

Fast gelangweilt, als sei dies nebensächlich, deute ich auf mein rechtes Knie und warte. Selbstverständlich habe ich bemerkt, dass sie nach meinem letzten Kalauerspruch leicht errötet ist.

Ihre Finger tasten vorsichtig das Gelenk ab. Schon lustig, was ich mir dabei alles vorstelle. Meinen nächsten Spruch habe ich auch schon parat: »Nicht weiter hoch, schließlich ist mein Knie angeschlagen, meine Hüften – oder soll ich sagen Lenden – sind o.k.«

Sie errötet noch einmal, hat sich aber schnell wieder im Griff. Anstatt einer Diagnose bietet sie mit betont überlauter Stimme an: »Ich kann dich aber auch direkt ins Bett bringen und zwar sofort, solange die anderen Schlafgenossen noch nicht hier sind oder draußen herumtoben!« Die noch anwesenden Mädchen entfernen sich kichernd. Warum? Nehmen sie das Geplänkel etwa für bare Münze?

Egal. Wir sind plötzlich allein.

Mit sichtlich gedämpfter Stimme schlägt sie vor: »Im Keller ist eine frisch gewaschene Binde, die ihre Elastizität noch nicht verloren hat. Die kannst du haben, ich müsste sie nur noch mit geringer Hitze etwas aufbügeln.«

»Bis wann kannst du sie mir bringen und anlegen?« Meine Frage lässt kein allzu großes Interesse vermuten.

Mary hat sich schon einige Schritte entfernt, dreht sich jetzt langsam wieder um. Lange und intensiv blickt sie mir in die Augen: »Wir müssten die Binde vorher anprobieren, und zwar am besten vor Ort, also hier im Keller. Ich habe kurz vor Mitternacht dort noch etwas zu erledigen.«

»Aber Mary ... «,

Sie geht, nein sie schreitet, oder noch besser, sie schwebt die Treppe hinauf zu ihrem Zimmer.

Verflixt, diese Frau ist außerirdisch, ich weiß nur noch nicht, ob im positiven oder negativen Sinn. Schlimmer noch – ich bemerke, dass ich meine ungezwungene, selbstbewusste Lockerheit wieder verliere. Bin ich dieser Frau überhaupt gewachsen?

Die Würfel sind schon fast gefallen. Es gibt kein Zurück. Auf was habe ich mich da nur eingelassen?

Noch ein Gedanke, der mich fast in Panik versetzt: ›Werde ich der Erotik dieser Frau nicht schon vorzeitig erliegen – im wahrsten Sinn des Wortes?‹

Die Gruppe, die zum Bauernhof gewandert ist, kehrt zurück. Einige sind angeheitert, das merkt auch unser Betreuer, der auf der Veranda relaxed hat.

»Kann man euch nicht auch nur eine oder zwei Stunden unbeaufsichtigt lassen?«, grollt er mit teilweise künstlicher Entrüstung. »Na ja, wenigstens heute Nacht muss ich nicht als Aufpasser so lange durch die Gegend schleichen.«

Einige stolpern unsicher oder auch nur müde in den Aufenthaltsraum. Sie wollen am morgigen Abend die Spritztour zur Bauernwirtschaft wiederholen. Für den letzten Tag ist nämlich Langeweile angesagt. Der Wetterbericht verheißt nichts Gutes, Skifahren wird wahrscheinlich ausfallen.

Will‹em setzt sich zu mir. »Gibt es etwas Neues?«, erkundigt er sich direkt. Ich kann ihm ansehen, dass konkrete Neugierde dahintersteckt. Was weiß er überhaupt?

»Ich bin nicht blind«, meint er ergänzend.

»Ich möchte nicht darüber sprechen, es geht niemandem etwas an, auch dich nicht.« Meine Antwort klingt abweisend.

»Ein guter Freund hält sich zurück. Er ist aber immer da, wenn man ihn braucht. Vergiss das nicht«, philosophiert er leise vor sich hin. Auffallend langsam steckt er seine Hand in die Jackentasche, kramt darin herum. Ebenso langsam erscheint die Hand wieder und klatscht auf die Tischplatte. Einen Moment lang verharrt er regungslos. Den Gegenstand unter der Hand kann er nicht ganz verdecken. Was soll das?

»Zum Skifahren, zum Apres-Ski mit allen Folgeaktivitäten gehört auch ein sogenannter ›Flachmann‹. In Maßen genossen kann der Inhalt über so manche Hemmschwelle hinweghelfen. Das ist nicht neu.«

Bevor Will‹em weiterreden kann, mischt sich Jens, bekannt durch seinen trockenen, oft auch knallharten Humor, am Nebentisch ein: » ... und manchmal hilft er auch dem Mann auf's Pferd. Das kann ich nur bestätigen.«

Obwohl Jens seinen Gang – leichter Hüftschwung, weiche Arm – und Handbewegungen beim Sprechen wie ein Schwuler, sorry – geradezu pflegt, genießt er den Ruf des bereits erfahrenen, jungen Liebhabers. Ob unschuldige junge Mädchen, erfahrene ältere Frauen, oder professionelle Nutten, er kann überall mitreden. Überprüft hat das von uns noch niemand. Warum auch!? Aber, hm ... , sein Spruch, sollte ich seinen Tipp nicht im Auge behalten?

›Reiner Zufall, oder weiß hier inzwischen jeder Bescheid?‹ Ich bin verärgert.

Will‹em steht abrupt auf. »Ich bin müde und will ins Bett.« Den ›Flachmann‹ lässt er liegen. Ich nehme ihn, sicherheitshalber, an mich.

Hier, im Aufenthaltssaal kann ich nicht warten, deshalb mache ich mich nach einigen Minuten ebenfalls auf den Weg zur Dusche und zum Schlafraum.

Einen Wecker kann ich nicht benutzen ... hoffentlich verschlafe ich nicht ... nein, keine Angst, das wird nicht passieren.

Vorsichtig, fast lautlos schlüpfe ich aus dem Bett. Auch eine sogenannte faule Ausrede habe ich mir ausgedacht, für den Fall, dass ich entdeckt werde. Vielleicht schleicht unser Betreuer durch die Gänge ... , er möchte gerne alle Eventualitäten ausschließen. Schließlich fühlt er sich für alles verantwortlich.

Soll ich, oder soll ich nicht? Glücklicherweise bin ich nur unterschwellig nervös. Es ist mir doch noch gelungen, die coole Machorolle anzunehmen: Ich bestimme, was geschieht und wenn es schiefgeht, was undenkbar ist ... , ja, dann eben nicht! Basta!

Aber Ricky, sicher ist sicher ... ! Gut, ich nehme einen Schluck aus der Pulle. Nicht schlecht, also nehme ich gleich noch einen ...

Ich betrete den Gang und verharre sofort wieder regungslos. Kein Licht brennt, alles ist dunkel. Meine Sinne sind geschärft. So ein Pech, hier schleicht noch jemand durch die Gänge, da könnte ich wetten.

Entweder oder: Lange warten kann ich nicht mehr, also los!

Unbehelligt stehe ich plötzlich direkt vor der Kellertür, drücke vorsichtig die Klinke herunter.

Ich werde schon erwartet, das kann ich sehen, fühlen oder sogar spüren. Na also, was denn sonst.

Mary sitzt auf einem Hocker, näht gerade einen Knopf an. Gerne hätte ich mich etwas länger mit ihr unterhalten, beispielsweise, welche Rolle sie hier spielt, warum sie diesen englischen Vornamen hat oder benutzt, etc.,etc ...

Aber, eigentlich ist dies alles Nebensache. Eine Frage steht aber schon seit dem ersten Tag im Raum: Wer und wo ist ihr Freund? Oder ist sie etwa schon verheiratet? Ich kann mir nicht vorstellen, dass ein Mädchen oder eine junge Frau mit ihrem Aussehen ohne festen Partner herumläuft. Wenn doch: Sehe ich diese Person allzu sehr durch die rosarote Brille? Ist sie in Wirklichkeit gar nicht so hübsch, oder hat sie irgendwelche andere Macken?

Als hätte sie meine Gedanken erraten, antwortet sie ohne Umschweife: »Du solltest nicht zu lange über Dinge nachdenken, die wir – vielleicht – später aufklären können. Denke jetzt daran: Die Nacht ist kurz« … Die direkte Ansage kann man auch als Aufforderung werten und das irritiert, verunsichert mich.

Betont langsam, verhalten, steht sie auf. Mir stockt fast der Atem.

»Sorry, ich habe gerade noch meine Wäsche gebügelt. Aber, wie du siehst, habe ich mir einen kurzen, dünnen Überhang übergeworfen. Ich weiß ja, was sich gehört« …

Sie lächelt, ihre Stimme hat sich wieder verändert, nicht künstlich, sondern irgendwie geheimnisvoll, erotisch. Sie winkt leicht mit dem Zeigefinger, wartet dann aber meine Reaktion darauf nicht weiter ab. Bevor ich recht begreife, was passiert, steht sie dicht vor mir und ergreift meine Hand.

Jetzt kann ich sie sogar riechen, ihren dezenten Lockduft – sie hat wohl nichts dem Zufall überlassen. Ihre Augen, ihr tiefer Blick halten mich gefangen. Dann dieser fließende Wechsel in einen versonnenen, erwartungsvollen Ausdruck. Ich spüre jetzt die ansteigende Spannung. Schon nach dem ersten noch flüchtigen Kontakt werden meine Knie weich.

›Ricky, reiß dich endlich zusammen. Schalte herunter, nimm die Anspannung weg, mache auf cool.‹ Ein guter, suggestiver Tipp. Es gelingt sogar, zumindest größtenteils.

»Die Nacht ist kurz« … , hat Mary gemeint, … ›aber die Reue nicht lang‹, kann ich, vom üblichen Spruch abweichend, nur ergänzen.

Die Erlebniserinnerung beginnt zu verschwimmen. Wie schon das eine oder andere Mal zuvor: Leider kann ich das nur wenig bewusst oder willentlich beeinflussen.

*

Eine Blitzeinblendung sozusagen – für Sekundenbruchteile wird mir wieder meine gegenwärtige reale Situation bewusst. Ich stürze immer noch im freien Fall. Der Aufprall, sicherlich tödlich, müsste schon längst erfolgt sein, oder unmittelbar bevorstehen. Seltsam, diese Ruhe vor dem Sturm, ... nein vor dem Tod!

Sonderbar auch wieder diese Veränderung von Raum und Zeit im Zeitraum der Ereignisrückblenden.

Gott sei Dank, keine Panik mehr in diesem Moment, nur noch ausgeglichene Erwartung. Was bleibt denn noch anderes übrig?

Noch ist es nicht so weit.

Letzter ›Schultag‹. Noch einmal Skifahren bei herrlichem Wetter. Mein leicht lädiertes Knie ist wieder einigermaßen in Ordnung. Gedankenverloren lege ich die Binde an, die Mary mir vergangene Nacht geschenkt hat.

Morgen soll es schon sehr früh losgehen. Der Bus wartet auf halbem Weg zum Tal. Das Wetter soll umschlagen, nicht zuletzt deshalb freuen sich die meisten schon auf die Rückreise.

Kurz nach dem Frühstück läuft Mary mir über den Weg. Sicherlich kein Zufall! Auch ich habe nach einer Möglichkeit gesucht, sie noch einmal ungestört, wenigstens für ein paar Minuten, zu sprechen. Wer weiß schon, ob sich heute, am letzten Abend, noch eine günstige Gelegenheit bieten wird.

»Wir könnten unser schönes Erlebnis, unsere Kurzbeziehung noch krönen.« Sie lächelt, macht eine Pause, will offensichtlich meine Reaktion abwarten.

›Wie denn!? Soll ich auf die vorgesehenen letzten Skiabfahrten verzichten, um uns im Laufe des Tages irgendwo zu treffen? Einige ungünstige Umstände sprechen dagegen. Auf alle Fälle … ein schwieriges Unterfangen, was für mich allerdings nicht ausschlaggebend ist.‹ Meine Gedanken wirbeln durcheinander.

Ich weiß noch nicht, wie ich mich entscheiden soll. Mary bemerkt meinen inneren Kampf. Bevor ich noch einen Kommentar abgeben kann, ergreift sie sanft meine Hände. Ihre Augen fangen mich ein … Mein Gott, sie hat schon fast wieder gewonnen!

»Du musst nicht auf die heutigen, letzten Abfahrten verzichten, denn es gibt eine raffinierte Lösung des Problems.« Die ersten Worte klingen zunächst angespannt, dann wechselt ihre Stimme. Sie wirkt wieder ausgesprochen cool, selbstsicher, fast abgeklärt und bestimmend, was mich ein wenig irritiert.

Ich warte geduldig, neugierig, letztendlich will und werde ich entscheiden.

Mary lässt mich noch ein paar Sekunden zappeln. Endlich ist es soweit:

»In Bayern gibt es für solche oder ähnliche Fälle eine schöne Tradition, du hast sicher schon davon gehört: Das Fensterln!«

Noch bevor ich mich von meiner Überraschung erholt habe, erläutert sie hastig und ohne Umschweife: »Du kannst über den schmalen Vorbau im Hinterhof klettern und leicht über das darüber liegende Seitenfenster einsteigen. Es ist nur angelehnt, dafür kann ich sorgen. Dann überquerst du den Gang und stehst direkt vor einer Seitentür. Die zweite Zimmertür dahinter – da bin ich zur Zeit einquartiert.«

»Meine Tür ist heute Nacht nicht abgeschlossen«, ergänzt sie noch leise mit diesem seltsamen Timbre in der Stimme.

Es bleibt keine Zeit mehr für weitere Erläuterungen. Die Gruppe der Skifahrer wartet schon recht ungeduldig.

Es war noch einmal ein schöner Tag, insbesondere für die Skifahrer. Aber schon am frühen Abend ist so etwas wie Aufbruchstimmung zu spüren.

Will‹em ist neugierig, lässt sich aber zunächst nichts anmerken. Fast nebenbei scheint ihm dann eingefallen zu sein: »Meinen ›Flachmann‹ hast du ja noch – nutze ihn auch, wenn nötig.«

»Quatsch, den brauche ich nicht«, kontere ich barsch und mit übertriebenem Selbstbewusstsein. Nach kurzer Pause neige ich meinen Kopf in seine Richtung und doziere leise in weitaus versöhnlicherem Ton: »Schnaps verfälscht die Gemütslage, dämpft auch die sensiblen Empfindungen, usw.,usw … , verstehst du das?«

Will‹em grinst und kommentiert reichlich überlaut: »Träume ruhig weiter, aber wache ohne Kater auf, denn der stellt sich manchmal auch ohne Alkohol ein … , ha,ha,ha.«

Ich schaue auf die Uhr. Es ist gleich so weit.

Aber offensichtlich bin ich nicht der Einzige, der den letzten Abend nutzen will, für was auch immer. Schleichen nicht auch noch andere durch die Schlafräume? Oder bilde ich mir das nur ein und täusche mich als Folge der zunehmenden Anspannung? Egal, ich werde mein Ziel über einen speziellen Umweg anlaufen. Die Gefahr, entdeckt zu werden, dürfte relativ gering sein. Na, und wenn schon …

Zügig erreiche ich über den Vorbau das Seitenfenster. Es ist tatsächlich nur angelehnt. Ich steige ein, leicht euphorisch, das Ziel vor meinem geistigen Auge sozusagen schon in greifbarer, fühlbarer Nähe.

Der Gang ist schnell überquert. Im Halbdunkel des Notlichts kann ich die Tür zum angrenzenden Seitengang gut erkennen.

Noch einmal tief durchatmen, dann drücke ich leise die Türklinke – zuerst vorsichtig, dann etwas kräftiger. Kein Zweifel, entweder die Tür klemmt oder sie ist abgeschlossen.

Ich rüttle noch einmal und noch einmal, mehr geht nicht. Am hinteren Ende des Hauptgangs ist bereits irgendjemand aufmerksam geworden.

›Das war's dann schon, Ricky! Dein schöner Traum ist nicht in Erfüllung gegangen.‹ Banal dieser Gedanke, auch das Gefühl der inneren Leere … …

Fast in Trance schließe ich ordentlich das Einstiegfenster. Ohne Angst oder Skrupel, entdeckt zu werden, gehe ich den Hauptgang entlang nach unten zum Gemeinschaftsschlafraum.

›Warum nur hat Mary die Tür zum Seitengang abgeschlossen!? Warum hat sie mich, im wahrsten Sinne des Wortes, auflaufen lassen, vorgeführt wie einen kleinen Schuljungen!? Zum ›Fensterln‹ bin ich auch noch über das Vordach geklettert. Ob sie wohl gerade in diesem Moment über mich lacht?‹

Abreisetag. Keine Zeit zu einem ordentlichen Frühstück. Die belegten Semmeln werden eingepackt und mit auf den Weg genommen. Es ist gut, dass keine Zeit bleibt, noch einen Versuch zu starten und einen letzten Kontakt zu Mary aufzunehmen. Nein, das würde auch mein Stolz nicht zulassen. Niemals …

Einige hundert Meter entfernt wartet unser Bus. Wir müssen über einen kleinen Hügel. Ein Schneesturm fegt über das freie Gelände, fast abenteuerlich romantisch. Eine Unterhaltung ist nur während der kurzen Pausen zwischen den Sturmböen möglich. Eine solchen Moment nutzt Wolfi, etwas zögerlich:

»Mary konnte keinen Kontakt mehr zu dir herstellen. Sie hat mich im Geräteraum angesprochen. Offensichtlich meint sie, dass ich dein Freund bin und daher auch eine fast intime Mitteilung überbringen kann. Was sie im einzelnen sagen wollte, habe ich allerdings nicht ganz verstanden.«

Er stockt einen kurzen Moment, wartet meine Reaktion aber nicht ab. Es spielt auch keine große Rolle, denn ich gebe mich unbeeindruckt. Hastig redet er mit leicht erhobener Stimme weiter, so, als wollte er die Mitteilung möglichst wortgetreu übermitteln:

»Sie hat dich erwartet. Die Seitentür ist normalerweise nie verschlossen, schon aus Schutzgründen, als Fluchtweg bei Feuer oder sonstigen Notfällen. Sie hat es erst am frühen Morgen bemerkt, als es schon zu spät war. Verschließen konnte diese Tür nur die Wirtin – und die hat offensichtlich etwas mitbekommen und euch einen Strich durch die Rechnung gemacht. Sorry, take it easy … «

»Take it easy, oder vielleicht: Nimm's nicht so schwer!? Kannst du das überhaupt beurteilen? Hey, Wolfi, hast du überhaupt so etwas wie die Pubertät hinter dir, oder leidest du auch hier unter einer Fehlbildung?«

Im gleichen Atemzug wandert mein Blick zum vorderen Teil seiner Hose, nein, nicht genug: Mit dem Zeigefinger deute ich auf seinen ›Hosenladen‹.

Er hat verstanden, wird kreidebleich. Na also!

»Ricky, du bist mehr als unfair. Dein Verhalten ist erbärmlich, auch Mary gegenüber. Ich glaube, nein ich weiß: Sie hatte Tränen in den Augen.« Ruhig, besonnen, fast etwas traurig klingt seine Stimme. Er macht noch eine ergänzende Bemerkung, die aber vom neu aufheulenden Wind verweht wird.

Schlagartig wird mir mein schändliches Verhalten bewusst. Ja, Wolfi hat mehr Format als so mancher ›Normale‹, mich eingeschlossen.

»Entschuldige, bitte. Wolfi du hast wieder einiges gut bei mir!« Reicht das? Jetzt empfinde ich die ganze Situation sogar als höchst deprimierend.

»Ist schon gut! … « Eine kräftige, länger anhaltende Sturmböe verschluckt seine weiteren Worte.

Wir sind am Bus angekommen. Unser Betreuer hält eine kurze Rede, bedankt sich noch einmal für den positiven Ablauf, v.a. für den Verlauf ohne größeren Pannen – eine Woche, die man in angenehmer Erinnerung bewahren könnte.

Und wie sehe ich das? Wird Mary vielleicht versuchen, Kontakt zu mir aufzunehmen? Oder sollte etwa ich … ? Nein, das lässt mein Stolz nicht zu! Wieder dieser falsche Stolz, unnachgiebig und unnötig, insbesondere zum ungünstigen Zeitpunkt! Das würde sicherlich auch Wolfi so sehen, aber der wird sich nicht mehr dazu äußern.

Schleichend verschwimmt die Schlussszene, allmählich verlasse ich auch die weitere Umgebung, die Wahrnehmung verblasst …

Ziemlich abrupt finde ich mich auf dem Schulhof wieder – und etwas später im Schülerwohnheim.

Ich habe den Eindruck, dass es ohne größere Unterbrechung weiter-gehen soll.

*

Während des kurzen Aufenthalts zum Skifahren mit den Mitschülern im Schwarzwald hat sich offensichtlich eine kleine aber nicht unbedeu-tende Entwicklung im Schülerwohnheim vollzogen, oder besser, eine neue Situation ergeben.

Rolle, der junge Mann aus der Stadt, der zumindest während der Dauer seiner Bewährungsstrafe, hier bei uns auf dem Land leben soll, kommt wieder ins Spiel. Das war auch fast zu vermuten. Warum sollte auch ausgerechnet dieser Abschnitt, teilweise dramatisch und nicht immer angenehm, ausgespart bleiben?

Glücklicherweise hatten die Behörden hier einen Arbeitsplatz für Rolle gefunden – eine weitere und wichtige Voraussetzung für die Strafaussetzung auf Bewährung.

Rolle mochte den Zimmerkollegen, einen strebsamen Schüler, nicht besonders. Er war ihm einfach zu langweilig. Über was sollte er mit ihm reden, wenn er von der Arbeit kommt? Wenn wir abends Ausgang haben, ist dieser Schüler nie dabei, oder er verbringt den Abend mit einem Klassenkameraden anderweitig.

Zimmerwechsel ist angesagt. Der Heimleiter sucht für Rolle sozu-sagen ein neues zu Hause. Das ist nicht ganz einfach. Er muss damit rechnen, dass die Eltern der Schüler sich einmischen, auch wenn in unserem Alter letztendlich jeder für sich ganz alleine entscheiden sollte.

Ich käme, warum auch immer, in die engere Wahl, mein Einverständ-nis vorausgesetzt.

Könnte Rolle für mich zum Problem werden? Normalerweise nicht! Also gut ...

Eher zufällig als beabsichtigt – die ersten paar Tage haben wir we-nig Kontakt. Entweder er geht frühzeitig zu Bett, weil er den Achtstun-den-Arbeitstag nicht mehr gewohnt und müde ist, oder er geht abends zunächst alleine aus. Er sucht offensichtlich Kontakt mit Leuten, die seiner Lebensart nahekommen, wie er vorgibt. Verfehlungen, welcher Art auch immer, kann und will er sich aber nicht leisten. Der Gefängnisaufenthalt hat ihn bereits geprägt, wie er auch hin und wieder betont. Seine ›Bewährung‹ möchte er nicht aufs Spiel setzen. Das könnte auch für unsere Zimmergemeinschaft eine beruhigende, nützliche Basis schaffen.

Die meisten neu hinzugekommenen Schüler im Wohnheim nehmen, meist in kleinen Gruppen, dankbar Rolle's Angebot an, sozusagen als Fremdenführer zu fungieren, wenn interessante Anlaufstellen für den abendlichen Ausgang gesucht werden.

Wochenlang geschieht nichts Aufregendes, was das private Miteinander betrifft.

Rolle's Bewährungshelfer tritt einen längeren Urlaub von mehreren Wochen an. Bisher ist alles gutgegangen, aber die zuständigen Behörden wollen kein Risiko eingehen. Eine Frau übernimmt deshalb die Aufgabe, Rolle als Amtsperson auf seinem Weg zu begleiten – zunächst vertretungsweise, vielleicht auch auf längere Dauer.

Ich habe ein ungutes Gefühl, zumal Rolle schon nach den ersten Treffen angibt: »Die Chemie zwischen dieser Frau und mir stimmt nicht – so sagt man doch! Sie versucht offensichtlich, mich zu einem Softboy umzuerziehen.«

Neuerdings verkehrt Rolle häufig in einer Kneipe, in der Nähe einer Kaserne. Überdurchschnittlich viele Gäste sind Soldaten der Bundeswehr, die sich dort aufhalten, wenn ihr Dienst es erlaubt.

»Der Kontrahent, ein Soldat, will keine Anzeige erstatten. Aber die Krankenkasse wird sicherlich Nachforschungen wegen der Kostenübernahme für dessen gebrochenen Nase anstellen. Aber heute will ich nicht mehr darüber reden.« Fast nebenbei überrascht mich mein neuer Zimmerkollege mit dieser Mitteilung, dann legt er sich ohne weiteren Kommentar ins Bett und schläft nach wenigen Minuten ein.

»Hey, hallo, Rolle, was ist denn gestern Abend passiert?« Selbstverständlich bin ich neugierig – und wie … … Er hat meine Frage, schon kurz nach dem Morgengruß, natürlich erwartet.

»Es war keine Schlägerei im eigentlichen Sinn, eher ein kleiner Schlagabtausch.« Er hält einen Moment lang inne. Wieder habe ich das Gefühl, wie schon am ersten Tag, dass er großes Talent zum Schauspielern hat.

»Wir haben in kleiner Runden Karten gespielt. Er und noch einige Andere kennen selbstverständlich inzwischen meine neuere Lebensgeschichte. Schlechte Karten, ein wenig zu viel Alkohol vielleicht, er beginnt zu provozieren. Alles, wie schon gehabt … «

»Na und? Warum dann gleich eine gebrochene Nase? Hast du auch die Folgen in deiner Situation bedacht, im Hinblick auf die ›Bewährung‹?« Ich bin leicht irritiert und er bemerkt es.

»Keine Sorge, ich achte darauf, dass ich nicht selbst eine Rangelei oder gar Schlägerei auslöse.«

Kurze Pause, dann: »Allmählich habe ich den Eindruck, ich spiele in einem Wildwestfilm den Bösewicht, einen üblen Revolverhelden, den man herausfordert, weil man gute Chancen sieht, ihn zu besiegen. Anerkennende Bewunderung aus dem speziellen Umfeld ist zu erwarten. Was mich betrifft – das habe ich schon bei meiner Vorstellung am ersten Tag nach meiner Ankunft bei euch angedeutet: »Es muss nicht unbedingt, kann aber immer passieren, dass sich jemand messen will. Bei einem Leichtgewicht, einem Hänfling wie mich, scheint sich die Chance, als Sieger die Arena zu verlassen, geradezu anzubieten.«

Ich schweige und er scheint sich ernsthaft Gedanken zu machen. Schauspielert er nur? Fast nachdenklich setzt er seinen Monolog fort: »Die Behörden haben wohl geglaubt, wenn sie mich von der Stadt und aus meinem Umfeld wegholen, reduziert sich dies fast notgedrungen, sozusagen automatisch. Und siehe da … , auf dem Land ist es nicht viel anders! Allerdings … , Fairplay scheint hier noch einen ziemlich hohen Stellenwert zu haben.«

Eine knappe Woche nach diesem Vorfall beschließen wir, eine Handvoll Schüler, ein paar Runden Tischfußball zu spielen. Klar: Wer verliert, zahlt eine Runde Bier. Es gibt ein Lokal, in dem solche Geräte im Hinterzimmer zur Verfügung stehen.

Neugierde, Absicht? Oder reiner Zufall, dass Rolle ein solches Lokal kennt? Er will uns auch dorthin begleiten.

Ich ahne schon, nicht zuletzt aufgrund der Beschreibung, was kommt: Es handelt sich um das Lokal, in dem Rolle vor ein paar Tagen diese kurze Auseinandersetzung mit dem Soldaten hatte.

Ich fühle mich für die Mitschüler verantwortlich und weise kurz auf diesen Vorfall hin.

Wer weiß, was passieren könnte! Vielleicht knöpfen sich die Kumpels des Soldaten – sozusagen als dessen Kameraden – den Rolle vor? Wenn wir Schüler als zugehörige Gruppe mit ›einbezogen‹ werden, wie sollen wir uns dann verhalten?

Nicht alle haben ein gutes Gefühl, aber keiner will kneifen.

Wir treten ein. Das Lokal ist schon gut gefüllt. In einer Ecke sitzt eine Gruppe junger Männer beim Kartenspiel. Einer meiner Mitschüler blickt, wohl zufällig, zuerst in diese Richtung. Aus dem Augenwinkel sehe ich, dass er zusammenzuckt und abrupt stehenbleibt. Meine Augen folgen seinem Blick.

Auch ich sehe jetzt den etwas verdeckt sitzenden Kartenspieler und bleibe ebenfalls kurz, fast wie angewurzelt, stehen: Das muss der Mann sein, mit dem Rolle in Streit geraten war. Eine relativ dicke Binde verziert seine Nase. Auch die Verfärbungen an den Rändern, zu den Wangenknochen hin, sind deutlich zu erkennen, obwohl wir noch etliche Meter von der Spielergruppe entfernt sind.

Na ja, der wird wohl kaum, zumindest noch nicht heute, auf Revanche aus sein ... und seine Kameraden?

Ich bin aber doch sehr überrascht, nachdem ich ihn, möglichst unauffällig, ›taxiert‹ habe. Der Mann ist fast 1,90 Meter groß, wirkt zudem ziemlich bullig, wenn auch nicht unbedingt sportlich.

Die Überraschungen scheinen kein Ende zu nehmen: Der Geschlagene blickt kurz auf, winkt Rolle fast freundlich zu, unterbricht aber sein

Spiel nicht. Rolle unterhält sich ziemlich zwanglos mit einer Gruppe Männer, die ihn zu kennen scheinen. Offensichtlich war er tatsächlich nicht hauptverantwortlich schuld an der körperlichen Auseinandersetzung.

Etwas später folgt er uns in den Nebenraum zum Wettkampf im Tischfußball. Nebenbei bemerkt: In dieser Disziplin geht er nicht als Sieger vom Platz – egal, das sind für ihn eh nur Kinkerlitzchen.

Vorbeugend hat Rolle bereits am nächsten Tag seiner Bewährungshelferin von dem Vorfall berichtet, wie er mir jetzt erst anvertraut. Aber schließlich bin ich nicht sein Beichtvater.

Allerdings habe ich den Eindruck, dass er meine unabhängige Meinung hören will.

»Es gab mächtig Zoff. Stell dir vor, die Bewährungshelferin meint, ich hätte – als erfahrener Akteur auf diesem Gebiet – rechtzeitig weggehen, oder dem Kontrahenten sogar extremes Entgegenkommen zeigen sollen.« Dann, nach einer kurzen Pause: »Auf einen solchen Schwachsinn kann nur eine Frau kommen und das habe ich ihr auch gesagt.« Rolle schüttelt nach dieser Einleitung zur Bekräftigung mehrmals den Kopf und schlägt sich mit der flachen Hand theatralisch gegen die Stirn.

»Was … ? Das hast du zu ihr gesagt?« Ich bin sprachlos!

»Sie kann mir wegen der kleinen Schlägerei nichts anlasten, deshalb konnte ich noch deutlicher werden, zumal auch ihre Betreuungsaufgabe für mich zeitlich begrenzt ist.«

Er bemerkt, dass ich gespannt, ja, geradezu extrem neugierig auf weitere Einzelheiten bin.

Ich muss nicht lange warten. Er beginnt etwas umständlich:

»Männer können sich in etwa vorstellen, wie und mit welchen Schmerzen eine Geburt abläuft, aber selbst körperlich fühlen können sie es nicht. Genauso verhält es sich umgekehrt bei den Frauen – echter, tiefgreifender Stolz ist ihnen fremd, den kennen sie nicht wirklich. Ihr übertriebenes, manchmal geradezu weicheiiges Kompromissverhalten hingegen, das scheint ihnen von der Natur gegeben!«

»Aha, hm … «. Mehr fällt mir dazu im Moment nicht ein. Aber ich möchte ihn im Moment auch nicht allzu lange unterbrechen und sein Mitteilungsbedürfnis abbremsen.

»Weggehen sollte ich, warum nicht gleich davonlaufen!? Sich unbedingt irgendwie einigen, notfalls auf eigene Kosten. Das ist ihre Philosophie. Für mich, ebenso wie für alle richtigen Männer kommt das nicht infrage! Schluss jetzt damit!«

Schade, ich hätte noch gerne etwas mehr erfahren.

Neuerdings nimmt Rolle auch abends, vor allem samstags am Boxtraining in der Turnhalle bei unserem Sportlehrer, dem Chritzel teil.

Aber nachdem Chritzel durch Zufall von Rolle's Vergangenheit erfahren hat, hält sich seine Begeisterung in Grenzen. Ich habe das Gefühl, er möchte keinen Schläger ausbilden, oder gar noch dessen Kampftechnik verbessern. Das hat er beim letzten Training auch angedeutet und später auch im engen Kreis folgendermaßen erläutert:

»Vor wenigen Wochen hat Sonny Liston den WM-Kampf gegen Cassius Clay verloren. Liston hat Boxen im Gefängnis gelernt, oder zumindest professionell verbessert. Aber ich halte eine solche Ausbildung, mit teilweise qualitativ ausgezeichneten Trainern, für falsch und als Therapie zum Abreagieren von Aggressionen ungeeignet. Diese Interpretation erscheint mir sogar ausgesprochen naiv.

Nur wenige Boxer erreichen auf diesem Weg die Weltspitze und diejenigen, die so weit nach oben kommen, benötigen diese professionell ausgebildete Schlagtechnik nicht mehr im privaten Bereich. Sie sind finanziell abgesichert.

Wie viele Normalbürger aber durch entlassene Strafgefangene geschlagen, verletzt und geschädigt worden sind, darüber gibt es keine Statistik. Es ist geradezu absurd, die ›Schlagtechnik‹ ausgerechnet durch ein Boxtraining im Gefängnis zu verbessern. In bestimmten Konfliktfällen ist man sich in diesen Kreisen der verbesserten ›Durchschlagskraft‹ wohl bewusst und man verhält sich, bei Bedarf, auch entsprechend im zivilen Leben.«

Das war eine ungewöhnlich lange Rede von Chritzel. Ich bin ›angenehm‹ überrascht. Eigentlich hätte ich von ihm eine gegensätzliche Meinung erwartet.

Seltsam nur, schon seit längerer Zeit bin ich derselben Meinung. Eigentlich ist das, was Chritzel dazu sagt, nur logisch – aber für Fachleute und Top-Experten zu einfach. Komplizierte Lösungen sind, mit welchem Ziel auch immer, viel bewundernswürdiger.

Sprüche, zu Lebensweisheiten hochstilisiert, scheinen hin und wieder doch einen Funken Wahrheit zu beinhalten.

Beispiel: Ein fauler Apfel im Korb verdirbt rasch die meisten restlichen Früchte – oder so ähnlich.

Seit einigen Wochen werden in unserem Schülerwohnheim vermehrt improvisierte Hobbyveranstaltungen im begrenzten Rahmen, veranstaltet – vorwiegend abends aber auch tagsüber an den Wochenenden.

Für viele Schüler, die nicht aus der engeren Umgebung kommen, eine willkommene Abwechslung.

Kleinfeldfußball, Tischtennis, aber auch Schach vertreiben aufkommende Langeweile durch die verschiedenartigen Abläufe und Ausführungen.

Neuerdings steht das Kartenspiel hoch im Kurs – vor allem Skat. Fast schleichend aber wird das Pokerspiel immer beliebter – selbstverständlich mit strengen Regeln, was den Höchsteinsatz betrifft.

Vorausschauende Alleswisser, Prognoseersteller oder wer sonst noch, wissen es schon im voraus: Im Gegensatz zur Vielseitigkeit im Skat wird das Pokerspiel bei limitiertem Einsatz irgendwann einmal langweilig. Sind risikobereite Teilnehmer unter den Spielern, kommt es dann zumeist wie es kommen muss: Die Geldeinsätze werden schrittweise erhöht.

Jetzt bin ich wieder direkt und besonders intensiv dabei, im Zuge der mysteriösen Rückblende ...

Später Samstagabend im Zimmer von Hasenbiss, wie wir ihn nennen.

Vom Schach, Würfeln zum Kartenspiel, er kennt alle diese Spiele und ist fast immer dabei.

Er und nicht der abwartende Rolle, wie zu vermuten wäre, reizt mit dem Vorschlag, in den letzten beiden Pokerrunden den Einsatz zu erhöhen, oder die Limitierung ganz aufzuheben.

Ich steige aus, weil ich nicht mehr viel Bargeld bei mir habe, aber auch für das Wochenende bei knapper Kasse bin. Ich könnte, auch bei besonders günstigen Karten, schon frühzeitig nicht mehr mithalten. Selbstverständlich muss bar eingezahlt werden, alles andere kommt nicht infrage.

Es würde mich schon reizen. Einen Moment lang suche ich nach Argumenten, trotzdem teilzunehmen. Schlimmstenfalls müsste ich eben nach Einsatz meines Restgeldes aussteigen!

Die Vernunft siegt. Ich geselle mich zur kleinen Schar der Nurzuschauer.

Hasenbiss, Rolle und ein dritter Mann, der Besucher, spielen die letzte Runde.

Unklar bleibt, ob die Limitierung ganz aufgehoben ist.

Die Einsätze sind jetzt bereits sehr hoch, der dritte Mann winkt resignierend ab, scheidet aus.

Hasenbiss und Rolle bleiben im Spiel. Es knistert, der eine oder andere Zuschauer hält den Atem an.

Rolle ist nervös, will es sich aber nicht – nein, darf es sich nicht anmerken lassen. Das gehört beim Pokern nun einmal dazu.

Erstmalig beginnt Hasenbiss verstohlen zu grinsen. Hat er sein neues, ein irreführendes ›Pokerface‹ aufgesetzt?

... »und ich erhöhe auf 250, – DM«, verkündet er in ruhigem Tonfall und jetzt auch wieder mit ernster Miene.

Rolle ist blank, bei diesem Gebot kann er nicht mehr mithalten. Er verharrt zunächst regungslos. Dann richtet er sich auf, sucht offensichtlich verzweifelt nach einer Lösung.

Sein Blick bleibt auf mir hängen. Ich ziehe leicht meine Schultern hoch, signalisiere, dass ich ihm nicht helfen kann. Fast tut er mir leid.

»Hier, ich setze meine Uhr und erhöhe damit gleichzeitig auf 300,-DM. Die Uhr ist das Doppelte wert.« Rolle ist hartnäckig.

»Bargeldeinsatz ist vereinbart. An deiner Uhr bin ich nicht interessiert.« Hasenbiss genießt förmlich die Situation. Er neigt sich jetzt nach vorne und flüstert gekünstelt: »Eine Ausnahme könnte ich vielleicht machen ... «

»Und die wäre?« Rolle ist wieder hellwach.

»Wenn du mir – nur für eine Nacht – deine Freundin anbieten würdest.« Er grinst, schaut Beifall heischend in die Runde.

Oh Gott, kennt er denn Rolle nicht? Ich schon!

Ein Scherz, normalerweise kein Problem. Aber jetzt, unter diesen Umständen, in dieser angespannten Situation, noch mehr als leichtsinnig, geradezu hochgefährlich.

Ich muss unbedingt dazwischen gehen und zwar sofort:

»Halt, stopp! ... Wollt ihr am Montag etwa in der Zeitung lesen: ›Schlägerei im Schülerwohnheim nach illegalem Karten – oder Glücksspiel!?‹ «

Rolle scheint tatsächlich schon auf Attacke gesetzt zu haben. Dafür hätte sich aber der Kontrahent noch eine stärkere Blöße geben müssen. Schließlich darf Rolle keine Schlägerei anzetteln.

»Du hast genau gewusst, dass ich nicht so weit mitgehen kann und den Betrag entsprechend hochgeschraubt. Das war zwar mehr oder weniger regelgerecht, aber einfach unfair. Aber was kann man, hm ... , von dir auch anderes erwarten.« Rolle versucht offensichtlich, ihn zu reizen. Es gelingt nicht. Gott sei Dank.

Das Spiel ist aus.

Der gekünstelt vorgetragene coole Konter: »Mein Name ist Hase ... , ich weiß von nichts, manchmal noch nicht einmal meinen ganzen Namen«, wird kaum noch zur Kenntnis genommen.

Ich ahne – mehr noch, ich weiß, dass Rolle ein Spitzenblatt auf der Hand hatte. Als Hasenbiss triumphierend sein nicht einmal mittelmäßiges Blatt auflegt, wird Rolle aschfahl im Gesicht. Er zeigt seine Karten nicht. Nach kurzem Zögern legt er sie auf den Kartenstapel und mischt sie wortlos unter.

Freunde werden die beiden wohl nicht mehr. Ein ziemlich irritierendes Nachspiel folgt noch. Vielleicht wird für mich die Aufklärung in der Rückblende doch noch erkennbar. Eine kleine Überraschung: Ich bleibe dran!

Letzter Schultag – Sommerferien …

Ein Teil der Schüler will wegen einer kleinen Veranstaltung am späten Nachmittag erst am nächsten Tag die Heimreise aus dem Schülerwohnheim antreten.

Ein schwülwarmer Sommertag neigt sich dem Ende zu.

Ferienstimmung …

Ein kleiner Geck, nein, ein aufregender Kalauer- … das wäre ein würdiger Übergang in die Ferien … und manchmal hilft auch der Zufall.

Eine kleine Gruppe hat sich zusammengefunden. Hasenbiss hat wieder einmal ungefragt das Wort ergriffen.

»Schade, dass ich nicht schwimmen kann, sonst würde ich sicherlich noch heute, spät am Abend, irgendwo ins tiefe Wasser springen.«

» … und hoffentlich absaufen und ertrinken«, meint Rolle, der zufällig vorbeigekommen ist und ergänzt: »Aber du würdest dich niemals ins tiefe Wasser trauen, auch nicht, wenn du schwimmen könntest.« Es hört sich nicht an wie ein Scherz, eher wie ein gehässiger Kommentar!

Cool, wie er ist, oder wieder einmal sein will, sucht Hasenbiss nach der geeigneten Antwort, scheint sie auch gefunden zu haben: »Ich würde als Nichtschwimmer sogar vom 3 – Meter im Schwimmbad springen. Selbstverständlich müsste mich dann jemand herausziehen. Sicherheitshalber sollten auch noch einige Personen zusätzlich bereitstehen.«

Ein Umstehender greift ohne weitere Verzögerung das Thema auf und macht auch gleich einen konkreten Vorschlag:

»Angeber, aber das kannst du beweisen. Wenn wir eine kleine Gruppe zusammenbekommen, gehen wir noch heute Nacht los. Ich kenne eine Stelle, an der wir ohne große Mühe aufs hiesige Schwimmbadgelände kommen. Notfalls klettern wir einfach über den Zaun.«

Es dauert nicht einmal eine Minute, dann haben wir die notwen-

dige Anzahl an ›Rettungsschwimmern‹ zusammen: Fünf junge Männer – meine Wenigkeit inbegriffen, obwohl mir nicht ganz klar ist, ob
ich im Ernstfall eine große Hilfe sein könnte.

Plötzlich meldet sich auch noch Rolle: »Na gut, ich bin auch mit dabei,
bleibe aber am Beckenrand und beleuchte die ganze Szene mit einer kleinen Taschenlampe. Ins Wasser gehe ich nicht, denn ich würde sowieso
keinen Finger für einen ›Ertrinkenden‹ rühren, der Hasenbiss heißt.«

Die Antwort kommt prompt: »Das brauchst du auch nicht, denn lieber
würde ich in Richtung Beckengrund strampeln oder tauchen, als mich
von dir retten zu lassen.« Nach kurzer Pause fügt er noch scheinbar
geistesabwesend hinzu: »Ha, und den Rolle würde man wegen unterlassener Hilfeleistung sogar wieder einbuchten.«

›Der traut sich was, oder ist er ganz einfach nur arrogant, oder gar nur
dumm und nicht cool?‹, geht es mir durch den Kopf.

»Nicht schlecht, aber dafür ist dein Mutsprung doch zu wenig. Als
Gegenleistung solltest du dann aber schon vom bis jetzt erst neu angebrachten Provisorium, dem 10 Meterturm, springen.« Einer aus der
Gruppe der Umstehenden gibt diesen Kommentar ab, springt sozusagen dem Rolle bei, will aber selbst nicht an der Aktion teilnehmen.

»Ob 3, 5 oder auch 10 Meter, das macht keinen großen Unterschied«,
kontert Hasenbiss. Er will unbedingt seine Rolle als ganzer Kerl weiterspielen. Weiß er was er da sagt? Jeder, der schon einmal da oben gestanden hat, kennt das Angstgefühl vor dem ersten Sprung aus dieser Höhe.
Vielleicht kennt er den Unterschied aber auch sehr wohl und präsentiert
eine seiner durchdachten Shows zum Ferienbeginn?!

Es ist soweit. Hasenbiss steht auf dem 10 Meter-Sprungturm. Erkennbar – oder nur scheinbar – ängstlich beugt er sich nach vorn, blickt über
die Absprungkante. Wir ›Rettungsschwimmer‹ haben einen Halbkreis
im Schwimmbecken gebildet.

Halbmond beleuchtet jetzt die ganze Szene. Gleich werden größere
Wolkenfetzen das Mondlicht verschlucken. Er müsste jetzt unbedingt
springen und zwar sofort, sonst wird das ganze Unternehmen unkalkulierbar.

Seitlich, vom Beckenrand trifft auch noch einmal der blasse Strahl von Rolle's kleiner Taschenlampe den Springer, nur einen kurzen Moment. Dann ist es plötzlich fast dunkel.

»Springen, nicht nur fallenlassen«, ruft noch jemand aus der Gruppe der Wartenden.

Der dunkle Schatten auf dem Turm verschwindet. Fast gleichzeitig ... ... ein seltsames Geräusch – als schramme jemand an einem Hindernis entlang. Ist die Warnung, sich nicht einfach fallenzulassen nicht mehr bei ihm angekommen? Hat er etwa die Absprungkante gestreift, oder ist er sogar mehr oder weniger hart dort aufgeschlagen?

Es platscht – erwartungsgemäß. Hasenbiss ist also, wie auch immer, auf dem Wasser gelandet und abgetaucht. Na ja, etwas besseres fällt mir dazu im Moment nicht ein!

Sekunden vergehen. Gespenstische Ruhe ringsum. Zumindest strampeln und wieder auftauchen muss er schon alleine, dann können wir ihn fassen und retten.

Wie lange geht das jetzt schon? Es ist aber auch wie verhext. Eine dicke Wolkenbank hat sich bereits, wie befürchtet, über den Mond geschoben. Es ist dunkel, nein, stockdunkel.

Leise Zurufe werden laut. Dann endlich eine klare Anweisung in Richtung Beckenrand: »Rolle, knips endlich die Taschenlampe an!« Nichts, nur ein paar undeutliche Klopfgeräusche sind zu hören.

»Die Funzel funktioniert nicht mehr! Sorry, das war's dann!« Die Antwort, der seltsame Ton, das alles irritiert nicht nur mich. Konnte man nicht so etwas wie Schadenfreude heraushören? Hat Rolle wenigstens alles versucht!? Natürlich, er würde niemals einen ›Kameraden‹ in einem gemeinsamen Einsatz im Stich lassen – auch wenn er ihn nicht leiden kann. Soweit kenne ich ihn schon ... Keine weiteren Fragen!

Immer noch, oder wieder, gespenstische Stille. Alle ›Retter‹ warten angespannt auf ein Zeichen, einen etwaigen Hilferuf des mittlerweile wohl schon ›Ertrinkenden‹.

Minuten vergehen, die Zeit verrinnt. Panik kommt auf. »Wir brauchen endlich Licht, um einen gewissen Bereich im Wasser auszuleuchten. Um Hilfe zu holen, dafür ist es schon zu spät. Niemand kann minutenlang unter Wasser bleiben, ohne zu ertrinken – es sei denn, er hat es trainiert. Das ist hier aber nicht der Fall. Außerdem handelt es sich hier nicht mehr um eine Zeitspanne von wenigen Minuten.«

Recht hat er, ... und da Licht nicht ausreichend zur Verfügung steht, hilft nur noch warten und auf ein Wunder hoffen.

Inzwischen hat sich einer der Jungs bereits auf den Weg gemacht, um über eine Telefonzelle am Eingangsgebäude des Schwimmbads den Notdienst zu alarmieren. Von rechtzeitiger Lebensrettungshilfe kann man wohl, nach dieser Zeitspanne, nicht mehr reden.

Der Notarztwagen kommt. Mit zwei kräftigen Handstrahlern soll sofort professionell das Schwimmbecken ausgeleuchtet werden.

Zwei der Jungs sind geblieben – zwecks Berichterstattung. Wir anderen machen uns aus dem Staub zurück ins Wohnheim. Helfen können wir sowieso nicht mehr. Eine billige Ausrede!?

Ein bisher selten gekanntes Gefühl der Beklemmung hat alle erfasst – nicht nur mich.

Sicherlich werden Rolle und ich noch auf dem Zimmer über das Geschehen diskutieren.

Apropos Rolle: Wo ist der eigentlich? Seit seinem missglückten Einsatz mit der Taschenlampe hat keiner mehr etwas von ihm gehört oder gesehen. Seltsam – solch besonders dramatische Vorfälle oder Abläufe müssten ihn doch, von seinem Naturell her, geradezu faszinieren!

Die Eingangstür zum Wohnheim ist bereits abgeschlossen. Wen wundert es noch. Heute läuft auch alles schief. Wieder einmal steigen wir durch das offene Toilettenfenster im Erdgeschoss ein. Wenigstens das hat noch geklappt. Eine Diskussion findet nicht mehr statt. Jeder verschwindet sofort auf sein Zimmer.

Die Überraschung ist groß, riesengroß. Allerdings: Insgeheim habe ich etwas ähnliches erhofft oder entsprechend geradezu erwartet.

Rolle liegt in seinem Bett und schläft – nein, er tut nur so. Aber wie im Schlaf murmelt er halblaut: »Ich weiß nichts, nein, besser noch, ich war gar nicht bis zum bitteren Ende dabei.«

Nach kurzer Pause folgt eine Art Rechtfertigung: »Wie auch immer es ausgegangen ist: Ich hätte nichts tun können, also habe ich mich sofort abgesetzt. Du weißt ja – solch grenzwertige Abenteuer kann ich mir zur Zeit nicht leisten. Basta! Gute Nacht!«

Ich liege lange wach und verschlafe dann prompt.

Mein Bruder Hannes steht vor der Tür, um mich abzuholen. Er ist zufällig mit dem Auto in der Nähe.

Rolle ist schon weg, auch von den anderen ist niemand mehr da. Der Frühstücksraum ist bereits verlassen.

Seltsam – keine versteckten, oder gar heftigen Diskussionen auf dem Flur. Der Aufenthaltsraum ist leer. Auch sonst ist nichts Außergewöhnliches im Gange. Keinerlei Hinweise auf die vergangene Nacht.

Na dann, nichts wie ab in die Ferien. Alles halb so schlimm. Sicherlich hat Hasenbiss wieder eine verquere Show abgezogen und uns alle an der Nase herumgeführt. Irgendwann werden wir ihn einmal so richtig hereinlegen.

Nach den Ferien werde ich erfahren, was wirklich passiert ist. ›Aber, eigentlich ist das gar nicht so wichtig, man sollte es einfach abhaken, Herr Hasenbiss!‹ Mit diesem Gedanken schließe ich das Thema ab.

Rolle bleibt im Spiel. Na ja, langweilig wird es in seinem Beisein fast nie. Personen, die ihn bei irgendwelchen Unternehmungen oder Ausflügen begleiten, sollten bedenken, dass sie, auch ohne eigenes Zutun, mit ungewöhnlichen Schwierigkeiten konfrontiert werden könnten – oder direkter ausgedrückt, sich plötzlich mittendrin im Schlammassel wiederfinden.

Ich weiß, wovon ich rede!

Vorfaschingszeit. Wochenende. Heute geht die erste größere Faschingsveranstaltung im Städtchen über die Bühne.

Eine kleine Gruppe – Schüler aus unserem Wohnheim und meine Wenigkeit, verabreden sich. Im letzten Moment gesellt sich auch Rolle noch hinzu. Seine Begründung: ›Feiern im bekannten Kreis ist nun einmal abwechslungsreicher, als alleine.‹

Es kommt noch besser: Unterwegs zur Festhalle sucht eine kleine Mädchengruppe Anschluss und findet ihn bei uns. Wir haben nichts dagegen, zumal alle gut zurechtgemacht sind und fast alle auch recht gut aussehen.

Manchmal passt eben alles zusammen – vorerst jedenfalls ... Ich fühle bereits wieder die aufkommende Spannung ...

Die Stimmung ist gut. Die Veranstaltung verläuft jedoch, zumindest für uns, ziemlich langweilig. Viele Vorträge befassen sich, für Fasching aufbereitet, mit lokalen Ereignissen, deren Hintergrund wir nicht kennen.

Unsere Gruppe löst sich relativ früh auf. Wer clever ist, oder auch Glück hat, wird von einem Mädchen begleitet.

Drei Mädchen, Rolle und ich bleiben. Noch sind die Verhältnisse in oder zwischen unserer kleinen Restgruppe nicht ganz geklärt. Die Anwesenheit der Mädchen hat auch etwas Gutes: Der Genuss von alkoholischen Getränken hält sich in Grenzen, warum auch immer.

Die Vorträge sind schon seit geraumer Zeit abgehandelt. Der Saal hat sich schon um mehr als die Hälfte geleert. Auch für uns ist es Zeit zu gehen.

Die Garderobe befindet sich ganz in der Nähe, noch innerhalb des Saals. Die angrenzende Tür zum Flurgang ist offen. Dahinter führt eine weitere Tür nach draußen.

Die Mädchen unserer Gruppe haben bereits ihre Mäntel angezogen, wollen aber nicht weiter im Gedränge herumstehen, sondern draußen auf uns warten. Vielleicht gibt es auch noch etwas untereinander abzuklären!?

Rolle und ich warten geduldig. Die Garderobefrau sucht noch etwas umständlich nach unseren Winterjacken.

Klack, klack, klack – und noch einmal klack, klack, klack. Ein rhythmischer Dreitakt. Was ist das? Wo habe ich das schon einmal gehört? In einem Wildwestfilm vielleicht?

Sehr witzig. Drei Männer stehen plötzlich vor uns. Sie haben eine Art Cowboystiefel an, offensichtlich auch mit kleinen Eisenbeschlägen unter den Absätzen. Daher dieses auffällige Geräusch – effektvoll inszeniert.

Ein Mann aus der Gruppe kommt noch einen kleinen Schritt weiter nach vorn, während die beiden anderen fast respektvoll ihren jetzigen Standplatz beibehalten.

Seltsam – in diesem Moment verharren einige der Umstehenden etwas unschlüssig, die zügige Aushändigung ihrer Kleider durch das Garderobepersonal scheint plötzlich zweitrangig. Bilde ich mir das nur ein, oder tritt der eine oder andere der Wartenden sogar etwas zur Seite?

Der Anführer der Gruppe neigt sich noch etwas weiter nach vorn. Sein Blick ist zunächst abschätzend auf Rolle gerichtet. Dann wandern seine Augen von oben nach unten und wieder zurück – es hat den Anschein, als ob er Rolle vermessen wollte.

Mir fällt auf, dass der Mann gut gekleidet ist. Er trägt eine feine dünne Weichlederjacke, die Ärmel sind etwas umgeschlagen, oder hochgekrempelt.

In einem Film könnte man diese Situation als Ausgangspunkt für ein zu erwartendes Duell bewerten ... Und hier und jetzt? Ein Duell mit Worten? Wohl kaum ... !

Jetzt beginnt der Anführer leise zu lachen. Er schüttelt seinen Kopf und meint betont herablassend: »Du hast bereits kleine Scharmützel angezettelt und willst nun wohl der neue Chef in meinem Revier werden? ... Du? Schau dich doch an! Du kannst vielleicht Kinder verprügeln, oder Behinderte, oder unsportliche Fettsäcke, oder wen auch sonst!? Aber, ich will dir eine Chance geben.«

Rolle wartet nicht weiter ab und fällt ihm ins Wort: »Ich kenne dich nicht, habe nichts mit dir zu tun und will auch nichts von dir. Sorry.«

»So einfach ist das nicht. Ich will auf jeden Fall nichts anbrennen lassen. Also, leg‹ los!«

Rolle wirkt keineswegs selbstsicher, aber auch nicht ängstlich. Noch einmal wiederholt er etwas irritiert: »Es ist mein Ernst. Vergiss es einfach!«

»Also doch feige. Nun, Schulbuben bestraft man mit kleinen Ohrfeigen.« Ohne Vorwarnung wischen seine Finger über Rolle's Wange. Aber, eher harmlos, nicht gefährlich. Allerdings, blitzschnell geht er nach dieser kleinen Aktion einen kleinen Schritt zurück, um offensichtlich eine mögliche Gegenreaktion im Auge zu behalten. Kennt er etwa Rolle's Kampftaktik?

Gott sei Dank. Rolle lässt sich nicht provozieren. Ich selbst bin etwas irritiert. War etwa alles doch ganz anders?

Der Gegner – so möchte ich ihn jetzt nennen – ist unzufrieden. Er will unbedingt den Rolle reizen, möchte offensichtlich aus der Defensive heraus, sozusagen in Notwehr, dann vernichtend zuschlagen. Was immer auch passiert – möglichst ›schuldlos‹ davonkommen, so lautet seine Devise. Dafür kann er dann sogar die Aussage von umstehenden Zeugen in Anspruch nehmen.

Rolle wirft mir einen kurzen Blick zu und gibt zu verstehen, dass wir unsere Mäntel übernehmen sollten.

»Halt, so geht das nicht. Jetzt tue endlich etwas, ... Memme!«

Der Mann ist verärgert. Es läuft nicht in seinem Sinne. Noch einmal versucht er es mit einem etwas kräftigeren Wischer. Mit seinen Fingerknöcheln stuppst er nach Rolle's Unterkiefer und – trifft (aus Versehen?) ziemlich unsanft dessen Unterlippe.

Dieses Mal vergisst er, wieder vorsorglich einen kleinen Schritt zurückzugehen.

Rolle's Reaktion folgt blitzschnell: Ein kurzer Tritt mit der Fußspitze gegen das Schienbein seines Gegners – eher auf Ablenkung als auf Wirkung abgezielt – eine gekonnte, harte Links-/Rechtsschlagkombination leitet das Duell ein.

Obwohl ich, vom gelegentlich gemeinsamen Boxtraining her, Rolle's Schlagtechnik kenne, bin ich doch wieder überrascht, wie hart er seine Schläge setzt – im Moment des Auftreffens beim Gegner entwickelt oder entfaltet er ein Höchstmaß an Power. Ja, er ist sozusagen darauf trainiert, sein relativ geringes ›Kampfgewicht‹ bis zu einem gewissen Grad optimal einzusetzen, dieses Gewicht-Handicap in hohem Masse zu kompensieren.

Der Mann ist bereits angenockt, versucht noch scheinbar clever, etwas Zeit zu gewinnen, nicht den Überblick ganz zu verlieren. Eine reflexartig, stochernde linke Gerade, dann ein eher kraftloser Halbschwinger – ob das reicht, sich Rolle vom Leibe zu halten?

Die Zeit reicht offensichtlich nicht. Blitzschnell und wuchtig platziert Rolle noch eine Rechte gezielt im Gesicht seines Gegners. Der Mann wankt, lässt sich nach vorne auf Rolle's Schultern fallen, versucht wie ein Boxer verzweifelt zu klammern.

›Mein Gott, es reicht. Lass dich doch einfach fallen, dann wird nichts mehr weiter passieren‹, geht es mir durch den Kopf. ›Rolle wird nicht auf einen am Boden liegenden Gegner einschlagen.‹

Der fremde Mann kämpft auch um sein Image. Für ihn ist es keine reine Schlägerei. Die Anerkennung als Chef, als Platzhirsch in seinem Revier – wie er selbst zu Beginn angedeutet hat – steht auf dem Spiel.

»Lieber tot als verlieren«, höre ich ihn nuscheln.

Und tatsächlich – einen Moment lang hoffe … , nein, befürchte ich, das Blatt könnte sich noch wenden.

Links klammern und halten, rechts schlagen. Noch ist nicht alles verloren. Keimt neue Hoffnung für ihn auf?

Rolle drückt, versucht, ihn von sich wegzustoßen, ihn auf Distanz zu halten, oder noch einmal zurechtzustellen.

Es gelingt. Eine weitere Attacke, noch eine Rechte. Das war's dann wohl …

Langsam taumelt der bereits Geschlagene nach hinten. Blut rinnt förmlich aus Mund und Nase. Er scheint es zu fühlen, wischt sich mit der flachen Hand übers Gesicht.

Noch einmal versucht er, sein Gleichgewicht wieder zu finden, lehnt jetzt mit dem Rücken an der Seitenwand.

Er schafft es nicht mehr. Im Zeitlupentempo kippt er seitlich weg, sucht nach einem Halt. Seine blutverschmierte Hand gleitet kraftlos an der Wand entlang und hinterlässt eine blutige Spur. Es ist wie in einem Horrorfilm. Dann sitzt er, an die Wand gelehnt, auf dem Boden.

Rolle tritt nahe an seinen Gegner heran. Er wird doch nicht ... ?

»Rolle«, rufe ich fast vorwurfsvoll!

Er hat verstanden. Aber er wollte wohl sowieso nur einen kurzen Moment lang auf seinen geschlagenen, am Boden liegenden Kontrahenten herunterblicken. Ein Ritual, sozusagen ... !

Geradezu erstaunlich aber auch, wie sich die beiden Begleiter des Geschlagenen verhalten haben. War ihr ›Chef‹ sich so sicher über den Ausgang des Kampfes, dass er ihnen ein Eingreifen untersagt hat? Wollte er am Ende als alleiniger Sieger dastehen? Oder war es einfach ein Akt der Fairness? Was wäre geschehen, wenn ... ? Ich sollte lieber nicht darüber nachdenken!

Was soll ich jetzt tun? Wahrscheinlich wird in Kürze die Polizei eintreffen, obwohl die Angelegenheit eigentlich erledigt ist. Werde ich eventuell befragt?

Etwas unschlüssig gehe ich zu unserem Tisch zurück. Nur eine kleine Gruppe sitzt noch an einem Ende der relativ langen Reihe der lückenlos zusammengeschobenen Tische.

Ob unsere Mädchen noch draußen vor der Halle auf uns warten? Sollte ich nicht nachsehen? Eigentlich schon ... !

Ich bin noch ganz in Gedanken und habe gar nicht bemerkt, dass sich drei junge Männer auf der gegenüberliegenden Seite der Tischreihe regelrecht aufgebaut haben. Wo kommen die denn plötzlich her?

Instinktiv spüre ich eine drohende Gefahr, spätestens in dem Moment, als der Anführer sich erkennbar aggressiv nach vorne neigt und erst zischt, dann schreit: »Heia, hei ... , was ist, willst du nicht mitmischen?«

Er ist aschfahl im Gesicht, extrem aufgeregt, angespannt. Ich bin sicher, der Junge ist gefährlich. Der neben ihm stehende junge Mann scheint etwas gelassener, eher abwartend mit der Situation umzugehen.

Ist er deshalb weniger gefährlich? Der Dritte im Bunde ist offensichtlich der Jüngste. Man kann ihm ansehen, dass er für das , was gleich passieren könnte oder wird, einfach überfordert ist. Er hat Angst.

Auch mein Adrenalinspiegel steigt, langsam, stetig, aber in gegenläufiger Richtung.

Ja, seltsam, je kritischer die Situation wird, desto ruhiger werde ich. Oder täusche ich mich nur? Es wäre die falsche Reaktion als Folge einer fehlerhaften Einschätzung.

Noch bevor der Anführer weitere, auch an sich selbst gerichtete Aufforderungen herausschreit, halte ich dagegen: »Mitmischen? Warum denn! Hast du nicht gesehen, dass ich nicht eingreifen musste, weil mein Kumpel den kleinen Vorfall alleine erledigt hat? Ich habe auch nichts anderes erwartet.«

›Sorry, war das eben meine Stimme? Ruhig, nein eiskalt. Vielleicht habe ich Talent zum Synchronsprecher oder ... ‹

Ich habe keine Zeit, weitere Überlegungen in dieser Richtung anzustellen. Bewusst habe ich nur den Anführer direkt angesprochen. Der junge Möchtegernschläger ist sichtlich irritiert, weiß nicht so recht, wie er meine Aussage werten soll.

›Ich übrigens auch nicht‹, fällt mir in diesem Augenblick ein. Darüber werde ich vielleicht später noch einmal nachdenken.

Er kann mich nicht direkt angreifen. Er müsste den relativ weiten Weg um die geschlossene Tischreihe herum nehmen. Oder ... !?

Jetzt schiebt sich der zweite junge Mann nach vorn. Er scheint entschlossener. Ja, er ist der eigentliche Chef der kleinen Gruppe. Ein kurzer Blick zum neben ihm stehenden Stuhl. Aha ...

Er will offensichtlich mit Hilfe des Stuhls auf und dann über den Tisch steigen oder springen. Das ist der direkte Weg zu mir, seinem Gegenüber, nein, zu seinem Gegner natürlich.

Und wieder wird mir der seltsame Umstand bewusst: Mein Adrenalinspiegel steigt wieder, mein Puls hingegen wird eher ruhiger, fast beängstigend. Eine positive oder negative Reaktion?

Es ist Zeit für mich aufzustehen. Bedächtig, ohne Hast, aber bewusst und unterschwellig herausfordernd erhebe ich mich. Meine linke Hand umklammert den oberen Teil der Stuhllehne, verbleibt dort noch bis auf weiteres …

›Soll ich ihn mit meinem Stuhl abfangen, ihn damit niederschlagen, noch bevor er nach seinem Sprung auf meiner Seite gelandet ist? Viel Zeit, über mein Vorgehen zu entscheiden, habe ich nicht. Nein, nein …

… es wäre nicht fair, den Gegner in diesem speziellen Fall auf diese Art zu bekämpfen.

… wenn schon, dann sollte das Gebot der Waffengleichheit eingehalten werden. Mein Gott, wie kindisch … !‹

Ich habe mich entschieden: Das Duell sollte beginnen, aber noch bevor er auf meiner Seite gelandet und zum sicheren Stand gekommen ist.

Sicherlich werde ich es mit drei Gegnern auf einmal zu tun bekommen. Fairness, wie bei Rolle zuvor, darf ich wohl nicht erwarten. Deshalb wäre mein erster Gedanke, die Gegenwehr mit Hilfe meines Stuhls einzuleiten, doch gar nicht besonders verwerflich!?

Nein, die Idee ist nicht gut – ich verwerfe sie wieder.

Unverständlich allerdings auch: Ich signalisiere das auch noch meinem potentiellen Gegner gegenüber und nehme meine Hand von der Stuhllehne. Überheblichkeit oder eher Schwachsinn?

Aber es gilt: Um seine Begleiter zu verunsichern oder gar abzuschrecken sollte die erste Aktion schon nach wenigen Sekunden ›vernichtend‹ zu Ende gebracht werden und zwar mit bloßen Händen oder besser noch mit den Fäusten.

Rolle hat es doch vorgemacht …

›Ricky, jahrelang hast du doch – schon vor Rolle's Auftauchen – hobbymäßig auf schnelle K.o.'s trainiert. Seit damals, als ich mich mit drei jungen Burschen herumschlagen musste und mein blaues Auge zum Gespött meiner Klassenkameraden in der Schule wurde.‹ Erstaunlich, was einem in gewissen Situationen so alles einfällt! Ja, ich grinse sogar nach innen.

Mein Gegenüber steigt auf den Stuhl, springt ohne weitere Verzögerung auf den Tisch. Ich trete einen kleinen Schritt weiter zurück, um nicht direkt angesprungen werden zu können. Einen kurzen Moment suchen seine Augen nach einem günstigen ›Landeplatz‹ für seinen Sprung.

In wenigen Sekunden wird die Entscheidung gefallen sein. Wird auch wieder Blut fließen?

»Polizei, hier ist die Polizei. Ab sofort Schluss, keine weiteren Aktionen mehr. Aus!«

Die Aufforderung am Halleneingang ist eindeutig und wird auch unverzüglich befolgt. Gleich vier Polizisten besetzen professionell strategisch wichtige Standplätze.

›Gott sei Dank! … , oder nein, schade … , ich hätte gerne gewusst, wie … ‹

›Bub, versündige dich nicht‹, hätte Mutter sicher vorwurfsvoll auf meine geheimen Gedankenspiele reagiert, wenn sie diese erraten hätte. Ich weiß – schon die Vorstellung, dass ich kompromisslos eine körperliche Auseinandersetzung in Kauf genommen oder gar angestrebt habe, ist für sie unvorstellbar. Das ist mit ihrer größtenteils pazifistischen Grundeinstellung unvereinbar.

Die Polizei hat alles im Griff. Das ist hier auf dem Land noch ganz normal.

Ich kann es mir nicht verkneifen und murmle im Vorbeigehen in Richtung meiner Kontrahenten, sozusagen im Schutz der Polizei: »Glück gehabt, ich hätte meinem Kumpel gerne gezeigt, dass ich es noch besser kann, als er. Ja, drei auf einmal, das hatte ich schon lange nicht mehr!«

Fast hätte ich noch überreizt. Aber die Polizei ist hellwach, geht sofort dazwischen. Es passiert nichts mehr.

Selbstverständlich hat Rolle keinerlei negativen Folgen zu befürchten. Auch Umstehende, die ihn nicht kennen, sagen für ihn aus. Angeblich auch sein Opfer.

Warum, weiß ich nicht: Mit keinem Wort erwähne ich Rolle gegenüber den nachfolgenden Vorfall an unserem Tisch. Jetzt nicht und auch nicht später.

Allerdings hätten wir beide gerne gewusst, wo die Mädchen geblieben sind. Wir kennen ihre Adressen nicht, sie unsere auch nicht. Aber sie wissen natürlich, dass wir im Schülerwohnheim untergebracht sind. Vielleicht melden sie sich noch!? Kaum, denn dafür kennen wir uns zu wenig.

Wochenende. Noch ein paar Tage, dann ist Aschermittwoch. Ich und einige weitere Schüler haben uns überreden lassen, für den hiesigen Faschingsverein Plaketten zu verkaufen. Für mich ist jetzt Schluss. Die restlichen, närrischen Tage will ich mit Freunden und Bekannten in meinem Heimatort verbringen.

Der Erlös aus dem Plakettenverkauf soll am Aschermittwoch dem Verein überreicht werden. Wahrscheinlich gibt es auch noch eine kleine Nachfeier für uns uneigennützige Helfer.

Nicht zuletzt deshalb reise ich am Vortag, dem Dienstag, wieder zurück.

»Das darf doch nicht wahr sein«, murmle ich in einer Art Selbstgespräch. Offen , aber scheinbar unversehrt liegt die kleine Pappschachtel mit den restlichen unverkauften Plaketten in meinem Schrank – aber das gesammelte Geld ist nicht mehr da. Nur, oder immerhin 28,--DM! Wenig oder Viel, das ist nicht die entscheidende Frage. Ist etwas Besonderes während meiner Abwesenheit passiert? Wurde die Übergabe des Geldes etwa vorzeitig anberaumt und von Rolle stellvertretend erledigt? Wohl kaum, aber ich werde es bald wissen!

Alle Zimmer sind normalerweise unverschlossen. Aber wenn ... , dann käme eigentlich nur ein Bewohner von innen, also ein Mitschüler, als Dieb infrage – unvorstellbar.

Es gibt bald Abendessen. Rolle müsste eigentlich schon hier sein. Ich werde hier in unserem Zimmer auf ihn warten. Vielleicht hat er eine plausible Erklärung und meine Aufregung ist mehr oder weniger umsonst.

Ich sitze am Tisch, mit dem Rücken zur Zimmertür. Immer noch grüble ich , suche vorzeitig nach einer möglichen Aufklärung.

Fast krampfhaft versuche ich jetzt auch, mehr und mehr, einen schlimmen Gedanken zu verdrängen: Sollte etwa Rolle etwas mit der Sache zu tun haben – im negativen Sinn!? Der unbeugsame Pseudo-Macho ..., aber er ist doch kein gemeiner, kleinkarierter Dieb, schon gar nicht bei einem solch relativ geringen Geldbetrag!? Das wäre ja ›Kameradendiebstahl‹, oder, noch wesentlich krasser ausgesprochen, die Tat eines üblen ›Kameradenschweins‹, wie man dazu sagt!

›Na ja, Ricky, nicht übertreiben, lass die Kirche erst mal im Dorf! Allerdings: Eine Auflösung in diese Richtung: Ja, das wäre eine riesige Enttäuschung für mich.‹

Ich habe gar nicht bemerkt, dass Rolle leise das Zimmer betreten hat. Warum schleicht er herum, ist das seine neue Art? In diesem Moment wird mir bewusst, dass unterschwellig bereits gewisse Vorurteile zu wachsen beginnen. Ich kann den Gedanken einfach nicht mehr verdrängen: Er ist es, er ist der Dieb!

Kumpelhaft begrüßt er mich, klopft mir lässig auf die Schulter. Noch ein paar belanglose Sprüche von beiden Seiten, dann komme ich ohne Umschweife zum Thema:

»Rolle, das Geld für den Faschingsverein ist weg. Ist die Übergabe vielleicht schon vorzeitig erfolgt?«

Ich halte mich vorerst bedeckt, will erst einmal hören, was er dazu sagt.

»Was meinst du mit Geld und Übergabe. Hast du es nicht – sicherheitshalber – mitgenommen? Ich weiß von nichts. Aber, wenn du es lose in einer Pappschachtel in deinem Schrank herumliegen lässt, musst du dich nicht wundern. Tagsüber kann hier jeder hereinspazieren.«

Nicht ganz unlogisch, was er sagt, aber alles andere als wahrscheinlich. Nur ..., wie konnte er wissen, dass ich das Geld vor meiner Abreise in eine Pappschachtel umgepackt habe?

Ja, den Schrank hätte ich natürlich abschließen müssen, aber der Schlüssel war schon seit Tagen verschwunden. Zufall?

In einem Anfall von Wut springe ich auf, setze mich aber sofort wieder hin.

›Ricky, mach jetzt keinen unbedachten Fehler. Taste dich erst einmal mit weiteren neutralen Theorien heran.‹ Allmählich ordnen sich meine Gedanken wieder.

Seltsam, wieder setzt diese unerwartete Reaktion ein: Mein Adrenalinspiegel steigt langsam an, aber der Puls wird merklich ruhiger. Bilde ich mir das nur ein? Meine Körperspannung nimmt zu, trotzdem bleibe ich locker, unverkrampft. Offenbar melden sich natürliche Kampfinstinkte. Ein Alarmzeichen? Zum Glück verleiten sie nicht zu blinden, unüberlegten Aktionen.

Wieder stehe ich auf. Dieses Mal betont ruhig. Ebenso cool gebe ich meine weiteren Absichten bekannt, in einer Form von Selbstgesprächen:

»Ich muss den Vorfall melden, zunächst der Heimleitung und wahrscheinlich auch der Polizei. Die zuständigen Leute werden den Fall dann automatisch übernehmen.« Kurze Pause.

»Ärgerlich nur, dass ich das Geld schon am nächsten Tag abliefern muss. Der Verein wird sein Bedauern ausdrücken, aber nützen wird mir das wenig. Mein Taschengeld für den Rest des Monats ist äußerst knapp«, sinniere ich weiter. »Ob es überhaupt noch reicht?«

Rolle lächelt verlegen, ist verunsichert. Oder tut er nur so?

Dann ist er plötzlich wieder der alte. Knallhart doziert er: »Du glaubst also, dass ich es war. Das habe ich dir gleich angesehen. Oder soll ich die entsprechende Frage direkt an dich stellen?«

Alarm! ... Von meiner Antwort hängt jetzt das unmittelbare, weitere Geschehen ab!

Ich bleibe cool, bin aber schon wieder extrem konzentriert. Sekundenbruchteile könnten entscheidend sein. Die Zeit scheint für einen Moment stehenzubleiben.

Überraschenderweise bin ich nicht sonderlich erfreut darüber, dass mir eine vorläufig passende Antwort einfällt:

»Was ich im Moment darüber denke, ist zweitrangig. Ich bin ja sozusagen verpflichtet, den Vorfall zu melden. Einen Verdacht werde ich vorerst natürlich nicht äußern. Die Untersuchung und auch alles weitere liegt dann auch nicht mehr in meinen Händen.« Gut so, Ricky!

»Aber die Umstände sprechen doch alle gegen mich. Deine Meldung kommt einer Auslieferung gleich. Willst du das?«

Rolle lauert, wartet er überhaupt noch auf eine befriedigende Antwort? Will er etwa mein Schweigen erzwingen?

Ich trete – scheinbar zufällig – einen kleinen Schritt zurück, um einen
Mindestabstand herzustellen. Rolle bemerkt es, lächelt zunächst über-
legen, fast geringschätzig. Doch plötzlich wird er wieder ernst, nach-
denklich. Ist ihm bewusst, was eine körperliche Attacke gegen einen
Zimmerkollegen für ihn bedeuten würde? Oder traut er mir nicht mehr?
Ich bin sicher, dass er von meinem Verhalten unmittelbar nach seiner
Schlägerei in der Festhalle erfahren hat – von einem seiner neuen
Freunde.

Er weiß, dass ich ihn inzwischen gut kenne, dass ich seine Taktik,
seine Reaktionen schon im voraus lesen kann. Wie ist es umgekehrt?
Was weiß er von mir? Als er in einer gemeinsamen Trainingsrunde be-
nommen in die Seile fiel, ist Chritzel, ohne zu zögern, sofort energisch
dazwischengegangen. Sicher habe ich einige Punkte beim Trainer gut-
gemacht. Aber das ist jetzt nicht so wichtig.

Es wäre furchtbar für Rolle, für sein Ego, würde er ausgerechnet von
einem ›harmlosen‹ Schüler Prügel beziehen. Vernichtende – denn Halbheiten oder begrenzte Aktionen gäbe es in diesem Fall nicht. Nicht nur
für ihn, vielleicht sogar für uns beide würde dann gelten: ›Lieber tot
als verlieren!‹

Das macht die Sache für mich nicht einfacher.

Rolle kämpft jetzt erkennbar mit sich selbst. Für ihn steht sehr viel
auf dem Spiel, in mehrere Richtungen, mit möglichen, auch schwerwiegenden Konsequenzen.

»Du musst morgen abliefern. Ich gehe heute noch einmal aus dem
Haus und besorge mir das Geld. Ich habe während deiner Abwesenheit
nicht genügend aufgepasst und will dir deshalb den Schaden ersetzen.«
Rolle hat sich entschieden. Er will sein Gesicht wahren. Nach kurzer
Pause ergänzt er:

»Ich hoffe, die Sache ist damit aus der Welt, vor allem für uns beide.
Somit besteht auch keine Notwendigkeit mehr, den Fall nach draußen
zu tragen … , o.k.?« Clever, gut so …

Selbstverständlich hält Rolle sein Wort – per Handschlag. Das ist schließlich unter Männern so üblich … !

*

Eine etwas verwirrende Phase setzt ein, läuft geradezu im Schnelldurchlauf ab. Im Sekundentakt? Nein, Ort und Zeit sind jetzt allerdings extrem durchmischt, Zusammenhänge nicht sofort erkennbar. Nur einige Einzelereignisse erscheinen in Kurzform, in sich geschlossen.

Es ist offensichtlich eine Aufzählung von Zufällen. Was kann das bedeuten? Reicht die Zeit nicht mehr für die Aufführung oder Darstellung aufwendiger Abläufe?

Im Gegensatz zur realen augenblicklichen Situation spielen doch Raum und Zeit in der Rückblende keine große Rolle!? Aber ich kann den Ablauf nicht ändern, noch nicht einmal beeinflussen.

Vater liegt mit schwerer Lungenentzündung im Kreiskrankenhaus und kämpft um sein Leben. Mutter, meine kleine Schwester und ich besuchen ihn.

Wir suchen nach dem richtigen Zimmer. Die Ausschilderung ist etwas verwirrend, ich mache es deshalb zu meiner Aufgabe, die Suchaktion möglichst durch gezieltes Abzählen abzukürzen.

Vater überlebt und ist nach drei Wochen wieder zu Hause.

Das Krankenhaus wird kurze Zeit später geschlossen. Das Gebäude geht in den Besitz der katholischen Kirche über, wird teilweise umgebaut. Die gesamte Anlage findet wieder den Weg in die Öffentlichkeit als Ausbildungsstätte für Priester und zukünftige Missionare, daher der neue Name ›Missionskonvikt‹.

Auf Betreiben unseres Herrn Pfarrer komme ich hier unter, die Ausbildung ist staatlich. In unseren Klassen werden größtenteils auch Schüler aus der näheren Umgebung und mit anderen Berufszielen unterrichtet.

So weit so gut.

Bei meiner Ankunft werden wir Neulinge wie üblich begrüßt und nach einem bestimmten Plan zu unseren Zimmern gebracht. Eigentlich werden die Räume für mehrere Personen nur zur Übernachtung oder im Krankheitsfall genutzt. Das übrige Leben spielt sich im Reflektorium, im Speisesaal, im Studierraum und einem zusätzlichen Aufenthaltsraum ab. Einen Platz für eine gewisse Privatsphäre gibt es für die Schüler nicht.

Ich betrete erstmals mein Zimmer. Ein neugieriger Blick zum großen Fenster und weiter hinaus ins Freie zeigen ein Bild, das ich kenne oder schon einmal gesehen hebe: Ja, es ist das Zimmer, in dem Vater während seiner schweren Erkrankung untergebracht war. Und es würde mich nicht wundern, wenn ... ..., natürlich steht das Bett, das mir zugeteilt ist, genau an derselben Stelle.

Zufälle gibt es ...

Nur kurz tauchen auch Bilder von Jungs auf, mit denen ich etwas mehr als zwei Jahre in dieser Umgebung zusammen gelebt oder verbracht habe: Bernd, das Torwarttalent, der Sänger Finges mit der ehemals klaren, metallischen Stimme, den ich viel später mit ›Heintje‹ verglichen habe. Noch einmal sehe ich uns beide in der Kapelle singen mit fast professioneller Performance. Und wieder spüre ich die kalten Schauer im Rücken ... Aber wie es dazu kam, was aus den Aufnahmen geworden ist, weiß ich immer noch nicht.

Auch die meisten anderen Personen im Konvikt, insbesondere die ›Padres‹, wie wir sie genannt haben, schweben oder wandeln sozusagen vorbei.

Der nachfolgende Schwenk, direkt in die Zeit, viele Jahre danach, irritiert mich. Ich bin noch im selben Umfeld mit einem rätselhaften Bezug auf den zuletzt beschriebenen Ort und in derselben Umgebung – im Moment lediglich ein paar Kilometer entfernt in meinem Heimatort. Ich sinniere, warum ich mich nicht ganz lösen kann. Aber aus welchem Grund? Was könnte nach all den Jahren noch oder wieder passieren?

Mutter übergibt mir am Abend ziemlich aufgeregt einen Brief. Ein amtliches Schreiben – vom hiesigen Amtsgericht aus der Kreisstadt.

»Junge, du hast doch nichts angestellt!? Ein Verkehrsdelikt – ein nahe-liegender Grund – kann es nicht sein. Du besitzt kein Auto, dein altes Moped steht schon seit langer Zeit ungenutzt im Schuppen.« Mutter ist sichtlich beunruhigt.

Das ist auf dem Land nicht ungewöhnlich. Hier hat man noch Respekt vor amtlich verfassten Mitteilungen oder Maßnahmen, welcher Art auch immer. Oftmals zu viel ...

»Vielleicht soll ich zum Vaterschaftstest!? Ha,ha, ha, ... «

Aber nein, ich bin nicht besonders nervös, versuche jedoch, scheinbar cool, ein aufkeimendes Unbehagen zu überspielen.

Genug gezaudert! Etwas übertrieben energisch öffne ich den Um-schlag, entfalte das Schreiben und versuche zunächst mit dem ersten Blick, flächedeckend einen Teil des Inhalts vorab zu erfassen.

... als Zeuge geladen ... – angeklagt.: Roland ... , ... e t c., e t c ...

Roland ... , das ist doch ... Rolle, mein ehemaliger Zimmerkollege vom Schülerwohnheim!? Wie war noch sein Nachname!?

»Beruhige dich, Mutter! Ich bin nur als Zeuge vor Gericht geladen. Näheres steht nicht in dem amtlichen Schreiben. Ich weiß selbst nicht warum.« Das sollte vorerst genügen.

Überraschung pur: Rolle, der Angeklagte, hat seinen letzten Wohnsitz in Buche, im Missionskonvikt!! Wie kommt er denn dort hin? Mein Gott, was ist da passiert?

Ich betrete das Gerichtsgebäude. Ein älterer Herr tritt mir entgegen, als habe er schon auf mich gewartet. Meine Ankunft hat sich verzögert, ich sollte keine weitere Zeit mehr verlieren.

Ohne Umschweife zeige ich ihm deshalb das amtliche Schreiben. Ich folge seinem Hinweis, biege noch um eine Ecke und suche nach der gro-ßen Tür zum Verhandlungssaal. Es sind nur noch wenige Meter. Ge-schafft, gerade noch.

Etwas unschlüssig bleibe ich stehen. Wahrscheinlich werde ich auf-gerufen, wenn mein Auftritt an der Reihe ist.

Den Mann, der seitlich neben der großen Tür auf einer Bank sitzt, habe ich bereits wahrgenommen – auch ein Zeuge? Bedächtig steht er jetzt auf, geht einen Schritt auf mich zu und begrüßt mich mit den Worten: »Gelobt sei Jesus Christus!« Fast hätte ich ihm automatisch mit der Grußformel geantwortet: ›In Ewigkeit, ... Amen.‹

Ich zögere, komme deshalb gar nicht mehr dazu.

»Hallo Ricky, darf ich dich noch mit ›du‹ anreden?«

Mein Gott, das ist doch ...

»Pater Müller, Grüß Gott, aber selbstverständlich dürfen Sie das, auch wenn ich inzwischen schon etwas erwachsener bin – das hoffe ich jedenfalls – aber ... ... «

»Rolle, wie er sich nennt, hat dich wahrscheinlich über seinen Rechtsanwalt ausfindig machen lassen. Den Grund kenne ich nicht im Einzelnen. Offensichtlich hofft er, bei einer möglichen Überprüfung seines Umfeldes einige günstige Umstände zu präsentieren – für die Analyse seiner Persönlichkeit auch möglichst viele positive Aspekte und Bewertungen ins Spiel zu bringen.« Pater Müller betrachtet mich jetzt neugierig.

Bevor er weiterreden kann, unterbreche ich ihn ungeduldig: »Pater, um was geht es hier eigentlich? Was hat Rolle angestellt, warum steht er hier vor Gericht?«

»Wir haben bei uns im Missionskonvikt im obersten Stockwerk zwei Kleinwohnungen einbauen lassen. Diese können, meist vorübergehend, von Jedermann günstig angemietet werden. Wahlweise können diese Mieter auch weitergehende soziale Dienste, wie beispielsweise tägliche Mahlzeiten, in Anspruch nehmen. Im Moment wird eine Wohnung von einem jungen Studentenpärchen genutzt – selbstverständlich ordnungsgemäß verheiratet«, fügt er mit einem verschmitzten Lächeln hinzu, »die zweite bewohnt zur Zeit noch Rolle.«

Pater Müller sieht meine Ungeduld und kommt jetzt zur Sache.

»Rolle wird verdächtigt, sich am Spendenbehälter in unserer Kapelle vergriffen zu haben. Außerdem fehlt seit einiger Zeit eine relativ wertvolle kleine Marienstatue. Diese wurde vor kurzer Zeit einem Antiquitätenhändler angeboten. Dieser hat dem Deal misstraut und zwecks Abklärung irgendeine amtliche Stelle eingeschaltet. Die Beschreibung des Anbieters passt auf Rolle.

Gravierender ist allerdings – das ist meine Meinung – der Vorfall mit dem Studentenpärchen. Er soll die jungen Leute ebenfalls bestohlen haben. Als der junge Mann Anzeige erstatten wollte, hat er beiden schwerwiegende Konsequenzen angedroht. Seine absurde Begründung: Er sei ja schon von vornherein der Hauptverdächtige und handle deshalb nur in Notwehr.«

Das kommt mir in irgendeiner Weise bekannt vor.

Pater Müller macht eine nachdenkliche Pause, spricht dann einfach weiter, ohne zunächst meine Reaktion abzuwarten.

»Er ist kein Schwerverbrecher. Sein Verhalten nach einer ungesetzlichen Tat ist nicht besonders clever, eigentlich fast stümperhaft. Ich habe das Gefühl, er will gar nicht besonders professionell vorgehen. Es macht ihm nicht sehr viel aus, wenn er enttarnt wird.«

Dann, nach kurzer Pause:

»Vielleicht will er als Held dastehen, als der böse Macho. Für ihn immer noch besser als den Idealen der braven Leute – für ihn dekadente Weicheibürger – nachzueifern. Das hat er sogar schon einmal in einer gemeinsamen Diskussion mit Schülern in unserem Haus zum Besten gegeben! ... ... Ich bin kein Psychiater. Aber als katholischer Priester kann ich ihn auch nicht vorverurteilen. Allerdings darf ich auch die von ihm geschädigten Menschen nicht oberflächlich übergehen.«

Die Zeit vergeht. Eigentlich sollte irgendetwas geschehen. Aber irgendwie bin ich auch froh, dass kein peinliches Schweigen aufkommt.

Ich will ablenken und wechsle das Thema mit der künstlich gestellten Frage: »Wie viele Schüler haben denn bisher den Beruf des Priesters oder Missionars gewählt oder streben ihn noch an?«

Er antwortet etwas zurückhaltend und unbestimmt:

»Zu wenige, aber ich kann mir denken, warum du diese Frage stellst. Du hast nie vorgegaukelt, den Beruf eines Priesters anzustreben, nur um eine Unterkunft bei uns mit Zugang aufs Gymnasium zu ergattern. Seine Exzellenz, Weihbischof Olbert konnte nicht anders handeln ... ... «

Wie auf ein Stichwort folgt auf diese Rückblende plötzlich eine weitere – zurück noch einmal auf diesen kurzen Moment, nein, besser, auf diesen erweiterten, entscheidenden Augenblick ...

Seine Exzellenz, Weihbischof Olbert stellt die entscheidende Frage: »Was ist der Hauptgrund für deine Entscheidung, nicht das Amt eines Geistlichen, also eines Priesters, oder auch eines Missionars anzustreben?«

Ich bin überrascht über meine überlegte, ruhige und reife Antwort: »Eine Familie zu gründen, in meinen Kindern, Enkeln, Urenkeln weiterleben, das, und nur das, ist der eigentliche Sinn des Lebens. Ich würde es verwerflich finden, dieses oberste Gesetz, sozusagen die Urkonstruktion der Natur, zu brechen. Soll ich am Ende einfach wieder verschwinden – ins Nichts – , mich selbst aus der weiter – und fortlaufenden Entwicklung herausnehmen, ohne etwas zu hinterlassen? Tot, für immer und ewig, im Leben hier und dann auch im Jenseits?«

Stille, in sich ruhender Abgeklärtheit, die subjektive Gewissheit, die richtige Entscheidung getroffen zu haben, dieses Gefühl verstärkt sich zusehends. Schnell und nicht ganz protokollgerecht füge ich noch hinzu:

»Das ist doch eigentlich auch im Sinne der christlichen Kirche. Wachset und mehret euch, heißt es an irgendeiner Stelle.«

Ein leichtes Lächeln huscht über das Gesicht ›Seiner Exzellenz‹ Weihbischof Olbert. Aber mir ist klar: Die Würfel sind gefallen. Seine ruhige Antwort überrascht mich nicht:

»Sicherlich weißt du, was jetzt unvermeidbar kommt: Du musst das Missionskonvikt verlassen. Selbstverständlich hat das keine Auswirkungen auf deine weitere schulische Entwicklung und deinen zukünftigen Weg.«

Seine Exzellenz hält abschließend seine Hand segnend über meinen Kopf, spricht noch ein paar leise Worte. Ein leichter Schauer rieselt über meinen Rücken. Eingeprägt haben sich vor allem seine lockeren Schlussworte:

»Schade, solche jungen Leute, wie dich, könnten wir brauchen.« Eine Auszeichnung? Die Audienz ist beendet.

Einige Jahre später: Der Postbote bringt eine Vorladung vom ›Hohen Gericht‹.

Leichte Irritation, denn ich bin wieder am eigentlichen Ort, am gerade ablaufenden Geschehen. Aber, das Ereignis hatten wir doch schon!? Warum wird das Geschehen noch einmal abgespult?

Im Wartesaal, oder besser im Gang des Amtsgerichts warte ich auf meinen Auftritt als Zeuge, für oder gegen Rolle und aus welchem Grund, das weiß ich nicht.

Pater Müller, stellvertretend noch übriggeblieben aus diesem Zeitabschnitt, ist auch schon da. Die Begrüßung ist herzlich, man kann erkennen: Ein Wiedersehen nach vielen Jahren. Er weiß nicht, wie viel Zeit noch bis zu seinem Aufruf bleibt und kommt sozusagen sofort zur Sache mit der Frage:

»Du hast mit Rolle ein Zimmer geteilt. Hattet ihr nie – wie soll ich mich ausdrücken – ernstliche Differenzen?«

Ich weiß nicht so recht, wie und ob ich die Frage nach zweifellos negativen Ereignissen beantworten soll. Ich tue es dann doch, da ich überzeugt bin, dass Pater Müller weder mich noch Rolle in die Pfanne hauen wird.

Kurz und bündig erzähle ich ihm von dem Vorfall mit Rolle's Gelddiebstahl – eigentlich Kameradendiebstahl – und die interne Beilegung der Affäre.

»Das passt«, meint er nachdenklich.

Ein leises Knarren, dann öffnet sich die Tür zum Gerichtssaal. Na endlich!

Ein Mann erscheint, blickt sich kurz um und verkündet mit wichtiger Miene: »Herr Pater Müller, Sie sollten sich schon bereithalten, Sie werden in wenigen Minuten als Zeuge aufgerufen.«

Sein Blick fällt auf mich. Fast entschuldigend erklärt er:

»Auf die Befragung einer weitere Person – das sind wohl Sie, Herr Ricky ... «. – er entfaltet etwas umständlich einen Zettel – »kann verzichtet werden. Vergessen Sie nicht, Ihr Zeugengeld, Ihre Unkosten-erstattung abzuholen.«

Der Gerichtsdiener entfernt sich wieder ohne Verzögerung.

Pater Müller lächelt hintergründig, fast erleichtert. Aber ich bin ziemlich irritiert.

»Pater, ich wollte doch Rolle wiedersehen, vielleicht sollte ich ihm auch mit einer positiven Aussage helfen. Er wird sicherlich wieder ins Gefängnis müssen. Könnte ich nicht wenigstens als Zuschauer, sozusagen als Prozessbeobachter, an der restlichen Verhandlung teilnehmen?«

Pater Müller's Lächeln verschwindet. Er scheint sogar etwas besorgt als er vorsichtig nach den richtigen Worten für seinen Ratschlag sucht:

»Zu einem gewissen Grad kann ich dich verstehen. Aber du kennst doch Rolle besser als ich. Wenn du im Gerichtssaal erscheinst, könnte er doch noch auf deine Befragung beharren, was immer es auch ist. Was willst du beispielsweise antworten, wenn der Ankläger dich allgemein oder auch konkret nach grenzwertigen, schwerwiegenden Vorkommnissen befragt? Wirst du Rolle's Diebstahl, oder was sonst noch passiert sein mag, verschweigen oder gar verleugnen? Du könntest ihm sogar schaden, ohne es absichtlich zu wollen.«

Ich bin etwas enttäuscht, fast traurig. Aber Pater Müller hat zweifelsohne Recht.

Und Rolle? Dem werde ich wohl nie wieder begegnen, auch nicht in einer zusätzlichen Rückblende. Eigentlich schade.

Pater Müller wird jetzt aufgerufen. Der Abschied – so viel Zeit muss noch sein – ist wieder sehr herzlich.

Aber, sollte ich nicht doch noch versuchen herauszufinden, in welchem Gefängnis ich Rolle vielleicht einmal besuchen könnte? Unabhängig davon, dass nur wenige aus meinem Bekanntenkreis dafür Verständnis aufbringen würden ... Nein, vielleicht würde Rolle vor Überraschung sogar ein paar Tränen vergießen – nein, das passt nicht zu ihm und das würde er sich anschließend auch nicht verzeihen.

Aber, auch im wirklichen Leben werden sich kaum noch unsere Wege kreuzen. Ich werde wohl keine Gelegenheit mehr erhalten, ihn irgendwann und irgendwo zu treffen. Alles Gute, Rolle!

Dieses Kapitel sollte jetzt endgültig abgehakt sein!

Nur ein Gedankenblitz – für einem kurzen, lichten Moment, nicht wesentlich länger als ein Wimpernschlag. Und schon entgleitet mir wieder das Bewusstsein für die eigentliche, augenblickliche, reale Situation. Vielleicht ein Segen, im weitesten Sinne ein Trost, in jedem Fall eine Abschwächung und zeitliche Verkürzung der Todesangst.

*

Schon kündigt sich wieder eine Art Schnelldurchlauf an.

Kurzzeitige Erlebnisphasen mit teilweise intensiven Abläufen wischen wieder relativ rasch vorbei. Wo verlangsamen sie sich, wann halten sie an und welche besonderen Umstände sind dafür ausschlaggebend?

Ich kann immer noch kein bestimmtes Schema ausmachen. Aber ist das in meiner augenblicklichen Situation überhaupt von Bedeutung?

*

Fred, ein Mitschüler – wenn auch in der Parallelklasse – steht vor unserer Haustür. Es sind Ferien und seine Eltern geben ihm wieder etwas mehr Raum und Zeit, auch zur Erholung vom Schulstress. Ansonsten sind sie sehr darauf bedacht, dass er die Regeln für eine optimale Entwicklung penibel einhält.

Es ist mir manchmal schleierhaft, wie seine Eltern das bewerkstelligen. Am Abend irgendwo draußen herumlungern, oder gar ein kurzer Besuch im Wirtshaus, das alles ohne Fred. Aber wer ihn kennt, weiß, dass er ein aufgeweckter Junge ist, sogar einer, mit dem man Pferde stehlen kann oder könnte!

Fred hat Ferienarbeit gefunden und sich auch gleich erkundigt, ob auch ein Mitschüler – also für mich – ein Platz frei ist. Es handelt sich hierbei um Arbeiten für die Gemeinde im Zusammenhang mit einer neuen Grundstücksverordnung – oder etwas ähnliches – insbesondere um eine neue Zu – bzw. Aufteilung von Wald, Wiesen und Ackerland.

Natürlich bin ich dabei.

Der Chef, Fred und ich werden mit dem Auto zur Arbeitsstätte, einem weiten, freiliegenden, relativ verfilzten Wiesengelände gebracht. Dort werden wir bereits von einem weiteren Mitarbeiter, einem Vermessungsspezialisten erwartet.

Der Mitarbeiter betrachtet uns prüfend und verrät uns, während der Chef noch einmal zum Auto eilt, bevor es wieder wegfährt:

»Dort geht der Boss, was er sagt, das gilt ohne Einschränkung. Er ist streng, aber gerecht, und handelt meistens nach dem Motto: ›Leben und leben lassen‹.« Mit einem leichten Grinsen fügt er hinzu: › ... obwohl er passionierter Jäger ist!‹«

Der Chef verzichtet auf lange Einweisungen. Ein kurzer Hinweis, den er allerdings für wichtig hält, soll genügen.

Auf dem Boden liegen einige Arbeitsgeräte. Er deutet mit dem Zeigefinger auf einen der Gegenstände, hebt ihn auf und erklärt: »Das hier ist kein langes Brett, sondern eine Messlatte. Und was dort im Boden steckt ist kein länglicher Holzstock, sondern ein Messstab. Im Ausnahmefall kann man den Stab auch in Richtung Zielpunkt werfen. Manchmal bleibt er sogar stecken, wenn ein Könner ihn schleudert.«

Zügig schreitet er zum nächsten Stab, zieht ihn aus dem Boden und wirft ihn in hohem Bogen in unsere Richtung. Ziemlich genau landet das ›Wurfgerät‹ nur wenige Schritte vor mir und bleibt im Boden stecken.

»Keine Angst, ich kann sehr genau werfen, was die Entfernung betrifft. Allerdings, der Wurf sollte mehr seitlich, genau zwischen euch landen. Na gut, wer am nächsten steht, soll den Stab zurückwerfen.«

Das bin ich, da braucht man nicht abzumessen.

Mit einem kleinen Ruck ziehe ich das Gerät aus dem Boden. Wie ein Speerwerfer taste ich nach der geeigneten Griffstelle, konzentriere mich und schleudere den Stab möglichst wuchtig zurück.

Er oder ich – wer hat da nicht aufgepasst? In dem Moment, als das Gerät meine Wurfhand verlässt, tritt der Boss drei oder vier Schritte nach vorn. Absicht, nur eine kleine Show? Der Stab bohrt sich eine Handbreit vor ihm in den Boden. Allerdings, etwas seitlich, denn geistesgegenwärtig macht er diesen kleinen Schritt zur Seite. Vielleicht kennt er das Spiel und er hat die Show nicht zum ersten Mal vor neuen Mitarbeitern abgezogen!?

»Nicht schlecht«, meint er fast nebenbei, ohne mit der Wimper zu zucken. Allmählich löst sich auch meine kleine Schockstarre wieder.

Die Arbeit im Freien gefällt mir. Trotzdem ist sie teilweise auch sehr anstrengend. Dann nämlich, wenn ein tiefes Loch für einen neuen Grenzstein gegraben werden muss und ausgerechnet an dieser Stelle ein kleiner Felsbrocken im tieferen Bodenbereich liegt. Ob wildnisartige Umgebung, Gestrüpp, kleine Buschbäume oder sonstiges ödes Gelände, das Loch für den Grenzstein darf nicht versetzt werden – nicht einmal eine Handbreit. Auch dann nicht, wenn nur wenige Zentimeter neben einem sperrigen, massiven Steinbrocken Platz genug ist. Mit einer schweren Brechstange muss die vermessene Stelle mit körperlichem Einsatz freigehämmert werden – das dauert oftmals minutenlang. Das ist für mich nicht immer nachvollziehbar. Mit dem Chef darüber reden? Ich möchte gerne meinen Ferienjob behalten.

Fred und ich können zufrieden sein. Die Arbeit wurde relativ gut bezahlt – auch für Hilfskräfte.

Dankbar nehme ich das Angebot an, das vorläufige Ende des Projekts mit einer kleinen Feier abzuschließen – am kommenden Wochenende in der Dorfwirtschaft. Ob Fred daran teilnehmen darf ist ungewiss, dafür ist er wohl noch etwas zu jung – jedenfalls für seine Eltern.

Fred darf teilnehmen. Völlig normal, oder doch eine kleine Überraschung?

Auch Mitarbeiter, die an einem ähnlichen Projekt in der Gemeinde mitarbeiten, sind gekommen. Rein zufällig? Eigentlich unwichtig.

Wir feiern in einem Nebenraum der Gaststädte. Ab und zu gesellen sich auch andere Gäste völlig ungezwungen dazu. Der Austausch ist fließend.

Ein fremder Mann kommt hereinspaziert. Er hat eine kleine Ziehharmonika in der Hand und bietet uns an, für etwas mehr Stimmung zu sorgen. Wir nehmen dankbar an.

Die Stimmung steigt tatsächlich, wie vorhergesagt. Der Genuss von Alkohol steigt ebenfalls, hält sich aber einigermaßen in den üblichen Grenzen. Das gilt allerdings nur für die normalen Gäste, die mit Alkohol vertraut sind und einschätzen können, was und wie viel sie vertragen.

Fred will dazugehören, feiert, trinkt, als wäre es auch für ihn ganz normal – ist es aber nicht. Er nutzt jede Gelegenheit, mit Anderen anzustoßen und große Mengen in wenigen Zügen ›hinunterzukippen‹.

Das sieht recht lustig aus. Aber allmählich bekomme ich doch ein ungutes Gefühl.

Ich verschwinde für kurze Zeit im Gastraum nebenan. Mehrere Bekannte diskutieren über einige interessante Neuigkeiten.

Der Ziehharmonika-Spieler hat gerade seine Pause beendet und ein neues Lied angestimmt. Zeit für mich, wieder an meinen Platz zurückzukehren.

Fred hängt ziemlich unnatürlich und kraftlos auf seinem Stuhl. Aber, das blanke Entsetzen steht mir ins Gesicht geschrieben: Vor ihm steht ein leeres Schnapsglas. Ich weiß, was das bedeutet.

Seit längerer Zeit schon versorgen scheinbar großzügige Spender bereits betrunkene Gäste mit noch einem oder gar mehreren Schnäpsen, sozusagen als ›Absacker‹. Sie amüsieren sich danach köstlich an deren Auswirkung, am ›Absacken‹ im wahrsten Sinn des Wortes.

Fred ist ein solches Opfer, wenn man sein jugendliches Alter, sowie seine absolute Unerfahrenheit in Betracht zieht.

Ein relativ nüchterner, unbeteiligter Mann hat Mitleid und ist bereit, den betrunkenen, jugendlichen Schüler mit dem Auto nach Hause zu bringen. Ich weiß, mag es mir aber gar nicht vorstellen, wie die Eltern reagieren werden.

Ferien, ein ganzes Jahr später.

Beide, Fred und ich, haben wieder einen Ferienjob ergattert. Die Gemeinde beabsichtigt, einen mehrere hundert Meter langen Entwässerungsgraben in einem Feuchtwiesengebiet anzulegen.

Irrwitzigerweise bin ich ein wenig traurig, denn ich weiß, dass dort in den Pfützen der Wiesen häufig Frösche laichen – vor allem im Frühjahr. Besonders interessant für uns Schüler – die auch einmal tagsüber Zeit genug haben – die stufenweise Entwicklung der Kaulquappen bis hin zu ausgewachsenen Fröschen zu studieren.

Aber, der fortschrittlichen Kultivierung von brachliegendem Gelände sollte man nicht im Wege stehen – wenn es wenigstens sinnvoll wäre!? Ich kann es nicht beurteilen und schon gar nicht entscheiden!

An den ersten beiden Tagen hilft ein Bagger, eine tiefe Schneise auszuheben und freizuschaufeln. Zwei ältere Männer aus dem Dorf, sowie Fred und ich, werden für die Feinarbeiten, vor allem an den Rändern des Grabens, eingesetzt.

Am dritten Tag fehlt der Baggerfahrer, er hat sich kurzfristig krankgemeldet. Es bleibt uns nichts anderes übrig, als die Arbeiten, zumindest teilweise, auch per Hand mit Spitzhacke und Schaufel voranzutreiben. Aber die Möglichkeiten, sowie der Umfang sind begrenzt. Es ist zu befürchten, dass die Arbeiten reduziert oder gar vorübergehend eingestellt werden müssen.

Fred und ich arbeiten phasenweise wie besessen, als gelte es zu beweisen, dass wir Schüler notfalls auch harte körperliche Arbeit verrichten können.

Wir lassen uns nichts anmerken. Aber, der Aufruf zur ersten Pause wird mit Erleichterung angenommen.

Einer der älteren Mitarbeiter deutet plötzlich mit dem Zeigefinger in Richtung Grabenbaustelle und meint mit ruhiger Stimme, fast wie im Selbstgespräch:

»Jungs, wir sollten nicht vergessen:
  Wenn die Arbeit für alle reichen soll,
  dann nimm die Schaufel nur halber voll!«

»Ein schöner Spruch«, kommentiert Fred lachend.

»Aber es steckt auch ein Stück Weisheit drin, je nachdem, von welcher Seite man es betrachtet«, nuschle ich vor mich hin. »Na gut, Weisheit ist vielleicht etwas übertrieben.« Mein Kommentar kommt an, wird mit Kopfnicken der beiden älteren Männer bestätigt.

Zwei Tage später ist auch der Bagger wieder im Einsatz. Das Projekt kann fristgerecht zu Ende gebracht werden.

Seltsame Zufälle gibt es: Auch dieses Mal soll die Fertigstellung der Gemeindearbeiten wieder gebührend gefeiert werden, in derselben Dorfgaststätte, ein Jahr später, auf den Tag genau, zur selben Zeit!

Fred hat diese Besonderheit bemerkt. Es ist sehr gut, wenn er sich daran erinnert. Er hat sicherlich seine Lehren daraus gezogen, wie man sagt.

Die Feier nimmt einen ähnlichen Verlauf wie das Jahr zuvor. Anstelle der Ziehharmonika kommen ein richtiges Akkordeon und eine Mundharmonika zum Einsatz. Ansonsten könnte man sogar von einer gewissen zeitversetzten, seltsamen ›Duplizität der Ereignisse‹ sprechen.

Fred hält sich dieses Mal merklich zurück. Das ist gut so!

Nach und nach steigt die Stimmung.

Hobbywanderer – eine kleine Gruppe aus dem Nachbardorf – tauchen auf. Wir rücken enger zusammen, damit der Platz reicht. Kein Problem, denn ein paar hübsche Mädchen sind bei einer Feier immer willkommen. Es schadet auch nicht, dass sie nach einem anstrengenden Halbtagesausflug einen ziemlich großen Durst mitgebracht haben.

Eines der Mädchen, das einen Platz neben Fred gefunden hat, zögert nicht lange und reiht sich, ohne zu zögern, sofort in die Gruppe der Stimmungsmacher ein. Ein Küsschen auf die Wange, eine gespielte, innige Umarmung, das kann ja noch heiter werden.

Fred ist Alkohol nicht gewohnt, das ist mir bewusst. Wie soll er auch, wenn er nie ausgeht und welchen zu sich nimmt.

Jetzt kommt ein weiterer – eigentlich harmloser – Umstand hinzu: Er wird von einem netten Mädchen umgarnt, wenn auch zunächst nur zum Spaß und als Show zur Stimmungssteigerung. Aber Fred kann damit offensichtlich nicht umgehen.

Er ist sichtlich gehemmt, fühlt sich aber andererseits recht wohl. Nein, eine Spaßbremse will er nicht sein!

Sein Glas ist noch fast halb voll, da bestellt er per Handzeichen das nächste Bier- ... nicht allzu lange danach das nächste- ... und noch einmal dasselbe ...

Die Freundin des Mädchens hat inzwischen bemerkt, dass Fred und ich zu den Jüngeren der Veranstaltung gehören.

Offensichtlich fasst sie schnell die Konstellation ins Auge: Ihre Freundin versucht es mit Fred, sie selbst bei dessen Kumpel – und das bin ich.

Sie sucht bei jeder Gelegenheit intensiven Blickkontakt. Ich halte dagegen, schließlich ist sie auch noch recht hübsch. ›Sie ist bestimmt etwas älter als ich‹, geht es mir durch den Kopf. Aber das spielt keine große Rolle.

Das Akkordeon spielt, es wird getanzt, geschmust und natürlich auch getrunken.

Ab und zu wandert Fred durch den Gastraum, greift ab und zu nach dem Glas irgendeines Bekannten und trinkt daraus. Die Gaudi ist groß, keiner nimmt es übel.

»Fred pass auf, dass du nicht den Überblick verlierst«, rufe ich ihm im Vorbeigehen zu. Ich bin bereits etwas verstimmt.

»Du musst nicht auf mich aufpassen«, gibt er etwas gereizt zurück. Etwas leiser fügt er hinzu: »Auch wenn meine Mutter sich das wünschen würde – wenn auch nur für heute Abend.«

Täusche ich mich, oder spricht er schon ein wenig holprig und unsicher? Aber vielleicht hat er recht. Ich bin nicht als sein Aufpasser hier.

Warm und schwül ist es im Gastraum. Kurz entschlossen verlasse ich das Lokal, um draußen etwas frische Luft zu schnappen. Fast bedächtig betrete ich die vorbeiführende Straße, genieße die kühlende Nachtluft und empfinde die plötzliche Ruhe fast als angenehm.

Ein gedämpfter Lichtstrahl erhellt für ein paar Sekunden den seitlichen Straßenrand. Ein kurzes Klicken, dann stehe ich wieder im Dunkel. Aber wer hat denn die Außentür geöffnet? Will noch jemand kühle Luft schnappen? Was kümmert es mich!?

Ich gehe noch einige Schritte. Das reicht, es wird Zeit, wieder umzukehren.

Seitlich, kurz vor der Eingangstür, löst sich überraschend eine verschwommene Gestalt aus dem Halbdunkel, steht plötzlich dicht vor mir. Blitzschnell und fast automatisch reagiere ich mit einem kurzen Sidestep. Sicher ist sicher!

Zuerst ein Kichern, dann ein verhaltenes Lachen – die Situation entspannt sich wieder.

»Warum so schreckhaft?« Die Stimme kenne ich doch!?

»Nicht schreckhaft, wohl eher vorsichtig«, antworte ich betont ruhig und füge gleich noch scherzhaft hinzu: »Die Menschen sind schlecht und man muss immer auf alles Mögliche gefasst sein!«

Aus dem Lokal dringt gedämpft die Akkordeonmusik auf die Straße.

Das Mädchen – oder ist es eine junge Frau? – legt plötzlich ihre Arme auf meine Schultern, rückt auf Tuchfühlung an mich heran und flüstert: »Wir sollten tanzen. Die Zeit ist kurz.«

» ... und die ›Reu‹ ist lang, oder kann es werden«, ergänze ich grinsend einen alten Spruch.

Wir tanzen, oder treffender ausgedrückt, sie tanzt mit mir. Eng umschlungen ... Auf ›Erregung von öffentlichem Ärgernis‹ würde jetzt ein konservativer Bürger anklagend plädieren. Aber weit und breit ist niemand zu sehen.

›Ricky, verliere nicht die Kontrolle‹, geht es mir durch den Kopf. Und weiter: ›Was soll das überhaupt werden, hier auf der Straße!?‹

Ich bin irritiert, weiß nicht so recht, wie ich mich weiter verhalten soll. Die ›Überrumpelungstaktik‹ der jungen Frau wirkt plötzlich etwas befremdlich, jedenfalls auf mich. ›Benimmt sie sich nicht wie eine Nutte? Oder bin ich einfach zu altmodisch? Verliere ich schon wieder meine lockere, leicht überhebliche Art? Vielleicht sollte ich die Situation nicht falsch bewerten.‹

»Wir tanzen drinnen weiter, aber erst etwas später«, schlage ich vor.

»Der letzte Tanz, der gehört mir, dann werden wir weitersehen, wie und ob es mit uns weitergehen kann.«

Mein Selbstbewusstsein wirkt etwas künstlich übersteigert. Aber es hilft.

»Das ist doch eine gute Lösung«, ergänze ich cool – wieder, ohne ihren Kommentar abzuwarten.

Ihre Augen scheinen zu leuchten, soweit es im Halbdunkel erkennbar ist. In erwartungsvoller Anspannung? Oder, nein, im Gegenteil – steht ihr nicht eine versteckte Warnung ins Gesicht geschrieben?

Wieder drinnen im Lokal gehe ich sofort und direkt auf den Akkordeonspieler zu, der gerade eine kleine Pause macht.

»Wenn die Party hier zu Ende geht, kündige bitte die letzten Tanzrunden an, damit ich Bescheid weiß. Und noch etwas: Es sollte eine Schmuserunde sein, du weißt schon!«

Wie weit ist mittlerweile eigentlich Fred mit seiner neuen Eroberung?

Na ja, ein neuer, junger Mädchenbeglücker ist er wohl noch nicht. Müde hat er sein Haupt in die Ellbogenbeuge gelegt. Er sitzt aber, vornübergebeugt, noch relativ stabil am Tisch. Niemand kümmert sich um ihn.

Ich wandere zum Nebentisch, hier sitzt eine Männerrunde – es geht extrem lustig zu. Im Moment spielen Mädchen keine Rolle. Ein junger Mann in der Runde fehlt, sein Platz ist unbesetzt- ... und

dass er unentwegt mit meiner neuen Bekannten tanzt, das nehme ich noch nicht einmal richtig zur Kenntnis. Außerdem ist er viel zu jung für diese offensichtlich erfahrene Frau!

Der Akkordeonspieler kündigt die verlängerte Schlussrunde an. ›Nur nichts übereilen, cool bleiben, Ricky, das Spiel kann beginnen‹!

Scheinbar gelangweilt stehe ich auf, schaue mich um. Wo ist denn nur meine ›Last dance‹-Partnerin?

Sie steht bereits auf der Tanzfläche, hat ihre beiden Arme auf die Schultern des jungen Mannes gelegt. Der Tanz in die letzten Runden hat bereits begonnen. Na gut, dann muss ich sie eben ›abklatschen‹.

Ich bin noch gar nicht auf der Tanzfläche angekommen. Mit teilweisen heftigen ›Abwinkbewegungen‹ einer Hand gibt sie mir zu verstehen, dass sie ihren Tanzpartner nicht mehr wechseln will.

»Dann eben nicht«, rufe ich ihr halblaut zu. Ihr provozierendes, spöttisches Lächeln übergehe ich scheinbar unbeeindruckt. Na ja, nur ein Abenteuer, das noch gar keines war ... Die aufkeimende Verstimmung hält sich in Grenzen.

Ich setze mich wieder an meinen Tisch. Fred liegt immer noch unbeweglich auf Stuhl und Tisch. Was die Mädchen anbetrifft: Weder für ihn noch für mich wird es wohl heute ein Happyend geben.

Es ist Zeit zu gehen. Etwas ungestüm umklammere ich Fred's Oberarm, versuche seinen Oberkörper aufzurichten. Sozusagen in Zeitlupe rutscht er zur Seite, kippt dann einfach weg und fällt auf den Fussboden. Schläft er nur, oder ist er bewusstlos? Letzteres, da bin ich mir sicher.

Trotzdem versuche ich, ihn irgendwie wachzukriegen, tätschle seine Wangen und rufe ihm ins Ohr: »Fred, wach auf, reiß dich zusammen. Wir müssen nach Hause!« Er kommt endlich zu sich – wenigstens einigermaßen. Aber er kann nicht einmal richtig sprechen.

»Der packt es heute nicht mehr. Wir müssen ihn nach Hause bringen.« »Oder, wie bei uns in solchen Fällen üblich, auf Rädern befördern«, schlägt ein anderer vor.

Ich hatte einige Zeit lang nicht auf Fred geachtet. Er wollte es ja auch nicht. Haben die großzügigen Spender ihm wieder Schnäpse als ›Absacker‹ spendiert?

Plötzlich steht die junge Frau, die mir ihren letzten Tanz verweigert hat, dicht neben mir. »Kann ich dich noch einmal kurz sprechen?« Ihre Stimme klingt versöhnlich, fast bedauernd.

Meine Antwort erfolgt ungeduldig, geradezu abweisend: »Nein, ich muss das, was hier mit meinem Kumpel passiert, erst zu einem guten Ende bringen. Alles weitere ist – «, nach kurzem Zaudern – , »für mich eigentlich unwichtig!«

Vielleicht hätten mich ihre traurigen Augen zum Nachdenken gebracht. Aber diese unliebsamen Umstände verwandeln den gesamten Abend zum ärgerlichen Ärgernis.

»Wir sollten jetzt gehen, Liebling«, mahnt ihr junger Begleiter. Der Triumph steht ihm ins Gesicht geschrieben.

Sie versucht noch einmal, intensiven Blickkontakt mit mir aufzunehmen. Ich verweigere, sozusagen.

Sie versteht. Leise flüstert sie:

»Wir kommen noch einmal am nächsten Wochenende. Ricky, bitte ... « Hat sie nicht sogar feuchte Augen? Einbildung ... , und wenn schon!

»Tschüss ... » Meine Antwort ist wieder kurz und bündig.

›Immer dieser falsche Stolz, warum kämpfst du nicht um sie‹, würde Wolfi wieder vorwurfsvoll kommentieren. Aber wie komme ich ausgerechnet auf ihn? Ich weiß, aber was hat das heutige Geschehen mit den damaligen Vorfällen im Schwarzwald zu tun? Damals war ich auch schon weiter und Mary schuldlos. Die unglücklichen Umstände waren damals nicht vorhersehbar.

Nichtsdestotrotz: Ich denke darüber nach ... ›Danke ›Wolfi‹!‹

Die Sache ist noch nicht ausgestanden – weder für Fred, noch für mich. Aber, wie können wir ihn heimbringen? Im Dorf gibt es keinen Taxistand.

Was jetzt passiert, das habe ich schon einmal erlebt. Schleichend kriecht kalte Wut in mir hoch. Ich kenne den Ton, das Geräusch.

Irgendjemand kommt mit dem Transportgerät um die Ecke. Es ist ein ganz gewöhnlicher Schubkarren.

Ich gehe etwas zögerlich dazwischen. Das geht doch nicht! Einer der Männer, die Fred aus dem Lokal tragen, bemerkt meine ablehnende Haltung: »Wie sollen wir ihn denn sonst nach Hause bringen. Willst du ihn etwa auf Händen tragen?« Halblautes Gelächter begleitet seine Worte.

Ich muss mich fügen. Was soll ich anderes tun? In dieser Szene von einer gewissen ›würdelosen Aktion‹ zu sprechen, wäre wohl übertrieben.

Wir stehen vor Fred's Haus. Einer der Männer klopft energisch gegen die Außentür, die Klingel ist abgestellt oder funktioniert nicht.

Es tut sich nichts. Das Klopfen wird verstärkt, lautes Rufen begleitet jetzt die ganze peinliche Aktion.

Plötzlich und unerwartet öffnet sich die Haustür. Fred's Mutter erscheint im langen Nachtgewand, aber der Vergleich mit einem Gespenst wäre ganz und gar unangebracht, zumindest für mich. Ich bleibe unauffällig im Hintergrund.

»Wir bringen Ihren Sohn, er ist mehr als total betrunken. Sicherheitshalber haben wir telefonisch einen Notarzt bestellt.« Der Wortführer, ein kräftiger Mann, trägt Fred ins Haus.

Ich fühle mich nicht ganz unschuldig, aber warum eigentlich? Selbstverständlich besuche ich Fred am nächsten Tag. Seine Eltern machen mir keinen Vorwurf. Aber Fred's Mutter, eine sensible Frau, wird sicherlich noch einige Zeit brauchen, diesen Vorfall schadlos zu verarbeiten.

Es gibt so viele erstaunlich Zufälle. Aber, ich nehme mir dieses Mal fest vor: Ein ›Tripel‹ mit ähnlichem Ausgang wird es nicht geben!

Wie die Geschichte mit der, bis jetzt, unbekannten jungen Frau, meiner ›Fast-Eroberung‹, ausgegangen ist, weiß ich sehr wohl. Eine entsprechende Rückblende mit den üblicherweise intensiveren Eindrücken fehlt aber. Warum nur!? Eigentlich schade. Ich habe keinen Einfluss darauf.

*

Die Klappe fällt. Ich verlasse offensichtlich meine etwas verlängerte Schulzeit.

Gut so, oder eigentlich schade!?

Fußball – das ist eine meiner Lieblingssportarten – aber eben nur eine. Auch mit anderen sportlichen Aktivitäten beschäftige ich mich mehr oder weniger intensiv und führe sie auch rein hobbymäßig aus. Vielseitig? ›Ja, aber vieles nur halb und nichts konzentriert und richtig‹, hat mein Bruder Hannes schon wiederholt kommentiert und auch meinen Bruder Franz damit gemeint.‹

Eine üble Knieverletzung bedeutet eigentlich das Aus. Ich bin nach einigen Monaten scheinbar, oder zumindest einigermaßen fit, trainiere und spiele auch wieder.

Voll und ganz fit? Ein Irrtum: Jetzt bin ich ein zweites Mal hier. Wieder ist eine Punktierung, das Absaugen der angestauten Blutflüssigkeit notwendig.

Mein Aufenthalt im Krankenhaus vollzieht sich zunächst – trotz der widrigen Umstände – relativ unterhaltsam. In unserem Zimmer ist ein weiterer Patient untergebracht: Ebenfalls ein Fußballer, dem ein gegnerischer Spieler sowohl das Schienbein als auch das Wadenbein gebrochen hat. Er liegt bereits seit mehr als einem Vierteljahr hier, eine gründliche Untersuchung steht an. Die Nervosität ist ihm anzumerken.

Auch ich bin relativ angespannt, schließlich bilden wir eine Art Schicksalsgemeinschaft. Der Fall soll überaus kompliziert sein. Bisher wurde kaum darüber gesprochen.

Der Patient wird leise, fast vorsichtig ins Zimmer geschoben. Eigentlich habe ich erwartet, dass er selbständig gehend hereingehumpelt kommt und nach einer kurzen Feier das Krankenhaus verlassen wird.

Ich kann sofort erkennen, dass er einen neuen Gipsverband trägt. Ich halte den Atem an, ahne Schlimmes. Auch mein Gemütszustand verschlechtert sich schlagartig, als ich bemerke, dass der junge Mann weint. Ein Libero, der im Fußballstadion selbst eisenhart zur Sache ging, wie sein Freund mir gerade noch berichtet hat – am Boden zerstört.

»Ich werde wohl für immer ein Krüppel bleiben«, erklärt er jetzt ruhig, nachdem er sich einigermaßen gefasst hat. Wir, ein weiterer Patient und ich, warten. Keiner möchte etwas Falsches sagen.

»Die nach einem Bruch notwendige Kallusbildung entwickelt sich bei mir nur mangelhaft, wenn überhaupt ... Auch der Einsatz eines neuen Medikaments hat nichts gebracht. Ob ein spätes Verschrauben oder Verdrahten weiterhilft, darüber beraten jetzt die Experten. Ich habe das Gefühl, dass die Ärzte das Problem zu spät erkannt haben und eine Korrektur nicht mehr möglich ist.«

War es das wert? Die Frage wird er sich des Öfteren stellen, ebenso wie ich für mich bei meinem vergleichsweise ›minder schweren Fall.‹ Aber, wer weiß schon, wie sich das noch weiter entwickelt.

Etwas mehr als ein Jahr ist seither vergangen. Mit ein paar Freunden schlendere ich über einen kleinen Dorfplatz. Wir sind extra mit dem Auto hierhergekommen. In diesem Jahr veranstaltet dieses Dorf wieder eine Art Volksfest, auf dem einiges geboten sein soll. Ich war noch nie hier.

Der übliche Trubel, nichts Besonderes. Meine Augen wandern über die Festaufbauten, suchen nach den außergewöhnlichen Gestaltungen.

»Kennt jemand den Mann dort?« Einer aus unserer Gruppe ist auf ihn aufmerksam geworden und ergänzt seine Bemerkung: »Er starrt schon mehrere Sekunden lang geradezu intensiv hier herüber.« Nein, niemand reagiert.

Jetzt hat der fremde Mann offensichtlich einen Entschluss gefasst. Bedächtig schreitet er auf uns zu. Na ja, er humpelt leicht, benutzt einen Stock als eine Art Gehhilfe. Er bleibt dicht vor mir stehen, beachtet die anderen überhaupt nicht. Noch ein Schritt, dann legt er beide Arme auf meine Schultern, sein Krückstock fällt zu Boden.

»Bist du es wirklich, Ricky? Natürlich, ich habe dich sofort wiedererkannt. Was macht dein Knie? Man merkt dir nichts mehr an.«

Ich suche fieberhaft, will den leicht humpelnden Mann nicht durch Nichtachtung sogar noch beleidigen. Aber seine letzte Bemerkung wirkt wie ein Blitzeinschlag: Es ist der Fußballer aus dem Krankenhaus, der damals seinen Zustand selbst als kritisch eingestuft hat. Hat sich seine damalige Befürchtung, als Krüppel weiterleben zu müssen, etwa bewahrheitet?

»Ich kann wenigstens einigermaßen mit der Krücke laufen. Vielleicht finden die Forscher doch noch eine Lösung, für mich und auch alle anderen mit ähnlichen Unfallschäden. Aber es ist nicht sehr wahrscheinlich.«

»Ich habe vor Kurzem meinen Rückzug aus der Dorfmannschaft verkündet. Es hat keinen Sinn mit andauerndem Handicap zu spielen.« Gemeinsames Leid, ähnliches Schicksal, wenn auch unterschiedlich gravierend – ein kläglicher Versuch von meiner Seite, irgendwie mein Mitgefühl auszudrücken. Und schon ist diese flüchtige Begegnung wieder vorbei.

*

Mutter ist im Kreiskrankenhaus, kommt aber noch am selben Tag wieder nach Hause. Sie hatte eine ausführlich Besprechung, oder besser ausgedrückt, eine detaillierte Beschreibung einer speziellen Untersuchung zwecks Bewilligung einer um ein Jahr vorgezogenen Rente.

»Das ist doch nur ›Pipikram‹ bei deiner zu erwartenden Minirente, argumentiere ich pessimistisch, »der Aufwand ist ja größer als das, was dabei herauskommt!«

In einer Woche muss sie zu dieser ›ominösen‹ Untersuchung. Der Stationsarzt bedauert, dass er nicht selbst anwesend sein kann, da er in Urlaub geht.

Zuständig für die Durchführung der Tests und Untersuchungen ist ein neuer Assistenzarzt, der zusätzlich für ein neues Forschungsprojekt arbeitet. Er ist ein noch junger Adliger – mit einem standesgemäßen ›von‹ im Namen. Seine diesbezüglichen Vorschusslorbeeren hat er allerdings bereits seit einigen, wenigen Wochen bei den informierten Patienten verspielt.

Davon weiß Mutter aber nichts. Nach einigen Vortests geht es zur Sache. Rückenmarkpunktierung ist angesagt und soll am folgenden Tag zwecks Abgleichung noch einmal durchgeführt werden.

Irgendetwas ist schiefgelaufen. Mutter kann sich kaum noch, oder nur unter massiven Schmerzen bewegen. Das kann und will sie auch nicht noch ein zweites Mal durchmachen.

Glücklicherweise oder leider, je nachdem von welcher Seite man es betrachtet, kocht die Gerüchteküche.

Ein Patient aus dem Nebenzimmer kommt hereingehumpelt, um sich nach dem Befinden meiner Mutter zu erkundigen. Warum und was soll das?

Teils geheimnisvoll, teils auch wieder aufmüpfig, gibt er seine diversen Informationen preis:

»Der neue Arzt macht Untersuchungen an Patienten, die manchmal gar nichts mit deren momentanen Erkrankungen zu tun haben. Alle möglichen Flüssigkeitsentnahmen, wie Blut und ähnliches, gehören zu seinen Lieblingsaktivitäten«, meint er etwas geringschätzig. »Aber, Punkturen aller Art, das ist schon fast ein Hobby von ihm. Auch wenn in den vergangenen Tagen schon drei von ihm punktierte Patients gestorben sind. Mehr kann und will ich mich dazu nicht äußern.«

Mutter ist noch mehr beunruhigt. Schließlich hat sie noch nicht einmal den ersten Tag heil überstanden. Allerdings, spätestens jetzt hat sie endgültig beschlossen, dass sie keine weitere Punktur mehr zulässt, auch keine Gewebeentnahmen oder ähnliche Eingriffe. Konsequenz: Am nächsten Tag muss Mutter das Krankenhaus verlassen. Sie hat Glück, denn nach der Rückkehr des Stationsarztes werden die Untersuchungen fortgesetzt.

Wie das Leben so spielt, sagt man!

Vier Wochen nach Mutter's Aufenthalt im Krankenhaus bin ich selbst wieder dort Patient.

Ich konnte es nicht lassen, einfach nicht hinnehmen, dass Fußballspielen für mich vorbei ist – zumindest für längere Zeit. Ich habe wieder trainiert. Das Knie ist wieder angeknackst und dick angeschwollen. Einfach ärgerlich. Die Folge: Eine erneute Untersuchung im Krankenhaus.

Das Knie soll wieder punktiert werden. Eigentlich kein allzu großes Problem.

Ich teile das Zimmer mit zwei älteren Patienten Es ist noch früh am Morgen. Erst am Nachmittag bin ich an der Reihe.

Die Tür öffnet sich. Ein junger Arzt in Begleitung einer Krankenschwester tritt ein. Er nickt mir zu und meint wie nebenbei: »Sie sind erst später dran. Aber ich darf mich schon vorstellen: Dr. von A ... ... « Er nuschelt etwas, sodass ich seinen Namen zunächst nicht richtig verstehe. Oder ist das eine Art Schutzreaktion?

›Aber, mein Gott, das ist doch der Arzt, der an einem neuen Forschungsobjekt mitarbeitet und der schon meine Mutter in Angst und Sorge versetzt hat!? Und der wird mich heute Nachmittag am Knie punktieren? Was, wie, er?‹ Meine Gedanken überschlagen sich.

Der Arzt kennt meine Bedenken nicht. Zielgerichtet nähert er sich dem Bett eines alten Mannes. Ich weiß inzwischen, dass dieser Patient hochgradig an Zucker erkrankt ist. Eine Operation steht unmittelbar bevor. Ein großer Zeh soll entfernt werden.

Der Arzt hat eine relativ große Spritze mit tiefroter Flüssigkeit in der Hand. Irgendwie beängstigend!

»Die Forschung macht Fortschritte. Vielleicht können wir Ihr Bein doch noch retten. Diese Spritze hat es in sich. Allerdings, sie ist sehr schmerzhaft. Das ist sozusagen der Preis.« Seine Stimme klingt jetzt sehr locker, geradezu aufmunternd.

Arzt und Schwester neigen sich über den alten Mann. Leider ist mir die Sicht teilweise versperrt.

Unruhe kommt auf, da der Patient sich offensichtlich zu sehr einge- engt, zu sehr von der Schwester umklammert und festgehalten fühlt. Er protestiert verhalten.

›Man darf gespannt sein. Hoffentlich kann der junge Arzt endlich auch positive Akzente setzen, nämlich dann, wenn er tatsächlich das Bein retten kann. Wenn das Setzen der Spritze gut verläuft, werde ich mich auch von ihm punktieren lassen. Das Versprechen gilt, mein Eh- renwort!‹ Das ist so eine Art Selbstgespräch, meine Überlegungen sind überwiegend positiv.

Ein gequälter Ausruf, übergehend in einen lauten Aufschrei, gefolgt von Beschimpfungen mit sich überschlagender Stimme – was ist passiert?

Ich sitze aufrecht in meinem Bett, starre auf die Szene am Nachbar- bett. Unglaublich, was hier geschieht, egal von welcher Seite man es betrachtet.

Der alte Mann wird von der Schwester umklammert und festgehal- ten. Ach der Arzt benutzt eine seiner Hände, um dabei zu helfen. Hat er seine Spritze setzen können? Natürlich, denn sonst hätte der Patient ja nicht auf diese extreme Weise reagiert.

Der alte Mann kann sich jetzt teilweise befreien. Er greift über sei- nen Kopf nach hinten, wo sein Gehstock am Bettgestell hängt. Gekonnt schwingt er ihn über das Gestell und beginnt, auf den Arzt und auch auf die Schwester, soweit es der Platz zulässt, einzuschlagen. Unkontrollierte, hysterische Panik hat ihn offensichtlich erfasst. Es kostet Nerven, seine Schreie anzuhören.

Der Arzt tritt jetzt zurück. Nur die Schwester versucht verzweifelt, den alten Mann wieder in den Griff zu kriegen. Sie hat schon einiges einstecken müssen. Sie tut mir leid.

Es reicht. Ich springe aus dem Bett, übergehe den kurzen Schmerz in meinen Knie, laufe ohne weitere Verzögerung zum Ort des Geschehens.

»Opa, aufhören, bitte.« Mein Ruf ist überlaut. Einen Moment lang stutzt er überrascht. Hat ihn etwa das Wort ›Opa‹ irritiert?

Ich nutze die kleine Schrecksekunde und greife nach seinem Gehstock. »Bitte, ... «

Der alte Mann hat Tränen in den Augen. Warum? War die Spritze wirklich so schmerzhaft? Dann hätte man sie ihm nicht ohne Betäubung geben dürfen! Auch er tut mir jetzt leid.

»Ich habe nur einen Teil des Medikaments injizieren können. Sie können von Glück sprechen, wenn das ausreicht.« Energisch packt der Arzt seine Sachen zusammen. Auch er dürfte ziemlich frustriert sein. Er geht ohne weitere Erklärung.

Etwas besorgt betrachte ich die kleine Beule auf der Stirn der Schwester. Sie lächelt schon wieder. »Das ist nicht sehr schlimm, notfalls haben wir Ärzte hier im Haus.« Im Flüsterton ergänzt sie noch: »Hoffentlich finde ich bald wieder Zugang zu dem alten Mann und er betrachtet mich nicht als seinen Feind.«. Humor hat sie!

»Ich kann ja versuchen, ihn positiv zu beeinflussen«, verspreche ich mit leichtem Grinsen.

»Danke, junger Mann ... Vielleicht kann ich assistieren, wenn Ihr Knie heute Mittag punktiert wird.«

Sie bemerkt meinen schlagartig veränderten Gesichtsausdruck. Ich versuche zu erklären:

»Vielleicht muss oder kann ich noch ein paar Tage hierbleiben – zur Beobachtung. Aber mein Knie wird nicht mehr punktiert. Wenn, dann nur im alleräußersten Notfall! Können sie das arrangieren, ich meine, können sie das an die entsprechende Stelle übermitteln?«

»Das kann ich natürlich. Ein Arzt wird das dann noch einmal mit Ihnen besprechen … Eigentlich schade.« Jetzt grinst auch sie. Ja, sie hat Humor!

Die Schwester geht und kommt nach ca. einer Stunde wieder mit dem Arzt, dem Doktor mit dem adlige Namen.

Er kommt sofort direkt an mein Bett. Aus dem Augenwinkel sehe ich, dass der alte Mann, dem wohl die Aktion mit der Spritze noch zu schaffen macht, nach hinten greift. Man hat ihm den Gehstock nicht weggenommen. Die Schwester winkt ab und deutet dabei auf mich. Der Mann beruhigt sich wieder.

»Kann ich Ihr Knie sehen?« Die Stimme des Arztes klingt distanziert, fast frostig.

Die Schwester nimmt die Bandage ab.

»Eigentlich sollte die Blutflüssigkeit herausgezogen werden. Aber Sie möchten das nicht. Gut, wir müssen Ihren Wunsch akzeptieren, da keine Lebensgefahr besteht«. Ohne eine Pause fährt er fort: »Ihr Name kommt mir bekannt vor … «

Ich bin mir sicher, dass er den Grund kennt. Betont ruhig antworte ich: »Meine Mutter wurde hier vor wenigen Wochen behandelt, oder genauer ausgedrückt, untersucht.«

Ich warte auf seinen Kommentar. Er nickt nur kurz. Also, lasse auch ich es darauf beruhen.

»Sie können morgen das Krankenhaus verlassen, wenn keine ernstlichen, unerwarteten Komplikationen eintreten.«

Jetzt dreht er sich zur Seite, wendet sich auch kurz dem alten Mann zu und bemerkt fast beiläufig: »Ihnen geht es wieder gut?«

Der erneute Griff nach dem Gehstock ist Antwort genug.

Der Arzt lächelt jetzt sogar verständnisvoll. Er wendet sich der Schwester zu und meint:

»Das kriegen wir wieder hin – und zwar mit Ihrer Hilfe!« Auch eine Art Anerkennung!

Aber, der Vorfall liefert das Stichwort oder ist eine dankbare Vorgabe für die folgende Einblendung, wer auch immer dafür Regie führt.

Ein Rückzug mit Ausscheiden aus dem Spielerkader der hiesigen Fuß-
ballmannschaft. Kurzfristig wird eine Eilsondersitzung im Vereinslokal
anberaumt.

Die Stimmung ist gereizt. Ohne große Umschweife gebe ich bekannt,
dass ich bereits für das nächste Punktespiel nicht mehr zu Verfügung
stehe.

So weit, so gut.

Schon im Vorfeld habe ich mit meinem Freund Günter teilweise heftig
darüber diskutiert. Auch er hat zur Zeit große Probleme mit einem Knie.
Aber er will die endgültige Entwicklung abwarten und hofft auf Heilung
nach oder durch eine längere Pause.

Meine kurze Erklärung wird zunächst mit Schweigen, dann mit verhaltenem Geraune quittiert.

Jetzt steht Günter auf. Er braucht nicht erst um Ruhe zu bitten. Kurz
und bündig erklärt er:

»Auch ich habe Probleme mit meinem Knie. Wenn er nicht spielt«, er
deutet mit dem Finger auf mich, »warum soll ich meine Knochen alleine
hinhalten! Allerdings : Mein Aussetzen gilt nur für einige wenige Spiele,
vorerst wenigstens!«

Auch ich bin überrascht, obwohl ich eigentlich damit gerechnet
habe – und plötzlich ist die Hölle los.

›Simulanten, Weicheier, nein, das Ganze ist eine hinterhältige, unsportliche Verschwörung!‹ Tumultartige Szenen spielen sich ab. ›Wartet ihr
etwa darauf, dass wir euch ein Freibier spendieren, oder andere Sonder-
leistungen erbringen?‹ Die einzelnen Wortattacken überschlagen sich
förmlich.

Es wird kritisch, als ein älterer Herr, nein jetzt sind es bereits zwei ältere Männer, ihren Krückstock schwingen. Einige Spieler werfen sich
energisch dazwischen.

»Ruhe, alle setzen sich wieder!«

Der Ruf kommt energisch aus der Vorstandsecke. »Es ist schon fast
peinlich, was hier passiert!« Nach kurzer Pause fährt er fort:

»Zur Zeit reicht unser Spielerkader nicht aus. Aber wir sollten nicht mit einer Rumpfmannschaft antreten. Bedauerlich, wenn wir teilweise nicht einmal mit elf Spielern auflaufen könnten. Ich stelle hiermit den Antrag, die Mannschaft für den Rest der Saison zurückzuziehen. Ob wir für diesen Schritt vom Verband eine Strafe auferlegt bekommen, das weiß ich noch nicht.«

Das Schicksal nimmt seinen Lauf. Aber der Fußball in diesem Dorf wird nicht untergehen. Gerne wäre ich noch dabeigeblieben. Wie diese mehr oder weniger verhängnisvolle Saison einmal in die ›Fußballgeschichte‹ des Dorfes eingehen wird, weiß ich nicht.

Als passives Mitglied sozusagen bin ich noch ab und zu dabei – bei sportlichen Veranstaltungen aller Art, vor allem an Orten der engeren Umgebung.

Wieder einmal so ein Sportfest mit großem Aufwand, tagsüber mit kleinen Zusatzvorführungen aller Art und am Abend mit Musik im Festzelt.

Manfred stellt sich als Fahrer mit Auto zur Verfügung. Vier weitere Mitfahrer sind schnell gefunden. Vor Ort gesellt sich im Festzelt noch ein junges Pärchen hinzu. So weit, so gut.

Der Abend verläuft zunächst ohne große Überraschungen – nicht einmal kleine oder größere Rangeleien, wie sie bei solchen Veranstaltungen oftmals aufkommen, verderben die Stimmung.

Die ersten Besucher, auch bereits kleinere Gruppen, verlassen bereits das Zelt, die Musik spielt zur Schlussrunde auf.

Ein älteres Ehepaar hat sich noch zu uns gesellt, obwohl wir im hinteren Teil des Festzelts sitzen – vielleicht, weil sich an unserem Tisch noch keine Aufbruchsstimmung zeigt.

Fast zufällig bemerke ich, dass die ältere Dame urplötzlich die Luft anhält, ihren Mann heftig an den Arm fasst. Ihre Augen fixieren den vorderen Eingang. »Schau mal Erich«, flüstert sie, »das Quartett ist auch wieder da!« Ihr Mann folgt ihrem Blick.

»Eine kleine Überraschung. Ich war der Meinung, dass zumindest der Anführer in Polizeigewahrsam ist, oder sonst wie aus dem Verkehr gezogen wurde ... ... Kaum zu glauben«, meint er noch kopfschüttelnd.

Heiner hört das Wort ›Polizei‹, gibt sich sofort hellwach. Auch er folgt jetzt der Blickrichtung der beiden älteren Leute.

»Was ist denn mit der Gruppe dort?« Seine Frage kommt ohne Umschweife, die steigende Neugierde ist unverkennbar.

Bevor der ältere Mann, augenscheinlich ihr Ehemann, eine Erklärung abgeben kann, ergreift die Frau seine Hand und signalisiert ihm, dass sie unbedingt selbst die Story erzählen will.

›Na ja, Klatsch und Tratsch nach Frauen Art‹, kommt mir in den Sinn. ›Das kann nicht so schlimm sein.‹ Aber neugierig sind wir jetzt doch – alle.

Die Frau richtet sich bedächtig etwas weiter auf. Noch eine kleine Kunstpause, dann legt sie los:

»Zwei Anzeigen wurden gegen diese Gruppe erstattet – wegen Hausfriedensbruch mit anschließender Schlägerei und daraus folgender Körperverletzung. In einem dritten schweren Vorfall dieser Art wurde auf eine weitere Verfolgung verzichtet, weil die Schuldfrage angeblich nicht geklärt werden konnte und auch alle Beteiligten kein Interesse daran hatten. Außerdem fand die Auseinandersetzung auf ›öffentlichem Gelände‹ statt, was immer das auch bedeuten mag. In allen Fällen ging diese Gruppe sozusagen als Sieger hervor, wenn man die Zahl und Schwere der körperlichen Verletzungen bei den mitwirkenden Teilnehmern auswertet.«

Sie macht eine kleine Pause. Als sie bemerkt, dass ihre Schilderung bei uns auf großes Interesse stößt und die Neugierde Schritt für Schritt wächst, entschließt sie sich, weitere und auch konkretere Einzelheiten zu präsentieren:

»Von einen Fall aus unserer Nachbarschaft kann ich fast authentisch berichten. Eine gute Bekannte hat den Vorfall ›live‹ miterlebt und mit mir ausführlich darüber geredet. Es passierte folgendes«:

Dieses Mal kommt sie ohne merkliche Pause zur Sache:

»Der Sohn und wohl auch künftiger Erbe eines hiesigen Kleinunternehmens für Holzverarbeitung hat geheiratet, nach seiner Scheidung zum zweiten Mal. Ob das mit dem Vorfall etwas zu tun hat, ist nicht bekannt.

Die private Feier fand neben einer bekannten Speisegaststätte in dem direkt angrenzenden kleineren Saal des zugehörigen Kaffeehauses statt und war entsprechend ausgeschildert.

Kurz vor Mitternacht wurde die letzte verlängerte Tanzrunde angesagt.

In dieser fortgeschrittenen Zeit wurde verständlicherweise nicht mehr auf Gäste mit oder auch ohne berechtigten Zutritt geachtet. Kaum jemand konnte später verbindlich aussagen, ob und wie lange das dubiose Quartett schon anwesend war.«

Jetzt nimmt die erzählende Dame eine kurze Pause. Nicht ängstlich, aber ziemlich nervös blickt sie in Richtung der Gruppe, der sie den Namen ›Quartett‹ gegeben hat. Diese jungen Männer sitzen jetzt relativ unauffällig in der vorderen Reihe, nippen an ihrem Bier, das ihnen gerade serviert wurde.

Dann fährt sie hastig fort – so, als bliebe ihr nicht mehr genügend Zeit, die Geschichte zu Ende zu bringen. Es hört sich an wie eine phantasiearme Märchengeschichte – nein, wohl eher wie eine billige Krimistory. Trotzdem warten alle gespannt auf die Fortsetzung. Wir werden prompt bedient:

»Abklatschen – darf ich bitten?« Der Anführer stand plötzlich auf der Tanzbühne, verneigte sich vor dem Hochzeitspaar. Er wartete gar nicht erst auf die Reaktion der Braut, ergriff ihre Hand, legte seinen Arm um ihre Taille und entriss sie förmlich ihrem angetrauten Ehemann. Dieser war zunächst verdutzt, dann ziemlich ärgerlich. Das konnte man in seinem Gesicht ablesen. Verständlich, schließlich sind es die letzten Abschlusstänze!

Auch die Braut war sich der etwas peinlichen Situation bewusst. Nach der Tanzkurzrunde, offensichtlich von der Band gedanken – und reaktionsschnell verkürzt, löste sich die Braut von ihrem aufdringlichen, unbekannten Tänzer. Nein, nicht so ganz, sie versuchte es und es gelang ihr nicht richtig.

»Stell dich nicht so an, du warst doch früher auch nicht zimperlich«, flüsterte er ihr zu, laut genug, dass es alle in der Nähe Herumstehenden hören und verstehen konnten.

Die Braut war verdutzt. »Ich kenne Sie nicht«, antwortete sie ruhig und selbstbewusst. Als er sie noch einmal energisch und fast gewaltsam an sich zog, setzte sie reaktionsschnell noch einen drauf: »Mit einem Mann wie Ihnen hätte ich mich sicherlich erst gar nicht befasst, geschweige denn eingelassen!«

Das hätte sie vielleicht nicht sagen sollen. Jetzt griff auch der Bräutigam ein, drückte den Arm des zudringlichen Unbekannten zur Seite und nahm seinerseits seine Braut wieder in den Arm.

Urplötzlich war die Hölle los. Wie auf ein geheimes Kommando stand das ›Quartett‹ geschlossen auf der Tanzfläche, die fremden Männer versuchten sogar, die Braut abzudrängen. Was sollte das denn!?

Zum Glück, so sollte man es sehen, waren die noch gebliebenen Gäste der Hochzeitsfeier auch nicht aus Pappe. Ihre Devise lautete offensichtlich: Keine weiteren – auch gutgemeinte – herumeiernden Beschwichtigungsversuche mehr, wenn eine Grenze überschritten ist.

Leider muss man auch den Ausgang oder das Ende zur Kenntnis nehmen und etwa so kommentieren:

›*Was nützt des Menschen friedlich, hoher Geist ... ...*
(hier stellvertretend: die Hochzeitteilnehmer),
wenn schon einfache, primitive Gewalt (hier das ›Quartett‹)
ihn niederreißt!‹

Die aufkommende Schlägerei beschädigte den bisherigen Glanz der Hochzeitsfeier und die Erinnerung daran wohl für immer, insbesondere bei denen, die bleibende körperliche Blessuren davongetragen haben.

Seltsam nur ... , die Schlägergruppe hatte, wieder einmal, die wenigsten Ausfälle, Verletzungen oder sonstige Beschädigungen zu beklagen.«

Unsere Informantin signalisiert uns jetzt, dass wir damit ausreichend Bescheid wissen. Neugierig, oder gar sorgenvoll, blickt sie zum Zelteingang. Die ›Quartett‹-gruppe scheint sich aufgelöst zu haben. Aber nein: ›Denkste ... ,‹ sagt man wohl mundartlich in einem solchen Fall.

Drei von ihnen schlendern inzwischen unauffällig durch das Zelt. Suchen sie geeignete Opfer? Schon wieder? Dann könnte man sie ja als unverbesserliche, gewaltausübende Schläger oder gar als kriminelle Serientäter bezeichnen.

Sie haben sorgfältig ausgewählt, obwohl sie nur scheinbar zufällig hinter einem Paar mittleren Alters stehenbleiben. Der Mann ist mindestens vierzig, die Frau etwa zehn Jahre jünger.

»Die Schläger scheinen ihre Opfer gefunden zu haben«, mischt sich nun auch der Ehemann unserer Informantin ein. »Es könnte sich um eine nicht untypische ›Konstellation‹ – Chef mit seiner neuen Sekretärin – handeln. Beide sind sehr gut gekleidet. Frisch verliebt, das sieht man. Ein günstiges und dankbares Ziel.«

Ein vorwurfsvoller Blick seiner Ehefrau beendet seinen lockeren Kommentar.

In der Tat: Die beiden potentiellen Opfer turteln verliebt wie ein junges Teenagerpaar. Sie sitzen jetzt auch ungestört allein an ihrem Tisch. Ihre Tischnachbarn sind gerade gegangen.

Nur wenige, fast leere Tischreihen trennen uns vom Ort des Geschehens, sodass wir sogar die Gespräche verstehen können ...

Und, dass hier gleich etwas geschehen wird, daran zweifelt keiner mehr von uns.

Der Anführer tritt jetzt ganz dicht an das Paar heran. Betont bedächtig beugt er sich über die Schulter der Frau, und greift nach dem seitlich vor ihm stehenden Glas Wein ihres Begleiters. Dabei scheut er nicht einen gewissen Körperkontakt mit der Frau, die sich jetzt etwas weiter nach vorne beugt, um einer intensiven Berührung zu entgehen. Es gelingt ihr nur teilweise.

»Ein feiner Tropfen«, meint er, nachdem er einen kräftigen Schluck genommen hat. Langsam führt er das Glas bis in Augenhöhe, als wolle er die Farbqualität überprüfen.

»Was soll denn das!?« Die Stimme des Begleiters klingt aufgebracht. Er blickt verärgert hoch, steht jetzt auf. Na endlich!!

In der Aufwärtsbewegung streift er den Arm des aufdringlichen

Unbekannten. Einige wenige Tropfen schwappen dadurch über das Glas. Es hat zunächst noch keine Bedeutung.

Nein, er steht noch nicht ganz aufrecht. Der zweite Mann aus dem ›Quartett‹ steht jetzt ebenfalls dicht hinter ihm, legt seine Hand energisch auf die Schulter des Opfers und drückt ihn nach unten. Der Anführer hat das Glas wieder auf den Tisch gestellt. Auch er beteiligt sich noch am Rest dieser von ihm eingeleiteten Aktion.

Unfassbar für mich – ist der Widerstand schon gebrochen?

Der Betroffene weiß nicht, dass das Spiel noch nicht zu Ende ist. Er kennt diese Gruppe, das ›Quartett‹, nicht.

Es ist mir fast entgangen, dass der Anführer in seiner zweiten Hand auch noch sein Bierglas hält. Wieder beugt er sich nach vorne, füllt das halbleere Weinglas bis zum Rand mit seinem Bier auf.

»Das musste sein, schließlich haben wir eben gerade etwas Wein verschüttet. Außerdem, richtige Männer trinken an solchen Tagen, wie heute, nur Bier oder Schnaps.« Er wendet sich etwas zur Seite und ergänzt: »Nicht wahr Schätzchen, aber was hast du dir denn da für einen ›Schlaffi‹ angelacht!?«

»Hören Sie auf, bitte«. Die Frau spricht leise. Ihr ist zum Weinen zumute, aber weinen, das wird sie nicht. Das kann man spüren. Sie tut mir richtig leid.

Nicht zu fassen: Ihr Begleiter blickt sich hilfesuchend um – geradezu ängstlich. Ist denn niemand bereit, endlich einzugreifen und zu helfen?

In mir brodelt es. ›Mann, warum hilfst du dir nicht selbst? Wehre dich endlich ... und wenn sie dich zusammenschlagen, dann hast du dir wenigstens deine Selbstachtung, deinen Stolz bewahrt. Höre nicht auf die zeitgeistgeplagten Weicheier, die dir einreden wollen: Das musst du ertragen. Nur kein unnötiges Risiko eingehen. Unnötig? Nein, eher armselig ... ‹

Dieses Mal würde ›Wolfi‹ sicherlich nicht wieder von meinem ›falschen Stolz‹ sprechen, wenn ich als solch ein Betroffener um mich schlagen würde – ein seltsamer Gedanke!

Ich bin noch nicht fertig, sinniere noch einen kurzen Moment weiter. Wie kann der Mann wohl unbelastet weiterleben mit dieser unerträglichen Blöße, die er sich hier gibt?

Mit Blick auf die Gegenseite: Warum muss man denn einen Menschen, den man noch nicht einmal kennt, dermaßen demütigen, ihn auf diese widerliche Art erniedrigen? Einen Mann, der nicht unbedingt feige ist, aber offensichtlich und letztendlich mit dieser Form physischer Gewalt nicht umgehen kann? Es ist teilweise bereits geballte, physische Nötigung ohne irgendeinen Sinn. Und wenn man schon den gefürchteten Macho spielen will, dann sucht man sich doch nicht ein fast wehrloses Opfer heraus!

Unsere ganze Tischreihe blickt gespannt auf das bisherige Geschehen. Wir sollten endlich eingreifen!

Ich fühle, dass Heiner, der neben mir sitzt, seine Hand auf meinen Unterarm legt. Man kann es ihm ansehen: Er kämpft mit sich. Plötzlich dreht er sich zur Seite, sein Blick streift jeden einzelnen von uns. Dann hält er mit gedämpfter Stimme eine kurze Ansprache:

»Wie ihr wisst, bin ich seit Kurzem bei der Polizei. In einer knappen Woche habe ich eine wichtige Prüfung zu absolvieren, die meine ganze Zukunft wesentlich beeinflussen wird.

Ihr wisst auch, dass ich nicht feige bin. Aber ich kann nicht alles aufs Spiel setzten, für ein Ereignis, einen Vorfall, für den ich nicht verantwortlich bin. Kommt es zu einer schwerwiegenden Auseinandersetzung, dann ist, bis zu einer endgültigen Klärung, meine Zulassung zur Prüfung in Gefahr. Unvorhersehbare Komplikationen könnten folgen. Ich muss deshalb gehen.«

»Wir schließen uns an, denn sonst sieht es so aus, als hättest du deine Kumpels, aus welchem Grund auch immer, im Stich gelassen«, meint Günter. Auch Manfred nickt jetzt zustimmend, ebenso das junge Paar – letztendlich sind wir uns alle einig!

»Wollen Sie nicht auch gehen?« Heiner blickt etwas sorgenvoll auf das ältere Ehepaar, dem wir die Vorgeschichte – die Story über das ›Quartett‹ – verdanken.

»Nein, aber nein, wir sind schon zu alt. Mit uns können sich diese ›Möchtegernhelden‹ keinen Ruhm, keine Ehre einheimsen. Sie werden uns in Ruhe lassen.« Die alte Dame lächelt und meint noch: »Trotzdem, vielen Dank. Übrigens: Eine weise, reife Entscheidung, junger Mann! Viel Glück und auch Erfolg« Heiner lächelt ein wenig verlegen zurück.

Wir brechen auf. Knapp hundert Meter sind es bis zum geparkten Auto.

›Verdammter Mist!‹ Ich muss noch vorher ›austreten‹. Das Bier entfaltet seine treibende Kraft. Kein großes Problem, schließlich führt der Weg am angrenzenden Wald entlang. Ein kleiner seitlicher Abstecher und das Problem kann gelöst werden.

Offensichtlich ist unser schneller Aufbruch nicht unbemerkt geblieben und das ›Quartett‹ scheint bereits neue Opfer zu suchen. Aber, noch ist die im Moment laufende Aktion nicht abgeschlossen.

Während unsere Gruppe schon fast den Parkplatz erreicht hat, halte ich mich – notgedrungen – noch im engeren, nur mäßig beleuchteten Außenbereich des Festzelts auf.

Am Ausgang erscheint plötzlich eine Gruppe junger Männer. Es ist das ›Quartett‹. Nicht etwa lärmend, nein, unauffällig suchen ihre Augen das Außengelände ab. Als sie erkennen, dass die neuen, potentiellen Opfer bereits fast den Parkplatz erreicht haben, kehren sie um und verschwinden wieder im Zelt …

… außer ihrem Anführer. Dieser lässt noch einmal seinen Blick ins angrenzende Waldstück schweifen, sieht mich und erkennt, dass wenigstens noch einer greifbar ist.

Die Chance will er unbedingt nutzen. Im Laufschritt nähert er sich, biegt sogar leicht seitlich ab, um mir den Weg zum Auto zu versperren.

Es gelingt ihm auch, nicht zuletzt dadurch, dass ich gar nicht die Absicht habe, davonzulaufen.

Er bleibt einige Schritte vor mir stehen. Um mich zu erreichen, muss er eine kleine Böschung überwinden. Er muss sich jetzt schnell entscheiden und zögert. Ist das Ziel, einen Einzelnen zu traktieren, überhaupt erstrebenswert? Damit kann er doch keine Lorbeeren ernten!?

Er macht kehrt, um sich wieder seinen Kumpels im Zelt anzuschließen.

»Nein, so nicht«, murmle ich vor mich hin, um ihm dann mit lauter Stimme, bewusst beleidigend, nachzurufen:

»Mieser Dreckskerl, sind dir etwa deine Helfershelfer abhanden gekommen? Das ist gut so. Da habe ich ja nichts mehr zu befürchten!«

Tatsächlich, mein Puls geht nicht nach oben. Aber, nur ich weiß, dass jetzt mit mir nicht zu spaßen ist. Ich bin wieder cool und unauffällig wachsam, geradezu konzentriert auf das, was jetzt möglicherweise passieren könnte.

Er schwenkt, wie von der Tarantel gestochen, wieder herum. Was denkt er wohl jetzt? Hat er doch keine Randfigur vor sich, sondern ein ›anspruchsvolles‹ Opfer? Oder gar einen würdigen Gegner? Nein, den Ausdruck ›würdig‹ kennt er wahrscheinlich gar nicht.

Szenen, wie sie sich gerade noch im Festzelt abgespielt haben, sind mir seit früher Jugend – bisher nur gedanklich – geradezu verhasst. Die Vorstellung, einmal in ähnlicher Weise vorgeführt, gedemütigt, unvorstellbar erniedrigt zu werden, habe ich immer schon als Horror empfunden.

Nicht zuletzt auch deshalb liebe ich den Boxsport, mehr noch, auch den Kampfsport schlechthin. Auch schon vor meiner Knieverletzung, aber erst recht danach, habe ich zur sportlichen Ertüchtigung allerlei Trainingsmethoden und – abläufe praktiziert, um einigermaßen fit zu bleiben. Schnell und besonders hart schlagen, das wurde besonders trainiert – inklusive die gezielte Entwicklung der entsprechenden Muskelgruppen. Boxen, als wirkungsvolle Selbstverteidigung im Notfall und im Alltagsleben, das war die primäre Zielrichtung.

In meiner Jugend kann ich zu Hause ein solches Kurzprogramm nur durchziehen, wenn Mutter abwesend ist. Niemals würde sie erlauben, die Ausübung von Gewalt auch noch zusätzlich zu trainieren. Auch die Mitgliedschaft in einem Schützenverein – undenkbar! Ich akzeptiere aber ihre einfache Philosophie: Wenn Waffen oder entsprechende Gegenstände zur Verfügung stehen, dann werden sie auch benutzt und zwar schneller, als wenn sie fehlen. Das mag sein. Aber: Ich habe lieber eine Waffe, die ich selbstverantwortlich einsetzen kann, als wenn ich in einer Konfliktsituation wehrlos bin. Basta!

Wieder steht der Wortführer des ›Quartett‹ nur ein paar wenige Schritte vor mir. Hastig dreht er sich noch einmal um. Nein, sicherlich nicht, um sich nach Unterstützung durch seine Kumpels umzusehen, sondern um sich zu vergewissern, dass seine neue Heldentat auch beobachtet und anschließend gebührend oder gar jubelnd gewürdigt wird.

Wie dem auch sei! Im Moment ist keiner zu sehen. Sie treiben wohl noch, oder wieder, im Zelt ihr Unwesen. Das ist gut so – für mich.

Ich gehe, scheinbar zögerlich oder ängstlich, langsam seitlich weg in Richtung Parkplatz. Er muss sich jetzt entscheiden: Angriff, Attacke, oder seine Chance, wie er es sehen mag, verstreichen lassen.

Mein Gegner – und das ist er jetzt ohne wenn und aber, obwohl für uns eigentlich keinerlei Anlass für einen Konflikt gegeben ist – handelt jetzt ohne weitere Verzögerung.

Mit schnellen kleinen Trippelschritten versucht er möglichst schnell die relativ flache, kleine Böschung zu überwinden.

»Du entkommst mir nicht«, faucht er entschlossen. Er verheddert sich noch etwas im flachen Bodengestrüpp, überwindet dieses kleine Hindernis aber mit einem kurzen Sprungschritt. Gleichzeitig streckt er seinen linken Arm nach vorne. Ist das schon ein Vorbereitungsschlag?

Er berührt mich nur leicht unterhalb des Halses, da ich mich leicht zurückbeuge. Aber jetzt holt er kurz mit dem rechten Arm aus, strauchelt aber noch einmal fast unmerklich. Vielleicht ist er einen Moment lang abgelenkt. Aber mit diesem Handicap hätte er rechnen müssen. Es könnte entscheidend sein.

Mit einem direkten, harten Rammstoß mitten in sein Gesicht will ich ihn mir vom Leibe halten. Ich weiche auch nicht aus, um aus möglichst festen Stand vernichtend zu treffen.

Es gelingt, ich komme ihm tatsächlich zuvor. Er kann seinen bereits angesetzten Schlag nicht mehr anbringen – wenigstens zunächst nicht.

›Kein klassischer Schlag aus dem Lehrbuch des Boxsports‹, geht es mir durch den Kopf. ›Eher ein direkter, kerzengerader Stoß, etwa nach Art fernöstlicher Kampfkunst‹.

Ich spüre, dass meine Aktion Wirkung zeigt. Er wankt, will unbedingt aufrecht stehen bleiben, versucht krampfhaft, sein Gleichgewicht zu halten. Blut tropft, nein, läuft schon aus seiner Nase. Er fühlt und schmeckt es jetzt auch.

»Lieber krepiere ich, als dass ich der Geschlagene bin«, krächzt er, teils wütend, teils schon verzweifelt. Das habe ich, so ähnlich jedenfalls, doch schon einmal gehört!?

Er will offensichtlich einen neuen Angriff starten.

»Lass es, lass es einfach, dann ist das hier erledigt«, versuche ich, ihn davon abzuhalten. Vergebens ...

Unvermittelt taucht noch einmal das Paar im Festzelt vor meinen Augen auf – die verzweifelte Frau, der Mann, der diese widerliche Demütigung über sich ergehen lassen musste. Diese Bilder erhöhen wieder meine Bereitschaft, einer weiteren Konfrontation nicht aus dem Wege zu gehen.

Wieder ist mein Kontrahent einen Tick zu langsam! Ist er etwa noch leicht angenockt?

Mitten in seine nächste Ausholbewegung stochert mein linker Arm, bzw. meine Faust in sein Gesicht. Aber dann ...

... eine stramme Linke, eine energische, harte Rechte, und noch eine ... – nein, das war's dann schon.

Langsam kippt er zur Seite. Sein oberes Bein zuckt. Fast ein geradezu klassischer k.o.! Ja, diese, meine zweite Aktion war schon eher aus dem Boxlehrbuch!

Aber, er bewegt sich plötzlich überhaupt nicht mehr.

Was soll ich denn jetzt nur tun? Energisch unterdrücke ich die aufkommende Panik.

Gott sei Dank! Endlich erscheinen die restlichen ›Quartett‹-Mitglieder am Zeltausgang, rufen nach ihrem Anführer. Gut so, dann kann ich den Platz verlassen.

Ich gehe zunächst einmal mehrere Schritte – sicherheitshalber – in Richtung Parkplatz, wo meine Kumpels schon ungeduldig auf mich warten. Auf halbem Weg drehe ich mich zur Seite und pfeife durch die Finger. Zugegeben, ich bin immer noch leicht beunruhigt.

Ich winke und deute mit der Hand zum Ort des Geschehens. Dort bewegt sich jetzt etwas. Im Halbdunkel kann ich erkennen, dass der Gegner, der geschlagene Anführer des ›Quartetts‹, wieder auf den Beinen steht. Jubelnd laufen sie zu ihm, um dann, nach mehreren Schweigesekunden, ein wildes Kriegsgeheul mit Drohgebärden in unsere Richtung anzustimmen.

»Du hast aber ausgiebig den Waldboden gedüngt. Das hat ja eine halbe Ewigkeit gedauert«, meint Manfred. »Aber, hast du nicht auch noch mit Jemandem geredet? Und warum macht denn die Gruppe dort solch ein Spektakel? Das ist doch das ›Quartett‹, soweit ich das im halbdunklen Streulicht erkennen kann. Zum Glück bist du ja noch rechtzeitig weggekommen. Denn, ob wir dir notfalls hätten noch rechtzeitig zu Hilfe kommen können, ist fraglich.«

Recht hat er, zumindest teilweise.

Seltsam. Wie damals schon bei der kritischen Szene in der Faschingszeit, bei der ich fast selbst schuldlos in eine körperliche Auseinandersetzung hineingeschlittert bin, habe ich den Vorfall nicht weitererzählt und tue es auch dieses Mal nicht. Sogar ›Rolle‹ hat es damals erst von anderer Seite erfahren. In dem heutigen Fall spielt wohl auch der Umstand eine gewisse Rolle, dass ich zu guter Letzt Heiner doch noch fast mit hineingezogen hätte – wenn auch ungewollt.

Fazit: Der Wortführer der Schlägergruppe hat eine Bestrafung verdient. Klar, das ist für mich eine gewisse Genugtuung, stellvertretend auch besonders für alle unbekannt Betroffenen und auch teilweise Geschädigten.

Die Zeit verstreicht, aber ein erhabenes Gefühl von Triumpf, von Stolz oder auch nur Zufriedenheit stellt sich nicht ein. Noch ein Grund, die ganze Geschichte auf sich beruhen zu lassen.

*

Na endlich!?

Offensichtlich komme ich jetzt aus der engeren, lokalen Umgebung heraus. Ein neuer Lebensabschnitt soll beginnen – in einer Universitätsstadt, nicht allzu weit entfernt von meinem bisherigen Lebensraum oder Betätigungsfeld.

Nach fast einjähriger Tätigkeit in einer Produktionsstätte von elektrotechnischen Waren bin ich entschlossen, etwas anderes zu versuchen. Acht Stunden an der Präzisionsschleifmaschine stehen – das hält mein empfindliches Knie auf die Dauer nicht mehr lange aus.

Noch einmal werden mir jetzt für einen kurzen Augenblick die fast unerträglichen Schmerzen bewusst, vielleicht auch, oder sozusagen als Überleitung!?

Wieder lernen, wie in der Schule, wenn auch mit etwas höherem Niveau.

Aber wieder bin ich weit mehr irgendwo unterwegs, als dass ich ›büffelnd‹ vor den Fachbüchern sitze. Eigentlich unsinnig – ich versuche, unmittelbar vor den Prüfungen in wenigen Tagen das nötige Können oder Wissen zu erwerben. Mit viel Glück gelingt es sogar, wenigstens einigermaßen.

Im Nachhinein, oder besser jetzt, gezeichnet in der ominösen Rückblende sind jedoch die privaten Ereignisse im neuen Umfeld wieder interessant.

Morgens im Institut, am Nachmittag lernen, wenigstens das Nötigste – dann vom frühen bis meistens späten Abend in die Innenstadt.

*

Früher Abend beim Italiener – nein, nicht in einem gediegenen Speiselokal, sondern wieder einmal im Eiscafé.

Der übliche kleine Stammtisch, einige seltene oder neue Gäste sind heute dazugekommen. Beim Toilettengang erfahre ich, dass zwei der Neuen als Zuhälter tätig sind – einer nur zeitweise, der andere sozusagen ›hauptberuflich‹.

Gregor, der Jüngere von beiden, arbeitet als Aushilfe – in besonders dringenden Fällen auch im Sondereinsatz – bei einem entfernt Verwandten als Installateur oder Elektriker.

Er ist sozusagen Hobby-Zuhälter, eine junge Dame geht für ihn ›anschaffen‹. Das hat ihm schon manchen Ärger verschafft, sowohl bei der Konkurrenz als auch von der Gegenseite, also von den Gesetzeshütern.

Gregor ist modern und auch entsprechend ausgerüstet. Die Sicherheit für seine ›Biene‹ hat einen hohen Stellenwert. Er arbeitet mit einer Art ... – später wird man sagen ›Babyphone‹ – , wann und wo immer es möglich ist. Da sein Mädchen fast nur auf Vorbestellung anschafft, ist ihm Ort und Zeit fast immer bekannt.

Der junge Mann ist nicht ungebildet, erkennbar auch aufgrund seiner diversen Diskussionsbeiträge am neuen Stammtisch. Auf irgendeine Art ist er mir sogar beinahe sympathisch.

Offensichtlich gilt das auch umgekehrt. Bald schon signalisiert er ein Zeichen seines unvoreingenommenen Vertrauens: Ich darf ihn, wenn ich will, auf einer seiner Überwachungstätigkeiten begleiten.

Seit wenigen Minuten sitzen wir in seinem Auto, parken gegenüber einer Wohnung, in der Gregor's Dame, oder ungeschminkt ausgedrückt, seine Prostituierte ihren Kunden erwartet.

»Der Mann kommt schon zum zweiten Mal. Das ist gut so und nicht ungewöhnlich, da sich nach und nach eine gewisse Stammkundschaft bildet. Bei den meisten Kunden brauche ich gar nicht anwesend zu sein, sie sind relativ harmlos und wollen nur das eine ...

Der jetzige Freier ist Resi – sie ist übrigens auch meine Freundin – nicht ganz geheuer. Deshalb bin ich sicherheitshalber hier.«

Er spricht ohne Pause, offensichtlich auch, um mich bei Laune zu halten. Aber das müsste er gar nicht, denn ich bin sogar relativ angespannt und warte. Schließlich ist das für einen jungen Mann, wie mich und der aus der Provinz kommt, nichts Alltägliches.

Gregor schrickt auf. »Ich muss noch einmal zum Laden, da vorne ... Wie konnte ich das nur vergessen ... Ich bin gleich wieder zurück. Das Babyphon schalte ich schon einmal ein.« Er drückt auf den Geräteknopf, öffnet hastig die Autotür und – schon ist er weg.

Die Geräusche aus dem kleinen Funksprechgerät sind für mich ungewohnt, auch relativ unklar. Sicherlich spielt der technisch minderwertige Standard eine gewisse Rolle.

Jetzt schrecke auch ich auf. Offensichtlich ist der Kunde bereits in Resi's Wohnung. War er schon länger anwesend? Warum haben wir ihn nicht kommen sehen? Eigentlich auch egal, es ist bisher nichts Außergewöhnliches passiert. Aber jetzt möchte ich auch einige aufregende Dinge mitkriegen!

Ein kurzes, grunzendes Bettgerangel, dann ein letzter, undefinierbarer Urschrei. War's das schon?

Nach einer kurzen Pause plötzlich wirres Stimmengewirr, dann eine relativ klare Aussage des fremden Mannes:

»Ich habe für eine halbe Stunde vorgebucht= 60,-DM.

Aufgrund mangelhafter Betreuung und Fürsorge nur die Hälfte in Anspruch genommen, verbleiben 30,-DM.

Mangelhafter Drumherum-Service ergibt noch einen kleinen Entschädigungsrabatt. Somit verbleiben für dich noch 20,-DM.

Rückgeld für mich also 40,-DM. Du kannst doch rechnen?«

Resi zetert und kreischt schließlich: »Du impotenter Drecksack, verschwinde. Keine noch so gute Sextechnik bringt deinen Schlaffschwanz in Stellung. Es gibt nichts zurück!«

Offensichtlich hält sich der Freier jetzt in unmittelbarer Nähe zum versteckten Sender auf. Trotz mangelnder Qualität kann ich seine Worte gut verstehen.

Dann endlich wieder Ruhe. Ein leises Rascheln, dann Stille – irgendwie beängstigend. Was soll ich tun? Auf was habe ich mich da eigentlich eingelassen?

Ich schaue kurz die Straße hinunter. Von Gregor ist nichts zu sehen, ich weiß noch nicht einmal, ob er in diesem Moment überhaupt in der Nähe ist.

Ein gequälter Aufschrei und wieder folgt diese beunruhigende Stille.

Ist Resi vieleicht in Bedrängnis geraten? Soll ich einfach abhauen und später behaupten, schon weg gewesen zu sein und nichts gemerkt zu haben? Ich kenne Resi nicht persönlich. Sie weiß auch nicht, dass ich sozusagen vorübergehend die Aufpasserrolle übernommen habe.

›Aber Ricky, welch ärmliche Gedankenspiele, schäme dich. Schließlich hast du diese Aufgabe freiwillig und vertretungsweise übernommen. Ein Kneifen wäre mehr als schändlich.‹ Mir wird klar: Überlegungen dieser Art sollte ich beiseiteschieben und ihnen keinen Platz einräumen.

Jetzt scheint es ein Gerangel zu geben. Trotzdem scheint Resi die Lage einigermaßen unter Kontrolle zu haben. Mit lauter, aber ruhiger Stimme befiehlt sie: »Hände weg von meiner Tasche und dem Geld. Übrigens: Mein Partner und Freund ist schon in der Nähe, er wird gleich hier auftauchen.«

»Ha, ha, den Bluff kenne ich schon.« Die Stimme des Freiers klingt jetzt unterschwellig wütend. Es wird brenzlig und die Situation unkalkulierbar. Ich sollte jetzt endlich eingreifen!

Ich hechte fast aus dem Auto, renne im Laufschritt über die Straße und stürze geradezu zur Eingangstür des Hauses. Mit der ganzen Handfläche betätige ich die gesamte Klingelanlage. Irgendjemand wird schon öffnen. Gregor hat mir keinen Schlüssel dagelassen. Das könnte ein schwerwiegender Fehler sein.

Gott sei Dank: Der Summton ertönt ohne Verzögerung. Hat Resi es noch selbst geschafft, den Türöffner zu betätigen?

Noch zwei Treppen nach oben. Im Nu stehe ich vor der infrage kommenden Wohnungstür. Und jetzt?

Wieder Geschrei und Gekreische – kein schlechtes Zeichen, denn Resi scheint noch einigermaßen handlungsfähig zu sein.

›Keine Halbheiten, Ricky‹, geht es mir durch den Kopf. ›Energisch und konsequent auftreten, was auch immer passiert. Auch nicht schlecht, wenn der Freier mich für Resi's Beschützer hält.‹

»Bitte aufmachen, sofort öffnen!« Ich bin wieder cool, wie üblich – und das beruhigt mich.

Stille, schlagartig. Mehrere Sekunden lang keinerlei Reaktion. Auch Resi kennt meine Stimme nicht und weiß sicherlich nicht, wer vor der Tür steht und was sie von meinem Auftritt halten soll.

»Sofort aufmachen, sonst trete ich die Tür ein!« Gut, kompromisslos im Ton und in der Wortwahl, aber ist mein forsches Auftreten nicht reichlich übertrieben?

Die Tür öffnet sich mit einem Ruck, wird aber teilweise sofort wieder ins Schloss zurückgedrückt. Offensichtlich hat der Freier dagegengehalten. Wieder wird die Tür einen spaltbreit geöffnet. Dieses Mal helfe ich von außen nach, von innen weicht der leichte Gegendruck – die Tür fliegt auf.

Eine junge Frau, nur spärlich bekleidet, tritt hastig, aber offensichtlich erleichtert, aus dem Zimmer. Irritiert betrachtet sie mich von oben bis unten. Sie weiß auch nicht, was hier eigentlich gespielt wird.

»Hallo Resi, macht dein Besucher etwa Ärger? Dann wird er gleich selbst welchen bekommen. Übrigens, ich komme im Auftrag von Gregor und bin stellvertretend, aber natürlich nur vorübergehend, für renitente Kunden zuständig. Er wird selbst gleich hier sein.«

›Gut geblufft, Ricky!‹ Ich bin sogar ein wenig stolz.

Bis jetzt habe ich den Freier noch gar nicht zu Gesicht bekommen. Plötzlich huscht er, ein Mann mittleren Alters, durch den Türrahmen, will sich wohl ohne rechtfertigende Erklärung davonmachen.

Die Eingangstür im Erdgeschoß wird hörbar von außen geöffnet. Gregor ist zurück, jetzt kann nicht mehr viel passieren. Nicht zuletzt deshalb will ich die Angelegenheit für mich einigermaßen zufriedenstellend zu Ende bringen.

Kurzentschlossen stelle ich mich dem aggressiven Mann in den Weg.

»Moment, so einfach geht das nicht. Es ist noch eine kleine Klärung notwendig.« Gleichzeitig trete ich wieder einen kleinen Schritt weiter zurück, um ihn im Auge zu behalten – man kann nie wissen. In solchen Fällen muss man auf alles gefasst sein. Gregor würde anerkennend grinsen. Er ist bereits in Sichtweite.

»Resi, ist mit deiner Entlohnung alles in Ordnung?« Sie nickt, das war auch meine letzte Frage.

»Gregor übernimmt wieder«, ergänze ich noch und drehe ab. Ich will dieses Mal nicht dabei sein, wenn er das Heft wieder in die Hand nimmt.

»Junger Mann, melde dich ›mal wieder, du hast etwas gut bei mir«, ruft Resi mir noch nach. Sie ist eigentlich recht hübsch, aber, ... na ja!

»Nichts dagegen einzuwenden, wenn Ricky als Kunde bezahlt – Geschäft ist Geschäft«, ruft Gregor im Vorbeieilen. So ganz wohl scheint ihm dabei nicht zu sein.

Fazit: Nur eine relativ kleine Episode, aufregend, aber für mich keine Tätigkeit für die Zukunft.

*

Wieder einmal ein kleiner Schwenk – dieses Mal ohne großen Zeitunterschied – zum nächsten relativ nahegelegenen Ereignis.

Vorfaschingszeit. Eigentlich keine allzu spannenden Wochen in einer Universitätsstadt.

Überraschenderweise erhalte ich über einen neuen Bekannten, einen Studenten, eine Einladung zu einer Art Vorfeier zu den kommenden Faschingsveranstaltungen.

Die meisten Teilnehmer kennen sich. Eigentlich habe ich auf einer solchen Fete nichts zu suchen. Noch weniger allerdings auch einige offensichtlich fremde Gäste, die an dieser ›halbprivaten‹ Versammlung erlebnishungriger junger Leute ebenfalls, wie selbstverständlich, teilnehmen wollen.

Aber, nichtgeladene Fremde? Nicht verwunderlich, wenn man die besonderen Umstände kennt. Diese Feier findet nämlich in einem öffentlichen Lokal statt, das eigentlich vorübergehend geschlossen hat.

Der Sohn des Betreibers hat jedoch bei seinen Eltern, die z.Zt. gerade in Urlaub sind, die Erlaubnis für diese Veranstaltung im Freundeskreis eingeholt – ob das ganz legal ist, weiß ich nicht. Aber das ist nicht mein Problem.

Selbstverständlich fahren wir, eine kleine Gruppe, mit dem Bus zum eigentlichen Ort des Geschehens, da mit einem erheblichen Alkoholkonsum zu rechnen ist. Trotzdem fahren einige Gäste auch mit dem eigenen PKW vor, was mich etwas verwundert. Aber, möglicherweise lassen sie ihr Auto nach der Feier stehen, können irgendwo provisorisch übernachten, oder sie nutzen eine andere Möglichkeit, wegzukommen.

Wir sind angekommen. Ich weiß nur nicht so recht wo – eigentlich nicht unwichtig – denn wie ich wieder zurückkommen kann ... , nein, darüber mache ich mir in diesem Moment noch keine Gedanken.

Gleich zu Beginn gibt ein selbsternannter Sprecher das Motto dieser Fete bekannt:

»In drei Wochen geht wieder die traditionelle Faschingsveran-staltung, der berühmt-berüchtigte Medizinerball über die Bühne. Übrigens das einzige nennenswerte Ereignis, oder die einzige Feier von Seltenheitswert in dieser, unserer Universitätsstadt. Mit dieser, etwas seltsamen Einschätzung, stehe ich ziemlich alleine da – hm ... , oder auch nicht.

Die meisten von euch kennen den üblichen Ablauf, die möglichen Vorkommnisse, soweit so etwas überhaupt im Detail vorhersehbar ist.

Im vergangenen Jahr sind die kritisierten, teilweise ausufernden Ausschweifungen bereits eingedämmt worden – durch gezielte Kontrollen. Das soll auch dieses Jahr wieder geschehen. Damit hat dieser Ball seinen Reiz verloren.

In unserer heutigen halbprivaten Fete wollen wir vorab an die ursprünglichen Ereignisabläufe anknüpfen. Ihr wisst schon ...

Aber, was soll das Geschwafel. Auf geht's!«

Ich bin ohne Begleitung dabei. Seltsam, die Mehrzahl der Anwesenden legt auch besonderen Wert darauf, als Single aufzutreten, obwohl sich die meisten gut zu kennen scheinen. Überraschenderweise sind viele Gäste auffällig verkleidet, oder fast bis zur Unkenntlichkeit geschminkt – so, als wollten sie ›inkognito‹ bleiben. Seltsam, denn eigentlich hat die Faschingszeit noch gar nicht so richtig begonnen.

Stimmungsmusik ertönt aus einem Tonbandgerät. Noch wirkt das Verhalten der Anwesenden ziemlich gehemmt oder gekünstelt, die Zeit verstreicht – auf was wartet man denn eigentlich? Auf etwas Besonderes? Und was hat das alles mit irgendwelchen besonderen Ereignissen auf dem Medizinerball zu tun?

Noch ein Stimmungslied zum Mitsingen. Der Liedertext wird zum Gassenhauer abgewandelt. Aber, plötzlich und wie auf Kommando wird die bisherige Zurückhaltung aufgegeben, die latent vorhandenen Hemmungen werden abgestreift. Es wird jetzt getanzt, teilweise auf lockere, ausgelassene Weise, teilweise auch bereits im ›Schwofmodus‹. Jetzt schon?

An unserem Seitentisch hat sich inzwischen eine kleine lustige Gruppe gebildet oder besser noch zusammengefunden. In solchen Fällen stellt sich manchmal unweigerlich die Frage: Einfach nur kräftig feiern oder relativ früh schon in Grenzbereiche gehen – beim Trinken, Anbandeln, Schwofen und ... noch weiter ...

Ein Mann mit Maske tritt an unseren Tisch, greift einem Mädchen unter die Arme und trägt sie, begleitet von uns mit übertrieben künstlichem Applaus, kurzerhand auf die kleine Tanzfläche. Das Mädchen ist offensichtlich nicht sonderlich begeistert. Aber wer möchte schon gern ein Spielverderber sein!?

Schon nach wenigen Drehern packt der Tänzer wieder zu. Ein kräftiger Schwung und seine Partnerin liegt auf seinen Armen. Ohne weitere Verzögerung verschwinden sie um eine Wand herum in eine Art Seitengang oder Diele.

Es dauert eine geraume Weile. Auch ich möchte jetzt endlich tanzen und schaue mich nach einer geeigneten Partnerin um. Nicht einfach nach der Nächstbesten – nein, möglichst eine, die für den Rest der Nacht noch infrage kommen könnte ... Na ja!

Eine gute Bekannte, oder sogar die Freundin der vor einigen Minuten von unserem Tisch ›wegentführten‹ jungen Frau versucht heftig Augenkontakt mit uns Männern am Tisch aufzunehmen. ›Sie sollte sich doch etwas zielgerichteter einen jungen Mann aussuchen‹, geht es mir durch den Kopf.

Die Frau scheint ein geeignetes Opfer ausgemacht zu haben. Ganz intensiv bleibt ihr Blick an mir hängen.

Ich weiß nicht so recht, wie ich auf diese direkte Anmache reagieren soll. Aber, jetzt nimmt sie mir sogar die Entscheidung ab.

Schon steht sie vor mir und bittet: »Wir sollten tanzen. Das Ganze ist mir nicht geheuer!«

»Was denn?« Meine kurze Nachfrage basiert nicht so sehr aus ehrlicher Neugierde, sondern eher aus Höflichkeit. Keine Antwort, aber das spielt auch keine Rolle. Zunächst noch schleichend, fast unauffällig – dann werde ich immer energischer im Tanzschritt zur Ecke und schließlich in Richtung Seitengang gedrängt, etwa dorthin, wo der maskierte Mann vor wenigen Minuten mit ihrer Freundin entschwunden ist.

»Na, du hast es aber eilig.« Meine Bemerkung soll cool und überlegen klingen. Der Kontakt war bisher noch zu kurz, eigentlich bin ich noch gar nicht in richtiger Stimmung zum Knutschen, Fummeln oder was sonst noch …

Seltsam, auch meine Tanzpartnerin scheint noch gar nicht auf Betriebstemperatur zu sein. Warum denn diese Eile?

Im Halbdunkel kann ich jetzt zwei Gestalten, einen Mann und eine Frau, erkennen. Ein wenig peinlich ist es schon, denn offensichtlich bereiten sich die Beiden gerade auf einen Liebesakt vor.

Das sieht meine Tanzpartnerin aber ganz anders. Nach kurzem Zögern schiebt sie meinen Arm zur Seite und steht mit wenigen Schritten dicht vor dem eng umschlungenen Paar.

»Reni, ist alles in Ordnung?« Ihre Einmischung finde ich jetzt doch reichlich übertrieben, eigentlich ist es sogar eine Zumutung. Offensichtlich ist die ganze Situation auch der Freundin unangenehm. Relativ heftig versucht sie nun, sich aus der engen Umklammerung ihres Partners zu befreien. Aber ihre undeutliche Antwort in dieser seltsamen Stimmlage irritiert mich doch sehr. Ich bin nicht sicher, ob ich sie richtig verstanden habe.

»Helft mir doch, er will mir Gewalt antun. Schnell, bitte ... «

Meine Tanzpartnerin reagiert jetzt ohne weitere Verzögerung. Sie ergreift energisch einen Arm des Maskenmannes und versucht, ihn energisch von seinem Opfer wegzuziehen. Es gelingt nur teilweise, da der Mann ihre Hand wegreißt, nun seinerseits ihren Arm festhält und dann sogar nach ihr schlägt. Aber das geht entschieden zu weit.

Egal, was hier passiert, es ist Zeit, sich einzumischen.

»Hey, hey ... , was soll das!« Meine Stimme klingt entschlossen.

Der fremde Mann hält einen Augenblick inne und faucht dann: »Hau ab, das hier geht dich nichts an!«

Er hat offensichtlich nichts kapiert, wie man in einer solchen Situation zu sagen pflegt.

Ich stehe jetzt dicht neben ihm. Blitzschnell greife ich nach seiner Maske, reiße sie nach oben fast über seinen Kopf. Dabei berühre, nein, streife ich – absichtlich – recht unsanft sein ganzes Gesicht. Aber, er reagiert sehr schnell, greift nach oben und zieht die Maske wieder vor sein Gesicht, so, als habe er etwas zu verbergen. Geht es hier etwa nicht nur um eine harmlose Faschingskostümierung?

Der Mann ist kein Jüngling mehr, das erkenne ich sofort, auch wenn sein Gesicht nur für einen kurzen Moment unbedeckt war.

›Vorsicht, Ricky‹, ermahne ich mich selbst.

Noch einmal greife ich nach seiner Maske – und wieder reagiert er sofort. Gezielt und gekonnt schlägt er mit der Handkante gegen mein Handgelenk. Der kurze Schmerz löst fast automatisch die entsprechende Gegenreaktion aus: Meine offene flache Hand klatscht, wie bei einer Ohrfeige, seitlich auf seine Wange, oder genauer, auf seine Maske. Diese verschiebt sich wieder und beeinträchtigt nun offensichtlich seine Sicht. Wütend reißt er sie jetzt selbst herunter.

Für Bruchteile von Sekunden ist er orientierungslos. Trotzdem stürzt oder hechtet er ohne weitere Verzögerung in meine Richtung. Seine immer noch halb heruntergelassene Hose behindert ihn dabei nicht unwesentlich.

Ein bis dahin unbeteiligter Außenstehender, der die eigentlichen Umstände nicht näher kennt, könnte sich köstlich amüsieren.

Aber die Situation ist bitter ernst. Hier war bereits vorher physische Gewalt im Spiel. Der Mann ist an einer Aufklärung – sollte ein Missverständnis vorliegen – nicht interessiert. Sein Verhalten ist aggressiv, er ist jetzt nicht mehr nur bereit, sondern kompromisslos entschlossen, Gewalt anzuwenden.

Eine solche Situation ist mir aber nicht so ganz fremd. Freizeitaktivitäten im sportlichen Bereich – insbesondere in meiner Jugendzeit – Lehrjahre unter Chritzel, ebenso der ›Anschauungsunterricht‹ bei Rolle, das sind für mich die Grundpfeiler für ein gewisses selbstsicheres Auftreten, zumindest bei solchen Vorfällen.

Aber, ob das hier reicht? Es muss einfach …

… und tut es dann auch.

Anschließend hilft ein Neuhinzugekommener dem scheinbar bedauernswerten, hilflosen Mann wieder auf die Beine. Schnell wird für ihn ein Stuhl bereitgestellt.

Feindselige, verständnislose Blicke treffen mich, trotz mehrerer Versuche der beiden Frauen, die Situation aufzuklären und korrekt darzustellen. Irritierend: Sowohl dem Opfer der Fastvergewaltigung als auch mir, beiden wird uns plötzlich mit unterschiedlicher Begründung eine Teilschuld zugerechnet. Verkehrte Welt.

Trotzdem … , vielleicht hätte man den Vorfall melden, den Maskenmann sogar anzeigen sollen. Wer weiß denn hier schon, ob er nicht bereits andernorts in dieser Richtung Spuren hinterlassen hat?

›Ricky, alles Weitere ist nicht mehr deine Aufgabe, zumal der Ausrichter dieser Veranstaltung den ganzen Vorfall als erledigt betrachtet‹, geht es mir noch durch den Kopf. ›Als Wichtigtuer möchte ich auch nicht dastehen!‹

Aber, schon nach wenigen Minuten hat sich die Lage selbst entschärft, oder in Luft aufgelöst. Der Maskenmann ist plötzlich verschwunden.

Wie geht es nun mit mir weiter? Die Nacht ist noch lang. Die beiden Mädchen kümmern sich fast rührend um mich. Ich bin jetzt wohl so etwas wie ihr Bodyguard. Aber, davon habe ich eigentlich gar nichts!

Allerdings, die einigermaßen korrekte Version des gesamten Vorfalls hat sich inzwischen herumgesprochen. Die Folge: Mir geht es gut, es fließt reichlich Alkohol und ich muss nur noch einen kleinen Anteil dafür bezahlen. Aber, noch einmal: Auch davon habe ich gar nichts. So war das ursprünglich nicht geplant.

Heute geht nichts mehr. Noch ein paar mehr oder weniger intensive Küsschen, dann verabschiede ich mich. Ich versäume nichts mehr, die Partie löst sich jetzt doch relativ schnell auf. Es ist fast schon normal, dass ich wieder einmal zu den Letzten gehöre, die den Ort des Geschehens verlassen.

Draußen hat sich auch einiges verändert. Die Dunkelheit ist um diese Uhrzeit selbstverständlich – das ist es nicht. Aber es ist kalt geworden und es hat auch geschneit. Wie komme ich überhaupt nach Hause? Ich wurde auf der Herfahrt mitgenommen, habe nicht auf den Weg geachtet. Eigentlich weiß ich nicht einmal genau, wo ich mich befinde.

Um diese Zeit geht auch kein Linienbus mehr. Soll ich ein Taxi rufen? Das kann teuer werden. Habe ich überhaupt noch genügend Geld dafür?

Überraschend nähern sich noch zwei weitere Gestalten. Wo kommen die denn plötzlich her? Suchen sie ebenfalls nach einer Möglichkeit wegzukommen? Aber ... , ist der eine nicht der Maskenmann? Ist er etwa zurückgekommen? Was passiert hier eigentlich?

Jetzt folgt noch eine Überraschung: Aus der kleinen Hofausfahrt des Nachbarhauses kommt unauffällig und fast leise ein Auto im Schritttempo. Übervorsichtig biegt er in die Straße ein – ganz offensichtlich wegen der einsetzenden Schneeglätte. Er fährt dicht an die beiden mysteriösen Gestalten heran, hält kurz an, kurbelt die Seitenscheibe teilweise herunter und fährt dann langsam weiter. Hat er zu ihnen gesprochen? Wenn ja, dann waren es nur ein paar Worte. Was bedeutet das?

Das Auto hält jetzt wieder an, direkt neben mir. Die Seitenscheibe ist immer noch heruntergekurbelt.

»Wo willst du hin? Steig ein, wir können dich ein Stück mitnehmen.«

»Ich weiß nicht … «

»Du hast nicht mehr lange Zeit. Ich glaube, die beiden dort haben es auf dich abgesehen. Der Maskenmann vom Vorabend ist dabei, der kleine Gegenstand in seiner Hand könnte ein Klappmesser sein. Also, versuche nicht, noch einmal den Helden zu spielen!«

Ist das etwa ein Komplott? Gehört die ganze Gruppe hier vielleicht sogar zusammen? Dann hätte ich aber denkbar schlechte Karten. Es wären zu viele!

›Ricky, lauf einfach weg. In dieser Lage ist es einfach klug und nicht feige.‹ Unangenehme Gedanken sind das. Aber schlimmer noch: Mein Adrenalinspiegel steigt an, aber diesmal nicht mit der üblichen Auswirkung. Die Coolness stellt sich nicht ein – im Gegenteil: Mein Pulsschlag erhöht sich merklich. Mein intakter Instinkt drängt mich zur Flucht.

»Schnell, steig endlich ein«, ermahnt mich die Stimme vom Beifahrersitz. Es ist die Begleiterin des Fahrers.

Ich bin noch unschlüssig. Aber die Stimme klingt nicht aggressiv, eher ziemlich sorgenvoll. Ein kurzer Blick ins Wageninnere, dann lande ich, von einem weiteren Insassen am Ärmel gezogen, auf dem Rücksitz.

Gerade noch rechtzeitig. Die beiden dunklen Gestalten haben die Situation erkannt und nähern sich im Laufschritt. Nur langsam fährt das Auto an, kann wegen der Schneeglätte nur langsam beschleunigen. Und tatsächlich: Der ›Maskenmann‹ schafft es noch, schlägt fluchend mit der flachen Hand gegen den Kofferraum.

Hm, eigentlich wären wir jetzt zahlenmäßig sogar im Vorteil …

»Vergiss es«, mahnt jetzt die freundliche junge Dame. »Man weiß nie, wie solch eine Auseinandersetzung endet, vor allem dann, wenn eventuell noch Waffen ins Spiel kommen. Außerdem, wie soll ich mich ausdrücken, ist das nicht unsere Art, Konflikte zu lösen.«

»Aber das war oder ist kein Konflikt, auch keine normale Meinungsverschiedenheit im eigentlichen Sinn«, werfe ich etwas verunsichert ein.

Nach einer kurzen Pause dreht sie sich um, greift zwischen den Vordersitzen hindurch nach meinem Arm und meint recht impulsiv: »Auch ich, als Frau, bin dir dankbar!«

»Wofür?«

»Dafür, dass du dem jungen Mädchen oder der jungen Frau geholfen hast. Offensichtlich war die Situation doch weit dramatischer, als es zunächst ausgesehen hat.«

Es ist ziemlich dunkel im Wageninnern. Gott sei Dank, denn meine errötenden Wangen passen nicht zum Image eines coolen Machers.

Der Fahrer setzt mich in der Nähe der von mir angegebenen Zieladresse ab. Er kennt sich offensichtlich besser aus als ich.

Gedankenverloren überquere ich noch einmal die Straße, werfe einen kurzen Blick auf den Neckar. Es ist alles ruhig. Kein Mensch ist noch zu Fuß unterwegs. Warum auch, um diese Zeit?

Es dauert noch eine geraume Weile. Trotz der Kälte setze ich mich auf einen Begrenzungsstein, genieße die Ruhe.

Es ist spät, ich bin müde. Der Alkohol macht sich jetzt doch unangenehm bemerkbar.

›Wenn ich einschlafe, bin ich morgen sterbenskrank!‹ Bei diesem Gedanken schrecke ich auf, erhebe mich langsam.

Aber die Nacht ist noch nicht ganz vorbei. Es gibt Zufälle, die sind so einmalig oder unglaublich, dass man sozusagen seinen Kopf verwetten würde, dass so etwas nicht passiert!

Ich fühle, bemerke, dass jemand hinter mir steht und bin ziemlich geschockt – denn, bevor ich noch reagieren kann, werde ich schon angesprochen. Um diese Zeit ist solch eine scheinbar kleine Unaufmerksamkeit nicht ungefährlich.

Ich traue meinen Ohren, meinen Augen nicht. Das ist doch …

Klaus, ein guter Bekannter, nein, fast ein Freund aus dem Institut – was macht der denn noch um diese Zeit mit seiner Freundin hier? Ich weiß, er wohnt um die Ecke. Aber, warum zittert seine Begleiterin denn so auffällig? Warum ist sie gekleidet, als hätten wir Sommerzeit?

Und noch etwas: Das ist gar nicht seine neue Freundin, mit der er sich erst vor ein paar Wochen verlobt hat.

Bevor ich noch eine möglichst unverfängliche Frage stellen kann, hat Klaus schon die Antwort parat.

»Du weißt, dass ich, der Romantiker, ab und zu einen kleinen Nachtspaziergang unternehme. Ich habe die junge Dame nicht weit von hier an der Uferböschung angetroffen. Einen Moment lang habe ich geglaubt, sie will ins Wasser springen. Das ist gar nicht so abwegig. Sie ist heute angekommen, hat sich heftigst mit ihrem Freund gestritten und weiß jetzt nicht, wo sie unterkommen kann. Sie kommt übrigens aus Belgien, spricht auch deutsch – nicht einmal schlecht.«

Die ungewöhnliche Situation macht mich neugierig, obwohl ich eigentlich todmüde bin. Gut, mein Bett kann noch ein paar Minuten warten ...

»Du willst ihr noch ein Quartier besorgen!? Na ja, ich weiß schon. St.Martin hat seinen Mantel mit einem Bettler geteilt. Klaus, der edle Mensch, stellt sein Bett zur Verfügung, völlig selbstlos natürlich.« Ich bewundere meinen feinen Humor!

Klaus schmunzelt etwas und meint: »Du hast recht, St.Martin hat seinen Mantel geteilt, ich werde mein Bett mit ihr teilen.« Sehr witzig!

Erst jetzt bemerke ich, nach gezielter Betrachtung, dass die aufgegriffene Dame sehr hübsch ist. Auch sie betrachtet mich einen Moment lang etwas genauer und bemerkt:

»Wer weiß, vielleicht sehen wir uns auch noch einmal in den nächsten Tagen. Aber jetzt will ich endlich ins Warme. Tschüss!« Ihr Deutsch ist fast perfekt.

Klaus flüstert mir noch verschmitzt ins Ohr: »Morgen kommt meine Verlobte, bis dahin muss sie weg sein! Du kannst dich ja vorher bei mir, oder genauer, bei uns melden! Hm, vielleicht könntest du dich dann auch ein wenig um die schöne Belgierin kümmern! «

Das werde ich nicht, ganz bestimmt nicht!

Wieder einmal stolpere ich über meine wohl veralteten Moralvorstellungen. Na ja, ich komme halt vom Land. Nichts gegen die hübsche, junge Dame, die offensichtlich in eine Art Notlage geraten ist. Auch ich würde ihr ja gerne helfen. Ja, aber nicht so!

Vergangenheitsbewältigung!

Seltsam und befremdlich: Einen Moment lang ist mir meine reale Situation wieder, wenn auch verschwommen, bewusst. Ich stürze immer noch — eigentlich sollte ich in wenigen Augenblicken, oder sogar nur noch in Bruchteilen von Sekunden, den Aufschlag erwarten. Ob auch die Rückblenden mit dem Tod zu Ende sind?

Ich ahne schon, auf welches Ereignis ich zutreibe. Das Kapitel ›Zufall‹ ist wohl noch nicht ganz abgearbeitet.

... Inzwischen hat das diesjährige Faschingstreiben fast seinen Höhepunkt erreicht ...

Klaus, seine Verlobte, ein weiterer guter Bekannter und ich applaudieren und jubeln dem vorbeiziehenden Faschingszug zu. Eine Gruppe junger Mädchen tanzt in unsere Richtung. Sie scheinen keine besondere Absicht zu verfolgen. Aber plötzlich, wie auf Kommando, drehen sie bei.

Jeweils gleich zwei Mädchen ergreifen eine alleinstehende Person. Klaus hat sich bei seiner Verlobten eingehängt und bleibt verschont.

Links ein Mädchen, rechts ein Mädchen. Sie machen keine Anstalten, gleich wieder weiter zu tanzen.

»Gehen wir nach dem Umzug gleich noch ›was trinken? Die ganze Gruppe natürlich.« Es ist die hübschere meiner beiden Anhängsel, die schon nach wenigen Sekunden diese Frage stellt. Ich bin ziemlich überrascht, stimme aber sofort zu. Und wieder, wie auf Kommando oder wie abgestimmt, löst sich das zweite Mädchen, tänzelt weiter und hängt sich beim nächsten jungen Mann ein.

›Ziemlich professionell‹, geht es mir durch den Kopf. ›Aber, wieso professionell? Unsinn, denn auf diesem Gebiet und in diesem Zusammenhang würde das ja fast nur in eine bestimmte Richtung weisen!‹

Der Umzug ist vorbei. Erwartungsgemäß hat sich die Gruppe vergrößert. Ich kümmere mich nicht so sehr um die Vorschläge, wie es weitergehen soll. Trotzdem werde ich das Gefühl nicht los, dass alles schon festgelegt ist.

Wir kommen an einer Klinik vorbei, die ich sogar kenne. Stillschweigend führt uns die ›Anführerin‹ um das Gebäude herum. Ohne anzuhalten betreten wir die Klinik durch einen Seiten – oder Hintereingang.

Ich habe inzwischen teilweise die Orientierung verloren. Plötzlich stehen wir in einem mittelgroßen Raum, in dem ungeordnet einige Matratzen auf dem Boden herumliegen. Gar nicht so schlecht, denn wie ein Krankenzimmer sieht der Raum nicht aus.

Endlich folgt eine Art Aufklärung. Eines der Mädchen – nein, es ist eher schon eine junge Frau – bittet um Gehör.

»Dieser Raum steht uns, dem Personal, nur vorübergehend zur Verfügung. Wir wollen diese Vergünstigung auch nützen. Welch ein Zeitpunkt, wenn nicht die Faschingszeit, könnte sich dafür besser eignen? Ihr seht, es sind schon einige Vorbereitungen getroffen worden.« Mit einem leichten Schmunzeln fügt sie hinzu: »Wir haben nichts dem Zufall überlassen. Wir haben bewusst, soweit dies im Trubel einigermaßen möglich war, unsere Auserwählten sozusagen angetanzt.« Verhaltener Beifall!

Das mag ich eigentlich nicht! Ich möchte schon selbst darüber bestimmen, wie und mit wem ich meine Zeit verbringe.

Die leichte Verstimmung legt sich allmählich. Eigentlich sieht meine Auserwählte – nein, die Dame, die mich ausgesucht hat – ganz passabel aus.

Ich blicke mich um. Mehrere Kästen Bier stehen herum. Auch eine Flasche Schnaps, Coca-Cola und natürlich das alkoholische Lieblingsgetränk der Frauen: Sekt.

Aber, wie weit sollen wir gehen? Warum stehen nur wenige Stühle herum, warum wurden sie durch Matratzen ersetzt?

›Ricky, bleib cool, lass dir deine Verunsicherung nicht anmerken, ergreife die Flucht nach vorne und übernehme selbstbewusst die Initiative bei deiner neuen Partnerin!‹ Meine innere Stimme hilft.

Es ist kaum zu erwarten, dass die bunt gemischte Gesellschaft die Grenzen überschreitet und das etwas ungewöhnliche Faschingstreiben zu guter Letzt noch mit Gruppensex endet, schon gar nicht an diesem Ort und in dieser Umgebung.

Meine Dame ist Österreicherin. Ohne große Umstände stellt sie sich vor und lässt auch früh durchblicken, dass es nicht nur bei einem ›one-night‹-spass bleiben muss. Trotz meiner inneren Gegenwehr hat sie jetzt die Initiative übernommen. Das geht mir alles viel zu schnell, auch wenn in der Faschingszeit eine gewisse Freizügigkeit nicht ungewöhnlich ist.

Von wegen Flucht nach vorne. Diesen Ort fluchtartig zu verlassen, das wäre vielleicht vernünftiger! Und schon wieder fühle ich mich unsicher und sogar unwohl.

›Aber Ricky, lass doch alles einfach auf dich zukommen. Was kann schon passieren? Außerdem sieht die junge Frau, die gerade ihre Arme um mich gelegt hat, wirklich recht gut aus.‹ Meine Gedanken beruhigen sich wieder.

Viel mehr als unauffälliges Gefummel und oberflächliches Geknutsche entwickelt sich nicht. Aber allmählich finde ich Gefallen an meiner Partnerin. Sie ist reizend, benimmt sich gekonnt, mehr und mehr aufreizend.

»Das wird hier bald zu Ende sein. Aber du könntest mich morgen Nacht auf meinem Zimmer besuchen. Ich möchte mehr über dich erfahren.« Ich gehe – zunächst – noch nicht darauf ein.

Hm, diese Ähnlichkeit. Ich glaube mich tritt ein Pferd! Spontan, aber möglichst belanglos stelle ich ihr die Frage: «Kennst du einen jungen Mann, namens Gregor?«

»Wer ist das und was soll das?«

Nach kurzer Überlegungspause antwortet sie: »Nein, mir fällt bei diesem Namen kein Mann aus meinem Umfeld ein.«

Das klingt ehrlich. Nein, wie konnte ich sie nur für eine professionelle ... ! Und hauptberuflich eine Krankenschwester? Noch einmal nein, das passt nicht zusammen.

Hastig wechsle ich das Thema und komme zurück auf ihr vorheriges Angebot. »Wo wohnst du?«

Sie lächelt hintergründig, blickt zur Tür und flüstert: »Zur Zeit habe ich hier in der Klinik ein Zimmer, gleich um die Ecke. In der Nacht sitzt allerdings ein Pförtner vorne am Nebeneingang. Er ist ziemlich kompromisslos, deshalb kann ich dich auch nicht abholen. Aber man kann an ihm vorbeischleichen. Man muss sich nur ziemlich stark bücken.« Ihr Lächeln geht in ein verhaltenes Lachen über. Ohne große Pause fährt sie fort: »Es gibt aber noch eine weitere Möglichkeit.«

Jetzt dauert es etwas länger bis sie weiterspricht: »Seitlich auf dem Hofgelände steht eine Art Geräteschuppen. Den kann man recht gut besteigen. Der Einstieg über das direkt darüber – liegende Seitenfenster sollte kein großes Problem sein. Fünf Schritte weiter und du stehst vor meinem Zimmer.«

Was geht hier eigentlich vor!? Vermischt sich die Rückblende mehr und mehr mit falschen Halluzinationen? Habe ich etwa doch Einfluss auf Wunschkonstruktionen?

Ich betrachte wieder, nachdenklich aber intensiv ihr Gesicht.

»Du heißt Marianne, oder vielleicht Marilyn? Nennen dich gute Bekannte etwa auch kurz ›Mary‹, oder so ähnlich?«

Ich bleibe dran, kann sogar meinen Herzschlag spüren. Meine Gedanken gleiten zurück, zurück zu Mary, zum Schullandheim im Schwarzwald – vor wenigen Jahren – Winter, Skilaufen ... mit dem unrühmlichen Ende. Mein Gott!

»Mary? Ja, obwohl ich diese Art von Namensabkürzungen nicht mag. Woher weißt du das?«

Mein Puls erhöht sich noch einmal spürbar, nähert sich dem Grenzbereich.

Gibt es so etwas in Wirklichkeit? Nein, unwahrscheinlich! Aber könnte ... ! Duplizität der Ereignisse, weit mehr als ein ›deja-vue‹ – Erlebnis – so würde man das wohl benennen!?

Der Name ..., die Umstände, vor allem der Vorschlag mit dem geradezu abenteuerlichen Einstieg über ein Seitenvordach zum Zielort ... Geht hier alles mit rechten Dingen zu?

»Hast du schon einmal im Schwarzwald gearbeitet, oder Urlaub dort gemacht?« Scheinbar ruhig klingt meine Stimme, fast nebensächlich scheint meine Frage. Nur ich bin mir der Bedeutung der Antwort bewusst.

Sie betrachtet mich jetzt ziemlich neugierig, wartet oder zögert noch einen Moment. Was bedeutet das?

»Ich war noch nie für längere Zeit dort. Aber, warum willst du das wissen?« ... Ja, es wäre halt zu schön gewesen ...

›Nein, Ricky, nicht noch einmal. Abenteuerlich? Nein, genau genommen ..., einfach zu kindisch.‹

Nach erneutem Abwägen wird klar: ›Erledigt, ich werde nicht kommen!‹ Ein kurzer Abschied, nur vorläufig bis morgen zur späteren Nachtzeit? Sie glaubt noch daran. Ihre Augen glänzen.

Ich muss es ihr sagen. Zumindest meinen Entschluss noch ergebnisoffen halten, vorgaukeln. Es scheint zu funktionieren.

»Tschüss ... Vielleicht bis morgen!? Nein ... « Ihre Stimme klingt seltsam. Aber ihre Augen leuchten immer noch. Eine kleine Träne, ein fast unscheinbarer Tropfen hängt in einer ihrer Wimpern.

»Schade, wirklich schade. Warum nur? Ich werde vergeblich auf dich warten. Du musst nicht lügen, bitte!« Die letzten Worte, ein leises Flüstern, sind kaum noch zu verstehen.

Sie dreht sich um und geht, ohne eine Antwort, eine Erklärung oder gar einen möglichen Umschwung meinerseits abzuwarten.

Die Vernunft hat schließlich gesiegt! Wirklich?

Noch einmal gehen meine Gedanken weiter zurück in den Schwarzwald, zu Mary! Damals habe ich aber wenigstens versucht, das Hindernis zu übersteigen, den Einstieg zu wagen.

Wie herbeigezaubert taucht jetzt auch schemenhaft wieder Wolfi auf – sozusagen als Beobachter? Ich weiß plötzlich, was er sagen wird oder würde:

»Ricky, du hast nichts, oder nur sehr wenig dazugelernt. Beide Mädchen können einem leidtun. Wahrscheinlich ist wieder dein falscher Stolz daran schuld, auch wenn man es dieses Mal nicht auf den ersten Blick erkennen mag.«

Er könnte rechthaben. Ich fühle mich nicht gut. Aber, ich könnte mein Verhalten ja noch korrigieren!?

Nein, auf keinen Fall. Ich werde nicht wieder klettern. In Bayern oder Österreich mag ja ein ähnliches Verhalten, das ›Fensterln‹, noch vorkommen, aber ... , nein!

Noch ein Gedanke: Sollte ich irgendwann in den nächsten Tagen nicht einfach beim Pförtner nach Marianne fragen und mich auf diese Weise wieder melden und Kontakt aufnehmen?

Nein, ich müsste zu viel umständlich erklären. Es bleibt ein kleines bedeutungsloses Ereignis.

»Wieder dieser falsche Stolz!?« Hm, hat Wolfi sich etwa doch noch einmal eingemischt?

Aber, warum wurde dieses unbedeutende Erlebnis überhaupt eingeblendet? Ich weiß, leider habe ich darauf keinen großen Einfluss – in meiner momentanen Situation.

*

Für einen kurzen Moment bin ich jetzt ziemlich orientierungslos. Wo bin ich, wie geht es weiter? Wie lange noch wird oder kann der Rückblendefilm, der showartige Ablauf noch dauern? Wie viel Zeit habe ich noch?

Ich bin offensichtlich in Bayern und erkenne auch relativ schnell den sehr bekannten Ort wieder, die Gegend, in der ich meine ersten Erfahrungen im alpinen Schilaufen sammeln konnte – im Schullandheim, noch zwei Jahre vor dem ähnlichen Spektakel im Schwarzwald. Aber, warum nur die Änderung im Zeitablauf? Vielleicht, weil die Verbindung zu meinem jetzigen, viel späteren Besuch hier vorrangig ist?

Die Ereignisse auf der Hütte, sowie die ersten Erlebnisse auf der Skipiste werden sozusagen im Schnelldurchlauf abgespult. Lustig – im Gegensatz zum Originalgeschehen von damals – die besonders dramatischen Löschanstrengungen bei der Brandbekämpfung mittels Einsatz von Handfeuerlöschern, die nicht ordnungsgemäß funktionieren. Ein Schüler hatte seine feuchten Schiklamotten zum Trocknen auf das heiße Ofenrohr gelegt ...

Ich kann jetzt, etliche Jahre später, die Hütte nicht ausmachen. Gibt es sie überhaupt noch?

*

Toni, der Bekannte, mit dem ich unterwegs bin, hat Verwandte in Bayern in einem nahen Ort in dieser Gegend. Hier kommen wir unter, wenigstens für ein paar Tage.

Zunächst kann ich aber erst noch eigene Verwandte besuchen. Sie sind nach dem Krieg in Bayern untergekommen.

Wir kommen zuerst an einem Bauernhof vorbei. Ich weiß nicht so recht, was ich hier soll. Nein, eigentlich gibt es keine Verbindung zu meiner Vergangenheit.

Aber dann fällt ein Name, der etwas in mir weckt. Allmählich dämmert es. Ich brauche nicht länger herumzurätseln, denn schon bin ich fast mittendrin. Die Reise geht noch einmal weit zurück, sehr weit sogar – bis in meine frühe Kindheit.

»Ich bin der Walter.« ... Aha ... ! Ich bin plötzlich angespannt! Wird jetzt die Geschichte des mittlerweile schon etwas älteren Mannes abgehandelt?

Natürlich ... , und schon bin ich mittendrin!

... Zwei Freunde fordern meinen Bruder Franz auf, sie zu begleiten. Mutter schaltet sich ein. »Was ist eigentlich los?«

Einer der Buben, er heißt Walter, antwortet verlegen: »Eine Bombe ist irgendwo auf der Gemarkung der Gemeinde niedergegangen, vielleicht hier auf dem ›Babenzer‹.«

Mutter: »Unsinn, der Krieg ist schon seit einem Jahr vorbei.«

»Ja, aber die Bombe ist damals nicht explodiert. Wir könnten sie finden und vielleicht vorsichtig freilegen. Um den Schafbock könnten wir uns auf dem Rückweg kümmern.«

Ich weiß, was er meint. Mit herausfordernden »Bockl-määh«-Rufen und anschließenden Rücksprüngen über das schützende Gatter haben sie schon oft das aggressive Tier gereizt.

Auf dem ›Babenzer‹, einem kleinen Hügel, nicht weit von unserem Hof, meinem Geburtsort im Böhmerwald, entfernt, liegt noch immer Munition und sonstiges Kriegsmaterial versteckt oder sogar frei herum. Der Ort mit seinem wildwachsenden Buschgestrüpp, die tiefliegende Mulde, war und ist mir auch jetzt wieder unheimlich.

Trotz wiederholter Warnungen, auch von unserem Knecht, ziehen die beiden jungen Burschen alleine los – eigentlich sind es ja noch Kinder.

Franz brummelt wegen der ›kleinlichen Haltung‹ unserer Mutter und schmollt noch eine Weile. Ich schließe mich heldenhaft dem Verhalten meines Bruders an!

Im Bewusstsein der Rückblende erscheint mir diese Reaktion fast ein wenig kindlich. Na ja … …

Franz und Mutter gehen wieder ins Haus. Ich will noch etwas draußen bleiben. Irgendwo im Dorf bellt ein Hund. *Rigo*, unser Hofhund hebt kurz den Kopf an, reagiert aber nicht weiter darauf.

Ich sitze auf meinem kleinen Hocker und döse so vor mich hin. Auf jeden Fall will ich noch eine Weile warten, auf was denn? Auf die beiden Jungs natürlich.

Ein Knall, ein Donnerschlag – verwirrt springe ich auf. ›Müssen wir wieder in den Keller?‹ … Quatsch, aber, was ist genau und im Einzelnen passiert?

Mein Blick geht in Richtung ›Babenzer‹, von dort kam der Knall.

Haben Walter und sein Freund etwa die Bombe gefunden und versehentlich gezündet? Oder war es nur eine Handgranate?

»Hoffentlich haben sie das Ding rechtzeitig und weit genug weggeworfen«, meint Franz, der plötzlich neben mir steht. Seine Bemerkung klingt cool, fast zu ruhig.

Auch Mutter und der Knecht sind wieder da. Wir warten, lauschen. Die unerwartete Stille macht mir wieder Angst, wie ursprünglich, wie damals schon ...

Jetzt sind Stimmen zu hören. Das müssen sie sein.

Die Spannung löst sich. Nur *Rigo* ist noch unruhig. Er schnüffelt intensiv in die Richtung, aus der nun auch unterschiedliche Laufgeräusche zu hören sind.

Mit schrillem, lauten Gekreische springen plötzlich zwei Jungs übers Gatter in den Hof – es sind Walter und sein Freund. Walter geht hüpfend noch ein paar Schritte auf den Schafbock zu. Er wirkt aufgedreht, wie eine Spielzeugfigur.

Der Schafbock nimmt jetzt Kampfstellung ein. Walter versucht, ihn zu reizen. Herausfordernd ruft, nein, schreit er ihm hysterisch entgegen: »Bockl-määh ... , määh ... «

Sein Freund, kreidebleich im Gesicht, zittert vor Angst. Er steht kurz vor dem Zusammenbruch.

Offensichtlich Beifall erwartend, dreht Walter sich ein wenig zur Seite, in unsere Richtung.

Nein, er hat sich keine Gesichtsmaske aufgesetzt. Er will uns nur erschrecken! ›Oh mein Gott, ... nein!‹

Blut läuft in breiten Streifen über Walter's Stirn. Auch sein Gesicht ist jetzt blutverschmiert!

Der Schafbock steht noch wie angewurzelt. Ahnt das Tier, dass die kein Spiel ist, sondern ›blutiger‹ Ernst?!

»Die beiden Verletzten müssen sofort zum Arzt, vielleicht sogar ins Krankenhaus«, meint Mutter. »Wir sollten schon einmal die Kutsche bereitstellen!« Der Knecht nickt und trifft sofort die notwendigen Vorbereitungen.

Auch Vater ist jetzt eingetroffen. Ohne weitere Verzögerung werden die beiden verletzten Buben zur Kutsche gebracht. Das Pferd ist schon eingespannt. Diesmal darf Franz als Begleiter mit dabei sein. Gut so!

Ich meine, da muss ich nicht mehr dabei sein.

*

Ich bin wieder zurück, bei Toni, meinem neuen Bekannten, und seiner Schwester, beide etwas jünger als ich. Sie leisten mir hier in Bayern sozusagen Gesellschaft, vorzugsweise am Abend.

Toni ist sehr konservativ, spielt ein Instrument, die Zither mit beachtlichem Können. Zwei besinnliche Abende hinterlassen einen bleibenden Eindruck.

Im Gegensatz zu ihm ist das Mädchen, seine etwas ältere Schwester, eher ziemlich rebellisch, eigenwillig, schwierig. Ihre Eltern fürchten sogar, dass sie in naher Zukunft in die linke Szene ›abrutschen‹ könnte – in eine politische Richtung, die für diese Region und in dieser Zeit absolut ungewöhnlich ist. Wir sind schließlich in Bayern!

Volkstrauertag. Der junge Mann will unbedingt an der Gedenkfeier teilnehmen, obwohl der angekündigte Ablauf nicht so recht seine Zustimmung findet. Während in anderen Ländern in solchen oder ähnlichen Anlässen vor allem der eigenen Toten der beiden Weltkriege gedacht wird, geht der gezielte und gesteuerte Trend in diesem kleinen bayrischen Städtchen in eine von der Tradition abweichende Richtung: Es soll neuerdings allgemein der Toten, auch in den anderen Ländern, gedacht werden, nicht so sehr der eigenen Opfer der vergangenen Kriege. Toni scheut sich nicht, diesen für ihn befremdlichen Trend auch offen anzuprangern.

»Es gibt bei uns den Totensonntag, an dem man allgemein der Toten in den Familien oder nahestehenden Bekannten gedenken kann. Aber der Volkstrauertag geht in eine spezielle Richtung. Es soll an die gefallenen Soldaten und an die unfreiwillig gestorbenen Opfer der Kriege erinnern. Wir gedenken unserer Kriegstoten mit demselben Recht wie die Menschen der anderen betroffenen Länder das ihrerseits tun.«

Der junge Mann wirkt ernst, sein kurzer Vortrag ist nicht gekünstelt. Seine Schwester springt auf, setzt offensichtlich zu einer Gegenrede an. Aber ihr Bruder scheint zu wissen, was kommt. Energisch tippt er ihr mit dem Zeigefinger gegen die Schulter, kommt ihr zuvor.

»Schweig, ich bin mir sicher, dass unser Gast dein linkes Geschwafel nicht hören will.«

Sie winkt ab, folgt aber seiner Anweisung und belässt es bei einem höhnischen Grinsen.

Ich weiß nicht so recht, wie ich mich verhalten soll. Aber urplötzlich ist da diese Idee, zunächst lückenhaft, dann immer klarer.

Nach einigen Minuten frage ich meinen Bekannten fast nebenbei: »Du spielst doch auch Mundharmonika?«

»Ja, aber nicht besonders gut. Es liegt eigentlich nicht so sehr am Instrument – es ist ein klangstarkes Markengerät – sondern an meinem mangelnden Interesse. Ich will mich nicht allzu sehr verzetteln. Aber, warum?«

»Kannst du mir dein Instrument für heute leihen?«

»Ja, aber kannst du denn spielen?«

»Ich bin etwas aus der Übung und möchte es im Freien wieder einmal ausprobieren. Gleich jetzt!«

»Dann begleitest du uns nicht zur Gedenkfeier? Schade.«

»Ich weiß noch nicht!«

Die Gedenkfeier zum Volkstrauertag hat schon begonnen. Ich habe es nicht mehr rechtzeitig geschafft. Aber, eigentlich wollte ich auch gar nicht mehr pünktlich anwesend sein. Diese neue Idee, gerade erst wenige Stunden alt, hält mich geradezu gefangen, lässt mich nicht mehr los.

Langsam, dem Ort und dem Ereignis angemessen, nähere ich mich der zum Gedenken versammelten Menschen. Niemand scheint mich zu bemerken. Das ist auch nicht verwunderlich, denn ich habe einen schmalen Trampelpfad ausgemacht, der direkt zu einer angrenzenden dichten Hecke führt. Ich bin relativ dicht dran am Geschehen, ohne entdeckt zu werden, was ich auch gar nicht will. Durch ein kleines Loch im Heckengeflecht kann ich den Ablauf der Feier aber selbst gut verfolgen.

Auch Toni und seine Mutter sind natürlich anwesend. Wo ist das zugehörige Mädchen, die Schwester bzw. die Tochter? Egal ...

Mehrere kurze Reden werden geschwungen. Zwei Soldaten der Bundeswehr legen einen Kranz nieder. Auch Vertreter anderer Länder schließen sich mit Kranzniederlegungen an. Die Feier läuft offensichtlich im üblichen Rahmen ab. Nein, nicht ganz ... !

Toni hat offensichtlich recht. Die gefallenen Soldaten stehen nicht mehr im Vordergrund. Das wird ihm irgendwie wehtun. Sein Vater ist im Krieg gefallen.

Ich bin gespannt, warte auf das Ende der Feier, auf den besinnlichen oder auch bewegenden Schlussakt.

Stattdessen beginnt sich jetzt die Veranstaltung – sorry ... – fast fließend aufzulösen.

›Nein, Ricky, trau dich!‹ Gut, o.k!

Die Mundharmonika habe ich bereits in der Hand. Mit gespitzten Lippen – um dem Ton oder Klang einer Trompete nahezukommen – will ich eigenmächtig das Ende der Feier abrunden.

›Ich hat' einen Kameraden, keinen Besseren findst du nicht ... ... ‹

Die Leute bleiben stehen. Sie kennen das Lied, es ist ihnen vertraut. Beim Gedenken im vorigen Jahr wurde es nicht mehr gespielt, zum Bedauern der traditionsbewussten Dorfbewohner. Aber, ist die Feier denn noch nicht zu Ende?

Die meisten Männer nehmen jetzt ihre Hüte ab, verharren traditionsgemäß im stillen Gedenken.

Obwohl ich mich auf das Abspielen des Liedes konzentriere, läuft auch mir ein leichter Schauer über den Rücken.

Mich fröstelt. Das Schicksal der ›unfreiwilligen Helden‹ am Engpass bei der Konfrontation mit den russischen Panzern taucht kurz auf – aber eine weitere direkte Teilnahme an irgendeinem Kriegsgeschehen – sozusagen als stiller Beobachter – das bleibt mir erspart.

Allerdings tauchen einige Bilder wieder vor meinem geistigen Auge auf:

Wieder – wie schon etliche Jahre zuvor, als Panzer durch unser Heimatdorf rollten, stelle ich mir vor, wie es den jungen Burschen von gerade einmal 16 oder 17 Jahren wohl ergangen sein mag, wenn sie sich solchen Ungetümen entgegengestellt haben – zusätzlich noch bedroht von sichernden feindlichen Infanteriesoldaten.

Vielleicht haben sie im Inferno noch an die Mutter, an die Familie gedacht. Oder sie haben gebetet, den Finger am Abzug, die Angst im Nacken, das Grauen vor Augen!? Wie konnten sie das nur aushalten?

Junge Burschen, fast noch Kinder, stehen an der Flak, liegen hinter Panzersperren. Ich sehe unscheinbare ›Milchgesichter‹, die sich hinters gerade freigewordene MG werfen, um eine Lücke wieder zu schließen.

War Ihnen die Sinnlosigkeit dieser Einsätze kurz vor Kriegsende bewusst?

Viele von ihnen, die jung gefallen sind, hatten noch gar nicht richtig gelebt. Sie sind gestorben für eine Zukunft, die sie selbst nicht mehr erleben konnten.

Beim Volkstrauertag im nächsten Jahr will ich wieder für sie beten – aber nein, das wird wohl nicht mehr möglich sein!

Immer leiser werdend verklingt der letzte Ton. Ich möchte jetzt keinen Kommentar abgeben. Langsam wende ich mich um, entferne mich mit ruhigem Schritt und ... Tritt ... – Nein, das Lied war nicht für mich bestimmt.

Wie mir Toni am nächsten Tag, fast nebenbei berichtet, wird der krönende Abschluss der Feier von der Dorfbevölkerung als gelungen gewertet. Man glaubt, die Liedaktion wurde bewusst und gekonnt inszeniert und ist dankbar, dass die Rituale und Gefühle der Bevölkerung, noch oder wieder, respektiert werden.

Bei der Rückgabe der Mundharmonika umarmt mich Toni. Aber mit keinem Wort stellt er weitere Fragen. Vielleicht glaubt er, dass auch in meiner Familie mehr oder weniger die Folgen des Krieges zu verarbeiten sind?

Seine Schwester sieht das ganz anders: »Unfassbar – da habe ich geglaubt, es ist vorbei. Jetzt greifen sie wieder die alten Rituale und vor allem die alte ›Soldatenhymne‹ auf. Gut, dass ich nicht dabei war.« Hm, es gibt schlimmere Streitpunkte innerhalb einer Verwandtschaft!

Das Thema scheint noch nicht abgeschlossen zu sein. Ein späteres Ereignis schließt sich nahtlos an.

*

Mein Mitfahrer nimmt hastig seinen Platz auf dem Beifahrersitz in meinem Auto ein. Ein schmales Pflaster ziert seine Stirn. Etwas Blut schimmert hindurch.

»Oh je, was ist Ihnen denn heute schon so am frühen Morgen passiert?«

Noch bevor ich eine Antwort erhalte wird mir augenblicklich klar, dass sozusagen ein ›Quantensprung‹ stattfindet – eine enorme Zeitspanne zwischen dem bisherigen Rückblenden und dem jetzt folgenden Ereignis. Ich bin in einem neueren, schon relativ späten Lebensabschnitt angekommen. Oder gibt es doch eine bewusst gewählte Verbindung zum gerade abgehandelten Vorfall – oder gerade deswegen?

*

»In unregelmäßigen Abständen donnerten Jagdbomber über unsere Stellungen. Nein, Stellungen im eigentlichen Sinn wurden nicht mehr gehalten. Unser kleiner Frontabschnitt war fortwährend in Bewegung, meist im Rückzug. Fast jeder von uns war der Überzeugung, dass wir chancenlos auf verlorenem Posten standen.

Schließlich wurden wir, eine kleine Gruppe Versprengter, vom Rest unserer noch einigermaßen geordnet kämpfenden Soldaten abgeschnitten. Sie hatten ein größeres Waldstück erreicht und einen teilweisen Rückzug eingeleitet.

Unser kleiner Haufen lag in einem Waldvorsprung am Rande einer fast kreisrunden Lichtung. Die teilweise umgestürzten Bäume boten einigermaßen Schutz, vor allem Sichtschutz.

Immer wieder rasten gezielt feuernde, feindliche Jagdflugzeuge über unseren Standort hinweg. Es war aussichtslos, das größere freie Gelände auf der Rückseite, das keinerlei Deckung bot, zu überqueren und die Verbindung zum Gros unserer Truppe wieder herzustellen.

Es war uns bald klar, dass wir den Anschluss wohl endgültig verloren hatten.

Die Dämmerung war inzwischen angebrochen. Die Angriffe aus der Luft dauerten immer noch an, wurden aber immer weniger. In welch besonders wichtigen Geländeabschnitt liegen wir eigentlich? Seltsamer Gedanke.

Stille, fast ein wenig irritierend. War es endlich vorbei?

Einer unserer Kameraden betrat nun die Lichtung, um sich genauer umzusehen. Irgendwo, nicht allzu weit von uns entfernt, mussten noch andere Soldaten sein – allerdings wohl keine der Unsrigen. Verhaltene, unkontrollierte Rufe von offensichtlich Verwundeten, waren deutlich zu hören.

»Achtung, noch ein Jagdflugzeug – Lichtung/West!« Zurück in die Deckung!? Zu spät. Der Mann warf sich einfach zu Boden. Ein kurzer Feuerstoß der Bordwaffen nur, dann war die Maschine schon über uns hinweg. Kommt der Jäger noch einmal?

Das Prasseln im Laub der Hecken, der Einschlag der Kugeln in die nahen Bäume ringsum, das sind Geräusche – ach was, das ist Lärm, den man nie mehr vergessen kann.

... Und dann, wieder diese beklemmende Stille!

»Komm endlich hierher zurück in die Deckung, vielleicht ist es noch nicht vorbei!«

Ja, was soll ich sagen: Für den noch ziemlich jungen Mann war es vorbei, er war tot. Ein Soldat, vor wenigen Augenblicken noch einigermaßen gesund und intakt, lag vor uns, das Gesicht seitlich zerfetzt, schrecklich entstellt. Von einer Sekunde zur anderen vollzog sich dieses Drama. Er war erst vor wenigen Wochen eingezogen worden.

›Er starb den Heldentod‹, hat man wohl seiner Mutter, seinen Angehörigen mitgeteilt. Gut, dass seine Mutter ihn so nicht mehr gesehen hat.«

Erstmals macht mein Mitfahrer jetzt eine Pause. Ich habe nur zugehört, ihn nicht unterbrochen, obwohl ich doch einige Zwischenfragen auf der Zunge hätte. Geduldig warte ich auf die Fortsetzung der ungewöhnlichen Geschichte. Noch nie hat ein ehemaliger Soldat so direkt und emotional über ein eigenes, konkretes Erlebnis im Krieg erzählt – jedenfalls nicht in meinem Beisein.

»Als die Nacht hereinbrach, wussten wir zunächst nicht, was wir tun sollten. Vereinzelt war noch Gewehrfeuer aus wechselnder Entfernung zu hören.

Helles Vollmondlicht durchschien zunehmend die verbliebenen Rauchschwaden. Auch die ersten Sterne erschienen am Himmel, erhellten zusätzlich die Umgebung. Idylle oder Alptraum?

Unsere beiden schwerverwundeten Kameraden konnten sich nicht mehr zurückhalten. Sie stöhnten, einer begann zu beten.

»Wir müssen dein verletztes Bein abbinden, sonst verblutest du«, bemerkte unser Spaßmacher flüsternd mit ernster Stimme.

»Warum sprichst du so leise? Es ist doch egal, ob wir von Freund oder Feind entdeckt werden. Wenn nicht bald Hilfe kommt, sind wir verloren, zumindest wir beiden Verletzten.«

Umständlich und fast mit letzter Kraft griff der Schwerverletzte in einen kleinen, schmalen Rucksack, den er immer bei sich trug. Plötzlich kam ein kleiner Gegenstand zum Vorschein. Ein Buch?

Langsam faltete er das Gebilde auseinander. Mit fast schon gebrochener Stimme hauchte er: »Das ist eine kleine Mini-Ziehharmonika.

Sie wurde von meinem gefallenen Bruder, der früher, vor dem Krieg, teilweise als Hobbyclown gearbeitet hatte, zurückgelassen.« Nach einer kurzen Pause:

»Bert, du kannst das Instrument doch spielen? Ich vertraue es dir an. Nein ich schenke es dir!«

Ich schüttelte verneinend mit dem Kopf: »Leider, nein!«

Der Kamerad mit der teilweise zerfetzten Schulter griff mit dem anderen, unverletzten Arm nach dem Instrument: »Ich kann!«

Mit der scheinbar leblos verkrampften Hand klemmte er eine Seite der kleinen Ziehharmonika ein, mit der anderen Hand begann er gekonnt das Instrument zu bewegen.

In der Stille der Nacht waren jetzt plötzlich wieder Stimmen zu hören. Deutsche? Nein, englische oder amerikanische. Die Entfernung könnte täuschen. Zweihundert … , dreihundert Meter?

Es spielte keine große Rolle mehr. Die ersten Töne erklangen – noch etwas zögernd, dann immer klarer, lauter.

Zunächst Schnulzenlieder, aus gegebenem Anlass fast mit Hingebung vorgetragen, zauberten Tränen in die Augen des Schwerstverletzten.

›Nun ade, du mein lieb Heimatland … , usw., usw.‹

Alle sangen oder summten mit – so laut, dass der Feind wahrscheinlich mithören konnte. Egal, es war nicht mehr wichtig. Die Szene, der Ablauf waren unbeschreiblich, ergreifend und unvergesslich.

Das Instrument, die kleine Ziehharmonika, wurde mir anschließend wieder übergeben oder anvertraut. Ich habe mir damals geschworen, das Instrument aufzubewahren und in Ehre zu halten.«

*

Er ist wohl am Ende seiner Geschichte angelangt.

Gott sei Dank.

Ich wurde nicht als Unbeteiligter oder direkter Beobachter in das Geschehen sozusagen eingeschleust – wie schon das eine oder andere Mal geschehen.

»Wir sind gleich da«, meint jetzt mein Mitfahrer, der die ganze Geschichte ohne große Unterbrechung – fast in einer Art Trance – erzählt hat. Schade, gerne hätte ich noch mehr erfahren.

»Und was hat das mit Ihrer Verletzung am Kopf zu tun?« Endlich, oder leider, komme ich jetzt auch zu Wort.

»Wissen Sie, Ricky – so darf ich Sie doch nennen – Frauen in meinem Alter haben für solche dramatischen Ereignisse mit manchmal nachhaltigen Folgen wenig Verständnis. Auch sie haben zum großen Teil den Krieg miterlebt, aber meistens in einer anderen Form oder Art und Weise.

Meine Gattin wollte endlich, wie sie sich ausdrückte, einige der letzten ›Überbleibsel‹ aus dieser unseligen Zeit beseitigen. Beim Großreinemachen ist sie auf das kleine Musikinstrument gestoßen und hat es kurzerhand in den Mülleimer geworfen.

Ich war schon spät dran, die Zeit für die ›Rettungsaktion‹ leider nur begrenzt. Ziemlich hastig habe ich die Ziehharmonika geborgen, um sie noch rechtzeitig auf einem kleinen Vorsprung über der Garagenmauer vorübergehend zu deponieren. Dabei habe ich mich am offenen Tor festgehalten. Das Tor hat sich bewegt und ich bin mit der Stirn dagegen gestoßen. Na ja!

Die inzwischen angekommenen Müllmänner haben mich mit einem Pflaster notversorgt. Sie waren neugierig und ahnten, dass etwas Ungewöhnliches dahinterstecken würde. Aber ich konnte, nein, ich wollte ihnen nicht weiterhelfen. Es war schließlich kein Ereignis, das man so einfach ›rumerzählen kann.‹«

Selten habe ich einem Menschen so lange zugehört, ohne ihn zu unterbrechen. Eigentlich hätte ich noch gerne erfahren, wie die ganze Geschichte von damals ausgegangen ist.

Er selbst sei sehr überrascht, denn noch nie habe er bisher über das Ereignis in dieser Ausführlichkeit erzählt, meint er noch. Auch nicht seiner Gattin!

Vielleicht hätte seine Gattin anders gehandelt, wenn sie die gerade geschilderten Einzelheiten kennen würde.

Aber, entgegen manch anderslautenden Aussagen muss ich wiederholt feststellen, dass ehemalige Soldaten der letzten großen Kriege relativ wenig über ihre Erlebnisse berichten und erzählen – am wenigsten über brutale Ereignisse unmittelbar an der Front ... , und die muss es ja massenhaft gegeben haben. Schließlich wurden die Kämpfe über mehrere Jahre hinweg geführt – größtenteils mit unerbittlicher Härte.

Auch mein Onkel Hans, der Spätheimkehrer hat nie über seinen Einsatz im Krieg erzählt, auch keine Einzelheiten über die nicht ungefährliche Zeit im Gefangenenlager in Frankreich. Lediglich seine geglückte Flucht und ein paar wenige berührende Momente auf dem Weg in die Freiheit, wurden beim ersten Treffen nach seiner Ankunft bei den Verwandten erwähnt – fast nebensächlich.

Erst lange nach Kriegsende wurde einem jungen britischen Exsoldaten ein Brief seiner Mutter übergeben – ursprünglich zurückbehalten, um dem Feind gegenüber kein ›falsches‹ Mitgefühl, keine Rücksicht, aufkommen zu lassen.

»Jonathan, ... wie schlimm es auch immer wird, bleibe immer einigermaßen anständig und fair. Denke daran, dass auch auf der Gegenseite Mütter auf die Rückkehr ihrer Söhne warten!«

Dieser Satz könnte auch von meiner Mutter stammen. Auch sie hatte schon einmal in der weiter zurückliegenden Vergangenheit diesen Satz ausgesprochen.

Verständlich diese Haltung vieler Mütter auf beiden Seiten, vielleicht auch, weil sie insgeheim hoffen, dass auch der Gegner in einer Situation auf Leben und Tod einmal großzügig Gnade walten lassen könnte.

Wenn die Söhne im Krieg fallen, sind sie für die Väter meistens Helden. Sie sind für das Vaterland gefallen. Das ist ihr Trost.

Für die Mütter ist es meistens eine Katastrophe und nur ein schwacher Trost. In der Kindheit, oft bis in die frühe und späte Jugendzeit, haben sie ihre Söhne betreut – in wenigen Sekunden, Minuten oder sonstigen kurzen Zeitabläufen kann alles vorbei sein – nicht selten unter grausamen Umständen. Ja, sie weinen oft noch nach Jahren ...

Aber, warum befasse ich mich eigentlich so intensiv mit dem Thema, insbesondere am Volkstrauertag?

... Weil im Krieg das Sterben im großen Umfang, in engen Zeit – und Ortsabschnitten, abläuft – besonders oft unter besonders unvorstellbaren Ereignisabläufen.

Wir sind inzwischen am Zielort angekommen. Mein Mitfahrer bleibt zunächst noch unschlüssig sitzen. Er will offensichtlich noch ein paar ergänzende Worte sagen. Er tut es dann auch.

»Wissen Sie Ricky, es ist zu erwarten, dass Sie und ihre Generation wohl vom Krieg verschont bleiben werden. Ich sollte aber besser sagen: Es ist zu hoffen ... , denn: Manchmal ändert sich die Lage innerhalb kurzer Zeit und schon ist man wieder mittendrin im Schlamassel.«

Nach einer kurzen Pause meint er abschließend:

»Es ist gut, dass heute vor allem die jungen Leute gegen den Krieg auch in weit entfernten Ländern demonstrieren.

Was die vergangenen Kriege betrifft, so kann ich nicht gutheißen, dass Auszeichnungen und Ehrenabzeichen bei solchen Anlässen – vor allem bei uns – in unwürdiger Weise geschmäht werden. Nicht selten wurden sie situationsbedingt auch für den besonderen Einsatz zum Schutz der eigenen Kameraden erworben und nicht etwa aus reiner Geltungssucht. Dafür ist der mögliche Preis zu hoch.

Diese wichtigtuerische Geltungssucht würde ich schon eher bei so manchem zeitgeistorientierten, aggressiven ›Friedenskämpfer‹ vermuten.

Noch eine Anmerkung zum Schluss: Ricky, wenn Sie anderer Meinung sind, dann ist es auch o.k, denn die Gedanken sind frei.

Aber jetzt ist endgültig Schluss! Diese Zeit ist vorbei. Hoffentlich endgültig.«

Bevor ich selbst noch einen Kommentar abgeben kann ist er schon ausgestiegen.

*

Ich hoffe, dass die Auswahl von dramatischen Ereignissen – das sind nun einmal meistens solche aus irgendeinem Krieg oder Abläufe von schweren Unfällen im Alltag – endlich erschöpft und daher vorbei sind. Mein Bedarf ist gedeckt.

Leider kann ich es kaum beeinflussen.

Allmählich irritiert mich auch die Feststellung, dass bisher keine Einblenden aus meinem späteren Leben erfolgt sind. Kaum welche über die Familie, die späteren Ereignisse im und um das Berufsleben, über die jetzigen Bekannten etc …

Vielleicht, weil es relativ normal, zu undramatisch verlaufen ist? Weil es auch positiv zu bewerten ist, wenn möglichst wenig Außergewöhnliches, weil zumeist Negatives eingeblendet wird? Oder sind die Rückblenden gar nicht als eine fortlaufende Dokumentation zu verstehen, sondern als Wiederholungsstreifen besonders emotionaler Ereignisse zum damaligen, realen Zeitpunkt des Geschehens? Das könnte zutreffen, denn nicht alle Vorkommnisse haben für mich heute noch dieselbe Bedeutung wie ursprünglich. Aber, deshalb sind sie nicht unbedingt weniger wichtig.

*

Jetzt bin ich überrascht. Folgt etwa eine neue Welle von Erlebnissen mit Ereignissen aus der Kindheit?

Nein, aber es beginnt noch einmal mit dem Jahr 1954, mit dem Jahr, in dem Deutschland die Weltmeisterschaft im Fußball gewonnen hat. Ganze Spielabläufe, viele Einzelheiten um dieses bedeutende Geschehen sind mir immer noch im Gedächtnis. Da bedarf es keiner Rückblende. Ja, ich kann heute noch die einzelnen deutschen Spieler aufzählen, die damals die Sensation geschafft haben – seltsamerweise auch namentlich eine relativ große Anzahl der top-favorisierten ungarischen Mannschaft. Manchmal habe ich auch heute noch Mitleid mit den Verlierern.

Hier gibt es also nicht sehr Vieles aufzufrischen.

Das ist auch nicht der Fall, wie ich schnell bemerke. Aber, das Thema wird nicht gewechselt.

Der Schwenk reicht direkt bis ins Jahr 1974. Deutschland wird wieder Weltmeister – und jetzt bin ich wieder dabei.

Aufreger für mich ist nicht so sehr der fragwürdige Elfmeter – herausgeholt von Hölzenbein – sondern das nicht gewertete Tor unseres Torjägers Gerd Müller bereits in der 1.Halbzeit. Abseits!? Niemals! Ich wette um jeden Preis, dass es ein korrektes Tor ist! Müller protestiert nur verhalten und vergeblich gegen die Entscheidung des Schiedsrichters. Die Aufzeichnung der Szene ist nicht beweiskräftig – der Aufnahmewinkel ist ungünstig. Es würde auch nichts mehr nützen. Entscheidungen des Schiedsrichters werden nachträglich nicht mehr korrigiert. Vielleicht kann man später einmal durch verfeinerte Berechnungen der Aufnahmen den Irrtum aufklären. Aber das ist dann wohl nicht mehr so wichtig, denn Deutschland gewinnt. Ärgerlich – Gerd Müller wurde ein Tor weggenommen, das ist nur noch etwas für die Statistik – immerhin!

Noch immer kein Themawechsel. Es ist das Jahr 1990! Wieder heißt der Fußballweltmeister Deutschland!

Auch jetzt bin ich wieder vor Ort – aber nur unregelmäßig, phasenweise. Was soll das bedeuten?

Nein, um Gottes willen ...

Überall in unserem Land wird das sportliche Großereignis gefeiert. Nicht nur in den großen Städten, nein, auch in ländlichen Gegenden werden Autokorsos gebildet und fahren jubelnd, meistens mit niedrigem Tempo, durch Städte und Dörfer – seltener in die Außenbezirke oder aufs freie Land.

Ja, meistens Fahnen und Fähnchen schwenkend und mit geringer Geschwindigkeit innerhalb der Städte und Ortschaften.

Aber Ausnahmen bestätigen die Regel, wie man sagt. Im anstehenden Fall nicht!

Hier wird die Regel nicht bestätigt, führt die Ausnahme sogar in die Katastrophe!?

Das Auto, vollbesetzt mit jungen Leuten, fährt zügig, nein, relativ schnell, über die Landstraße. Die gute Laune überträgt sich auch auf den jungen Fahrer. Er fährt offensichtlich schneller und unbekümmerter als er sollte. Die nächste Kurve ist schon da, wie aus dem Nichts! Mein Gott! Spätestens jetzt müssten die Alarmglocken läuten, schrill und laut ... !

Das Tempo ist viel zu hoch. Der junge Fahrer kann damit nicht umgehen. Er verreißt das Steuer ...

Der Knall ist ohrenbetäubend, die darauf folgende Stille geradezu beängstigend.

Meine Gattin und ich kennen einen der jungen Männer. Wir hatten seine Familie wenige Jahre zuvor besucht. Die Frauen kennen sich noch aus der frühen Kinderzeit. Sie sind immer noch Freundinnen.

Alle Jungs dieser Familie sind selbst begeisterte Fußballer. Es ist daher keineswegs beunruhigend, dass einer von ihnen mit Kumpels noch bis tief in die Nacht feiernd unterwegs ist, während seine beiden Brüder bereits, ›des vielen Jubelns müde‹, in ihre Betten fallen.

›Morgenstund hat Gold im Mund‹, sagt ein Sprichwort. Man weiß, was damit ausgedrückt werden soll.

Aber ...

›Morgenrot bringt (manchmal) den frühen Tod!‹ Wie ist diese Aussage einzuordnen? Soldaten – im Krieg permanent den Tod vor Augen – sollen diesen Satz geprägt haben. So weit, so gut.

Aber ...

Wir sind nicht im Krieg. Am Tag zuvor ist Deutschland Fußballweltmeister geworden. Kaiser Franz und seine Mannen haben die Trophäe in friedlichem Wettkampf gewonnen. Auch gut, oder noch besser.

Der Tag danach, früh am Morgen. Die Sonne hält sich noch bedeckt – fast wieder der normale Alltag.

Es klingelt an der Haustür unserer sportbegeisterten, befreundeten Familie. Der Zusteller der Tageszeitung? Nein!

Die Nachbarin steht vor der Tür. Sie macht einen verstörten Eindruck. Etwas zögerlich und umständlich formuliert sie die Frage, die ihr auf den Nägeln brennt: »Sind eure Jungs alle nach Hause gekommen?«

Keine Antwort, nur beklemmende Stille. Haben Mütter einen besonderen Instinkt?

»Einer fehlt, der feiert sicherlich noch mit seinen Kumpels in unserem Vereinslokal, oder sonst wo … , aber warum ist das so wichtig?« Der Junge, der unerwartet vom Balkon her die kurze Zwischenfrage stellt, sollte ursprünglich auch noch am kleinen Ausflug ins Freie teilnehmen. Er hat jedoch kurzfristig darauf verzichtet.

»Etwas Furchtbares soll passiert sein. Ein Autounfall mit einem oder gar zwei Toten. Ich muss zurück. Vielleicht kann ich noch Genaueres erfahren.« Die Nachbarin verlässt überhastet und fluchtartig den Platz vor dem Haus.

›Um Gottes Willen … !‹ Ich ahne, nein ich weiß, was passiert ist.

Die folgenden Sekunden, nein Minuten, sind unvorstellbar und können Angehörige und enge Freunde geradezu traumatisieren. Minuten der Unsicherheit – was soll man in diesem Augenblick tun? Erkundigungen einziehen! Anrufen. Aber wo zuerst?

Die Frau und Mutter hat bisher keinen Ton von sich gegeben. Sie ist kreidebleich, ihr wird speiübel.

›Mein Gott!‹

Das Schicksal ist gnadenlos. Die Ungewissheit wird in diesem Fall ohne weitere, größere Verzögerung beseitigt.

Das Polizeiauto hält im Abstand eines Steinwurfs an. Zwei Beamte steigen aus und nähern sich mit ruhigen Schritten. Oder ist es eher eine gewisse Unsicherheit?

Einer der Beamten ist allen Anwesenden bekannt. Sein Gesichtsausdruck sagt alles! Nein, geweint hat er sicherlich nicht, das wäre eine übertriebene Auslegung.

Manchmal kann das Schicksal grauenhaft sein. Einen Augenblick lang fällt mir wieder die Diskussionsrunde damals im Gymnasium ein mit dem Thema: ›Gibt es Gott?‹

Es ist nämlich noch nicht genug. Ein paar Jahre nach diesem tragischen, tödlichen Unfall trifft die Familie ein neuer Schlag: Der Zwillingsbruder des Unfallopfers erkrankt schwer an Krebs.

Für ihn ist es gut ausgegangen. Was für ein Glück! Oder wenigstens ein kleiner Trost!? Weitere Ausführungen hierzu sind überflüssig.

*

Nur wenige Jahre später ...

Haben die Frauen, also die Mütter, einen gemeinsamen Termin bei verschiedenen Ärzten in der Universitätsklinik vereinbart – nicht zuletzt auch, um sich wiederzusehen oder zu besprechen?

Die Mutter mit dem krebserkrankten Sohn nimmt gerade einen Termin in der hiesigen Universitätsklinik wahr. Meine Gattin hat mit unserem Sohn ebenfalls einen Termin in einer anderen Abteilung. Ein Zufall?

Die beiden Fälle sind nicht zu vergleichen, aber eine gewisse Unruhe ist latent vorhanden.

Für meine Familie und mich ist der kleine Unfall unseres Sohnes und die seit einiger Zeit andauernde Behandlung äußerst beunruhigend. Warum?

Eine zunächst scheinbar unproblematische Verletzung der Fingerkuppe des Ringfingers – beim Spiel im Freien ist ein mittelgroßer Stein draufgefallen – die vergebliche Heilbehandlung eines Spezialisten haben dazu geführt, dass am Nagelbett des Fingers herumoperiert wurde.

Die ganze Familie wartet jetzt in der Klinik auf ein Signal der Entwarnung durch den behandelnden Arzt.

Wir werden ins Sprechzimmer gerufen. Es ist nicht so sehr der Anblick unseres Sohnes, der krampfhaft eine künstliche Gelassenheit zur Schau trägt. Nein, die Körperhaltung, die Augen, der seltsam unsicher erscheinende Blick des Arztes lassen den Alarmpegel hochschnellen.

Der Verband ist noch weg. Was ich sehe, kann ich nicht so recht einordnen. Die Fingerkuppe ist aufgedunsen. Bilde ich mir das nur ein, oder riecht es schon nach faulendem Fleisch?

Der Arzt versucht zu beruhigen.

»Es ist nicht ganz so schlimm wie es aussieht, aber wir müssen die weitere Entwicklung im Auge behalten.« Er strahlt jetzt plötzlich wieder eine gewisse Ruhe und Gelassenheit aus.

›Witzbold‹, hätte ich einem Laien gegenüber respektlos bemerkt. Aber hier ist das wohl nicht angebracht.

Eine neue Heilkreme? Wir winken ab. Die bisher empfohlenen Mittel haben wir bereits vergeblich angewandt.

Nur zwei Tage später fahren wir, die ganze Familie, in Urlaub – wieder einmal nach Bayern.

Zunächst nur bruchstückhaft, dann konzentriert neugierig warte ich auf die Wiedergabe der Ereignisse.

Manchmal fragt man sich, schon im Vorfeld: ›Was haben wir nur verbrochen, dass uns das Schicksal derart ›beutelt‹?‹ Es ist gut, Im Nachhinein zu wissen: Es hätte weitaus schlimmer kommen können. Gott sei Dank, wenn dem so ist.

Meine Gattin und ich warten auf dem Reiterhof auf die Rückkehr unserer Tochter. Sie ist ausgeritten, zusammen mit einer Gruppe von mehr oder weniger erfahrenen Hobbyreitern.

Plötzlich – zunächst undeutlich, unregelmäßig, dann immer lauter werdend, schließlich ganz deutlich auszumachen: Pferdegetrappel.

Ein kleiner Teil dieser Gruppe kommt zurück. Vorzeitig. Das war nicht geplant.

Was ist passiert?

Es muss etwas passiert sein. Sicher nicht nur eine Kleinigkeit. Die Atmosphäre ist bedrückend. Mein natürlicher Instinkt meldet sich warnend.

Ich eile auf den Hof – zunächst etwas hektisch, dann verlangsamt sich der Schritt.

Jetzt biegen die Reiter um die Ecke, lenken ihre Pferde in den Hof. Sicher nur ein Zufall. Aber die Art und Weise, wie das geschieht, ist irgendwie ungewöhnlich, fast unheimlich. Ein Mädchen scheint zu weinen.

Die Gruppe hält jetzt an. Einen Moment lang tut sich gar nichts. Sekundenlang nur bedrückende Stille.

Der Puls beruhigt sich schlagartig als ich unsere Tochter an der Seite der Vorreiterin ausmache. Es bleibt nur noch die reine Neugierde – zunächst. Aber mein Instinkt gibt noch keine Entwarnung.

Eine Reiterin bemerkt mich. Fast behutsam ergreift sie jetzt die Hand unserer Tochter und führt sie – meine Gattin hat sich inzwischen ebenfalls genähert – in unsere Richtung.

Ein etwas seltsames Gebaren, schließlich ist unsere Tochter kein Kleinkind mehr.

»Sie ist vom Pferd gestürzt«, klärt die Begleiterin ohne weitere Umstände auf. »Ich weiß nicht, ob ein Arzt hinzugezogen werden sollte. Vielleicht könnte diese Untersuchung auch in der nächsten Klinik vorgenommen werden.«

»Na ja, nur keine Übertreibung. Sie kann ja noch gerade laufen. Die kleine Schramme im Gesicht, davon wird sie keine bleibende Narben behalten.« Etwas Besseres fällt mir gerade nicht ein.

»Hallo, tut dir etwas weh?« Jetzt greift auch ihre Mutter ein.

Schweigen, keine Antwort. Die Tochter sieht an uns einfach vorbei.

Schlagartig wird mir die Situation bewusst: Sie ist immer noch nicht ganz da, wie man einen solchen Zustand beschreiben kann. Da braucht man keine medizinischen Kenntnisse.

»Wie ist das passiert?«

Unsere Tochter antwortet immer noch nicht, weshalb die Begleiterin wieder einspringt:

»Ich bin selbst noch ganz geschockt – sorry, nicht nur weil Ihre Tochter gestürzt ist, sondern auch weil unser Paradepferd, der wertvolle Deckhengst gestorben ist.«

»Waas … ?«

Ohne weitere Pause sprudelt es jetzt geradezu aus ihr heraus:

»Ja, in vollem Lauf, mit einem wilden Sprung in die Luft, begleitet von einem ungewohnt fast hysterischen Wiehern, sinkt das Leitpferd anschließend zu Boden. Krampfhaft und verzweifelt versucht das Pferd wieder hochzukommen. Einmal, zweimal, dreimal – Vergebens ... Es stirbt in wenigen Minuten, vor unser aller Augen.«

Nach kurzer Pause ergänzt sie etwas hilflos: »Der Vorreiterin ist nichts passiert. Sie ist noch draußen bei ihm. Ich glaube, sie hat sogar geweint.«

Ich habe das Gefühl, dass die Reiterin nach dieser kurzen Schilderung selbst den Tränen nahe ist.

Jetzt bemerke ich, dass die etwas abseits stehende Gruppe teilweise heftig diskutiert, wenn auch, fast leise, mit stark reduzierter Lautstärke. Die ganze Atmosphäre ist bedrückend ...

Der Hengst, der manchmal – teilweise spielerisch, teilweise mit unbändiger Dynamik – über die Koppel prescht, der eigentlich und normalerweise wegen seines überschäumenden Temperaments nur von der jungen Eigentümerin geritten werden darf oder kann ... , fällt einfach um und stirbt!?

Welch eine Tragik!

»Aber, was hat diese schreckliche Geschichte mit dem Reitunfall unserer Tochter zu tun?« Verständlich meine relativ nüchterne Reaktion – aber die Beantwortung dieser Frage ist für uns, im Moment zumindest, doch wichtiger.

Die Antwort mit erklärender Schilderung folgt prompt:

»Das Verhalten des Hengstes, sein schrilles Wiehern, hat auch einige der nachfolgenden Pferde erschreckt! Sie haben teilweise gescheut, waren kurzzeitig nur schwer zu bändigen.

Im allgemeinen Getümmel ist ihre Tochter dann von ihrem nervösen Pferd abgeworfen worden. Kurz zuvor ist ihr Ross – so nennen wir hier diese Nutztiere – selbst vorne tief eingeknickt. Am vorderen linken Knie ist sogar eine Schürfwunde zu sehen. Nur der reflexartige, energische Ruck am Zügel hat einen Sturz mit drohendem Überschlag verhindert.

Diese vorangegangene Situation war eigentlich weitaus gefährlicher. Insgesamt kann man sogar noch von Glück reden.

Unklar ist, wie es dann doch noch zum Abwurf kam. Zum Glück ist Ihre Tochter nicht unter die Hufe eines der aufgeregt umher tänzelnden Pferde gekommen!«

Ihr Vortrag endet mit einem undefinierbaren Achselzucken.

Das ist gar nicht lustig! Auch ich hatte bereits ein ähnliches Erlebnis beim Ausritt – mit demselben Pferd! Hat vielleicht mein entsprechender Hinweis die Aufmerksamkeit meiner Tochter erhöht und ihre reflexartige Reaktion ausgelöst? Dann könnte man tatsächlich sogar noch von glücklichen Umständen sprechen.

Noch einmal wird mir die Szene vorgeführt. Aber dieses Mal stellt sich bereits in Erwartung des Vorfalls zusätzlich ein leichtes, unangenehmes Kribbeln ein:

Im Leichtgalopp reitet unsere Gruppe einen befestigten Feldweg entlang. Mein Stolperpferd – in den Jahren zuvor immer in bester Verfassung – bewegt sich unruhig, irgendwie unrhythmisch, unrund – oder wie auch immer man seine Gangart beschreiben könnte.

Trotz Kenntnis der nachfolgenden Szene werde ich wieder überrascht. Nacken und Kopf des Pferdes verschwinden urplötzlich aus meinem Blickfeld. Einen kurzen Moment lang schwebe ich scheinbar schwerelos dahin.

Durch die Abwärtsbewegung straffen sich fast automatisch die Zügel. Instinktiv, oder reaktionsschnell, zerre ich sofort zusätzlich an den Zügeln, reiße den Kopf des Reitpferdes nach oben, oder genauer ausgedrückt, nach hinten. In einer scheinbar eleganten, fließenden Wellenbewegung kommt das Reittier vorne wieder hoch, stolpert noch einmal, fängt sich wieder, bleibt dann stehen.

Eine reife Zirkusvorstellung, sollte man meinen. Ich spüre das leise Zittern des Tieres, versuche ein Übergreifen auf mich zu verhindern. Es gelingt sogar einigermaßen.

»Glück gehabt, das hätte schlimm ausgehen können«, meint die nachfolgende Reiterin, nachdem sie zu mir aufgeschlossen hat.

»Ach, du lieber Gott«, ergänzt sie dann mit offenem Mund. »Schau nur, kannst du die Abschürfung sehen? Das Ross hat mit dem linken, vorderen Knie sogar schon den Boden gestreift!«

Ich beuge mich kurz nach vorn und bestätige: »Ja, man kann es sehen. Vielleicht sollte ich ein paar verschärfte Zusatzrunden drehen, damit der ›Gaul‹ wieder in die Reihe kommt!« Klar, das ist eine scherzhafte Beleidigung, aber ich bin noch nicht ganz fertig. »Und was hast du eben gerade noch gemeint? ... Ob ich überhaupt etwas kapiert habe?«

Natürlich. Ich tätschele beruhigend den Hals meines Pferdes. Dabei fällt mir der etwas abgewandelte Spruch aus meiner frühen Jugend ein: »Ein Indianer kennt keinen Schmerz, zeigt nicht seine wahren Gefühle!« Betont lässig und mit entsprechender Körperhaltung setze ich zum Weiterritt an.

Aber, schrittweise wird mir immer bewusster, wie das hätte enden können, schon zuvor bei mir und jetzt auch bei der Tochter.

Endlich taucht auch der Eigentümer des Reiterhofes auf. Er hat bereits telefonisch den Abtransport des toten Pferdes in die Wege geleitet. Das edle Paradepferd ist vorzeitig gegangen. Die ihm zugedachte Rolle oder Aufgabe als Zuchthengst hatte gerade erst begonnen.

Aschfahl im Gesicht, aber ansonsten gefasst, murmelt der Hofbesitzer: »Fast zwanzigtausend Mark sind heute in wenigen Augenblicken vor die Hunde gegangen. Einfach so ... «

Ein etwas seltsam anmutender Kommentar!

»Es war wohl doch ein Fehler, wegen der relativ hohen Prämie, keine entsprechende Versicherung abzuschließen«, fügt er noch ergänzend hinzu. Dann geht er zum separaten Stallanbau, blickt etwas versonnen in die Runde und gesellt sich dann zur wartenden Gruppe der vorzeitigen Rückkehrer.

Wir, meine Gattin und ich, fahren mit unserer Tochter in die Klinik. Sie musste sich, als Folge des Sturzes vom Pferd, nicht erbrechen und scheint wieder o.k. zu sein. Aber sicher ist sicher! Sie sollte noch über Nacht bleiben. Das will sie nicht. Wir können sie am Abend wieder abholen.

In der Zwischenzeit nutzen wir die Gelegenheit für einen ausgedehnten Bummel. Das kleine Städtchen kennen wir bereits sehr gut.

Einem unbestimmten Drang folgend lenke ich meine Schritte in die Richtung einer Apotheke. Aufmerksam studiere ich dort die Auslagen, so als suche ich etwas Bestimmtes. Aber, vielleicht ist es auch so.

Meine Gattin schüttelt nach einiger Zeit den Kopf. Als ich dann auch noch vorschlage, die Apotheke zu betreten, überlegt sie einen Moment lang, begleitet mich dann nach kurzem Zögern.

Zielgerichtet frage ich nach einer schwefelhaltigen Creme auf der Basis von teerähnlichem Material aus schieferhaltigem Gestein.

»Kennen Sie die Namen dieses besonderen Mittels?« Die Apothekerin scheint bereits nachzudenken. Bevor sie noch zu einem Ergebnis gekommen ist, deute ich in ein Seitenregal. »Dort stehen doch solche sogenannten Naturprodukte«, weise ich sie ungeduldig oder gar etwas vorwurfsvoll hin.

Die Verkäuferin wählt ein Päckchen aus, prüft kurz und legt es vor mich hin. »Haben Sie eine Empfehlung, oder kennen Sie sich aus?«, frägt sie scheinbar interessiert. Ihr Gesichtsausdruck verrät: ›Ein Wichtigtuer. Na ja! Viel Schaden kann er mit dem Mittel nicht anrichten!‹

Meine Antwort ist gezielt und frustriert sie: »Nein, aber ich habe erst vor kurzem eine Sendung darüber im Fernsehen gesehen. In unserem Fall geht es zwar nicht um Leben und Tod, aber um den Erhalt eines Fingers und das ist schließlich für den Betroffenen nicht unwichtig.«

»Was sagt denn der Arzt dazu? Und warum wählen denn Sie das Medikament aus – sozusagen aus dem Stegreif – und nicht er?« Sie ist jetzt sichtlich irritiert.

»Der Arzt, oder noch genauer, die Ärzte bekommen es nicht hin. Die Chance für eine Heilung ist bereits sehr gering.« Das ist tatsächlich meine Meinung und nicht nur als kleine Provokation gedacht.

Ein leichter ›Ellbogencheck‹ meiner Gattin bringt mich wieder zur Räson. Hastig legt sie das nötige Geld auf den Tisch. Sie will diese unliebsame Unterhaltung beenden. Es ist mir auch recht, zumal ich den Eindruck gewinne, dass die Verkäuferin verunsichert ist und überlegt, ob sie mir das Mittel – unter diesen Umständen – überhaupt noch verkaufen darf oder sollte.

In unserer Wohnung auf dem Reiterhof angekommen, rufe ich sofort nach unserem Sohn. Mir ist bewusst, dass ich für die Anwendung der neuen Creme eine plausible Erklärung präsentieren muss. ›Nur so eine Idee von mir, seinem Vater … ?‹ Das würde er nicht akzeptieren. Also ist es eine besondere Empfehlung einer Apothekerin …

»Hoffentlich lässt sich dieses pechschwarze Zeug wieder gut entfernen. Besonders vertrauenserweckend sieht das Ganze nicht aus«, murmelt unser Sohn, nachdem ich die Creme dick aufgetragen habe.

Meine Antwort beruhigt ihn nicht: »Ja, es ist eine Mischung aus Pech und Schwefel. Aber, die Fingerkuppe fängt schon an zu faulen. Man kann es fast riechen. Die Ärzte müssen dir den Finger letztendlich noch abschneiden. Was hast du noch zu verlieren?«

Schon wieder ernte ich einen ›Ellbogencheck‹ meiner Gattin. Die Diskussion ist beendet – wenigstens vorerst.

Am Tag danach.

»Wir lassen die Creme noch ein paar Stunden wirken«, erkläre ich. »Wie fühlt sich der Finger unter dem Verband eigentlich an?« Meine Zusatzfrage hört sich bewusst belanglos an.

»Die ersten zwei, drei Stunden nach dem Auftragen hatte ich ein ›Kribbelgefühl‹, oder so etwas ähnliches«, ist seine Antwort. »Aber jetzt merke ich nichts mehr.«

Wie soll man das bewerten?

»Gut, dann warten wir noch eine Nacht ab und nehmen erst am nächsten Morgen den Verband ab. Das wird sehr spannend.«

›Ricky, das ist kein Grund zu scherzen, auch wenn eine sorglose, zuversichtliche Unbekümmertheit vorgetäuscht werden soll‹, ermahne ich mich gedanklich selbst.

Die Stunde der Wahrheit naht. Meine Gattin beginnt, vorsichtig den Verband mit einer Schere aufzuschneiden. Es gelingt zügig. Entgegen unseren Erwartungen löst sich der Verband problemlos. Kein Ankleben, kein wässeriges, unappetitliches Aussehen. Die Creme ist offensichtlich an – oder ausgetrocknet. Schon nach wenigen Berührungen bröckelt die aufgetragene Creme ab.

Die ganze Familie starrt gebannt auf den Finger. Wie ist dieses Experiment ausgegangen? Wie ist das Ergebnis zu bewerten?

Mir ist nicht ganz wohl zumute. Schließlich bin ich für die ganze Aktion verantwortlich.

Trotzdem, oder vielleicht auch gerade deswegen, trage ich eine gewisse Unbekümmertheit zur Schau.

Vorsichtig betaste ich die Fingerkuppe, wieder mit einer eigentlich unnötigen sarkastischen Bemerkung. »Na, hoffentlich fällt nicht gleich der ganze Finger ab.«

Mein Gott, wie sieht das denn aus? Gut oder schlecht? Wie ist das einzuordnen?

Die Fingerkuppe mit Nagelbett und angrenzendem Fingergelenk ist nicht mehr wiederzuerkennen. Sekundenlang angespanntes Schweigen. Unsere Tochter ist kreidebleich im Gesicht. Aber, das sind sicherlich noch die Nachwehen als Folge ihres Reitunfalls.

Das betroffene Fingerglied ist auffallend hell, das gesamte Gewebe scheint entzündungsfrei. Oder ist die blasse Farbe eher ein Zeichen dafür, dass es jetzt abgestorben ist?

Behutsam massiert jetzt unser Sohn seinen Finger. »Das gibt es doch nicht«, meint er erstaunt. »Es fühlt sich wieder ganz normal an und sieht doch auch ganz gut aus.«

»Das riskante Experiment, das unser Vater auf deine Kosten durchgeführt hat, lieber Bruder, ist überraschend gut ausgegangen. Gott sei Dank«, meint unsere Tochter.

›Vielen Dank, liebe Familie, gern geschehen‹, antworte ich bescheiden, wenn auch nur in Gedanken. Na ja, der Einsatz im engeren Umfeld, insbesondere zugunsten der Familie, wird halt oft als selbstverständlich hingenommen. Damit kann ich leben, noch – wie viele andere auch …

*

Ein Schlag, gleisende Lichtkristalle, Blitze ohne nachfolgenden Donner, Schneegestöber. Was kommt jetzt ? Bin ich zu guter Letzt auch noch in einer Lawine gelandet?

Apropos Lawine: Wäre das schlimm? Könnte das vielleicht sogar meine Aufprallwucht dämpfen oder die Aufschlagenergie gleitend und ausreichend verändern – im positiven Sinn?

›Träum weiter, Ricky, solange du noch kannst.‹ Seltsam, welch komische Gedanken sich auch noch in aussichtslosen Situationen einstellen.

Nichtsdestotrotz, irgendetwas hat sich verändert. Vielleicht bin ich schon im Jenseits?

Es wird wieder dunkel. Schemenhaft hebt sich noch einmal der Vorhang.

Ich ahne verschwommen, dass ich noch einmal an eine bestimmte Situation herangeführt werden soll. An einen Vorfall vor etlichen Jahren, an ein Ereignis von hoher Dramatik. Schon damals stand ich an der Schwelle zum Jenseits. Mein Leben hing sprichwörtlich an einem dünnen Faden. Diese Szene läuft tatsächlich noch einmal ab , in einer bestechenden Klarheit.

Ich bin auf dem Weg zum Tennisplatz. Ein Match ist angesagt, unter Freunden, ohne besondere Bedeutung. Ein relativ harter Arbeitstag liegt hinter mir, die Stimmungslage ist gut.

Etwas befremdlich: Nur mit einiger Mühe kann ich eine flüchtige Bekannte absetzen, die in dieselbe Richtung will. »Ich sollte unbedingt ihre neue Wohnung begutachten«, meint sie zunächst fast beiläufig.

Ihre Andeutungen werden deutlicher. Ein Tennismatch soll wichtiger sein als die Besichtigung ihrer Wohnung, insbesondere die Begutachtung ihres Schlafzimmers?

Ich entscheide mich für das Tennismatch. Ihr Blick – eine Mischung aus Verwunderung, Unverständnis, oder sogar ein Hauch von Verachtung.

Verwunderlich, dass diese kleine Nebengeschichte überhaupt in der jetzigen Situation aufgezeigt wird.

Ich verlasse den dicht bewohnten Stadtteil und fahre mit dem Auto auf einer Nebenstraße in freies Gelände. Die Fenster meines Wagens sind geschlossen, obwohl die Abendsonne immer noch grenzwertige Hitze verstrahlt. Aber ich bin leicht erkältet und möchte eine Verschlechterung meines Zustands unbedingt vermeiden, nicht nur wegen des anstehenden Tennisspieles.

Es ist Freitag. Vielleicht will ein Zirkus sein Zelt für verschiedene Veranstaltungen zum Wochenende aufbauen? Oder brechen sie ihre Zelte ab? Wie komme ich überhaupt darauf?

Links vor mir steht ein Zirkuswagen. Gegenüber, rechts der Straße, stehen zwei weitere. Kein Problem: Die Straße selbst ist frei.

Einige neugierige Zuschauer stehen tatenlos herum.

Alarm! Es trifft mich wie der Blitz. Aber ich weiß nicht warum! Was meldet mir mein Instinkt?

Vor mir taucht der lange Schatten einer Straßenlaterne auf. Sonst nichts. Aber das ist nichts Besonderes.

Aber da ist noch etwas Anderes. Ich bin jetzt hellwach, in Bruchteilen von Sekunden.

Der Ausdruck – Entsetzen, Panik – auf den Gesichtern der Herumstehenden. Schlagartig wird mir klar: ›Ricky, da kommt etwas auf dich zu. Aber du kannst nicht erkennen, was die anderen Leute sehen und wissen. Hat sich etwa ein Elefant befreit und kommt gleich hinter einem der Zirkuswagen hervor? Sehr witzig, Ricky … ‹

Ich will diesen undurchsichtigen Zustand beenden. Aufmerksam und konzentriert beschleunige ich meine Fahrt, oder genauer – ich möchte es gerne!

Ein Schlag, ein Knall wie bei der Explosion einer Bombe. Ein extremer Ruck, dann diese sprichwörtliche Stille! Der Motor ist aus. Das Auto rollt noch ein paar Schritte. Fast nebensächliche Feststellung: Die zerborstene Frontscheibe, die teilweise ins Wageninnere gefallen ist, hat dank ihrer Konstruktion wenigstens keine Splitter verschleudert.

Ein kurzes in sich Hineinhorchen, hinein fühlen. Dann noch einige gezielte Körperbewegungen – Arme, Beine, Nacken. Ist alles o.k.!? Soweit ich es beurteilen kann, ja. Erst als ich die Tür öffnen will – sie scheint etwas zu klemmen – muss ich gegen einen Anflug von leichtem Schwindel ankämpfen.

Jetzt wird mir erst bewusst, und ich fühle es auch, welch enormer Auffangdruck durch den Gurt auf meinen Oberkörper ausgeübt wurde. Etwas übertrieben mein nächster Gedanke: ›Hoffentlich habe ich keine inneren Verletzungen, die ich durch den möglichen Schock noch nicht wahrnehme. Nein, ich glaube nicht.‹ Den kleinen Blutstropfen, der sich vor dem Nagel meines rechten Zeigefingers gebildet hat, wische ich einfach weg. Ich kann keine zugehörige Wunde entdecken – irgendwie mysteriös, Schmerzen fühle ich keine.

Ich steige aus. Die Szene wirkt auf mich gespenstisch. Immer noch diese Stille, die gaffenden Leute.

Was ist überhaupt passiert? Ich kann es noch nicht einmal erraten oder vermuten. Seltsam, geradezu unheimlich: Kein Hindernis auf der Straße vor mir. Ich kann jedenfalls keines entdecken.

Mit hastigen, teilweise unsicheren Schritten nähert sich jetzt ein älterer Mann. Er ist kreidebleich im Gesicht.

Noch einmal frage ich mich: ›Was ist hier eigentlich los?‹

»Sind Sie einigermaßen o.k.?« Seine Frage unterstreicht er mit schnellen, kritischen Blicken und gibt auch gleich selbst die Antwort: »Gott sei Dank!«

»Ich sehe, dass Sie noch gar nicht im Bilde sind. Selbstverständlich werden wir, der Zirkus, mit Hilfe unserer Versicherung für den Schaden aufkommen«, erklärt er weiter. Dann überquert er die Straße und zeigt mit dem Zeigefinger auf den mit dichtem Gras bewachsenen Boden. Ich weiß immer noch nicht, was hier gespielt wird.

Der Mann bückt sich, kommt wieder hoch und betrachtet intensiv einen länglichen Gegenstand in seiner Hand. Jetzt kann ich es erkennen: Es ist kein Gegenstand, nein, sondern ein dickes Kabel, ein Zugseil, oder etwas Ähnliches. Er zieht es hoch, sodass man erkennen kann, dass es direkt zu einem der Zirkuswagen auf dem kleinen freien Platz führt.

Er wirft das Kabel wieder ins Gras. Langsam überquert er die Straße zur anderen Seite und bleibt dicht hinter einer bulligen Schlepper oder Zugmaschine stehen. Dann winkt er mich zu sich.

Gleichzeitig wechselt er einige heftige Worte mit einer weiteren Person, die sich in einem der Wagen aufhält.

Der Mann zeigt mit leicht zitternder Hand auf einen Abschlepphaken am Schlepperheck. Auch er scheint jetzt etwas überrascht zu sein.

»Sehen Sie hier die abgerissene Seilschlaufe? Der Zirkuswagen auf der Wiese sollte mit Schlepper und Seil zum Abtransport auf und über die Straße gezogen werden. Weil das Kabel etwas zu kurz ist, haben wir ein kleines Verlängerungsstück angestückelt. Es hat – Gott sei Dank – den gewaltigen Ruck nicht ausgehalten. Das hat Ihnen das Leben gerettet.«

Mit einer Mischung aus Wut und Bedauern schimpft er in die Richtung eines der Waggons: »Du hättest mit der Warnfahne nicht deinen Platz verlassen dürfen, nicht einmal für einen kurzen Moment. Aber darüber müssen wir uns noch einmal unterhalten. Später … «

Ich habe das Gefühl, dass der Mann, offensichtlich der Verantwortliche, es ehrlich meint und keine unlauteren Tricks versucht. Ich kenne die Leute nicht. Aber, ein gesundes Mistrauen ist sicherlich angebracht. Schleicht sich nicht bereits ein kleiner Vorbehalt, oder gar ein Vorurteil ein?

»Das ist ein ungewöhnlicher Sonderfall. Mein Auto muss abgeschleppt werden. Ich bin in einer Stunde wieder mit einem Bekannten von der Versicherung hier.«

Es geht alles glatt. Die Zirkusleute sind fair. Ich entschuldige mich sogar etwas umständlich für mein unterschwelliges Misstrauen.

»Das ist nicht ungewöhnlich, wir müssen damit leben«, meint eine ältere Frau und lächelt hintergründig. »Das gehört zum Image eines Zirkus sogar dazu!« Na ja …

Wir trinken anschließend noch ein Bier, mein Berater und ich. Rainer ist anscheinend nicht mehr ganz bei der Sache. Oder doch?

»Ich kann nicht ganz verstehen, wie ruhig du hier sitzt und seelenruhig ein oder gar zwei Biere trinkst. Ist dir nicht klar, was passiert ist oder eigentlich hätte passieren können? Das quergespannte Seil ist über die Motorhaube hochgerutscht und hat sich an den Seitenholmen der Frontscheibe regelrecht eingefräßt. Die Holme sind total eingedrückt und hängen buchstäblich nur noch an einem dünnen Blechfaden. Im allerletzten Moment ist das Seil an einer Schwachstelle gerissen. Ich will mir nicht vorstellen, wie du mit aufgesägter Brust oder gar mit abgerissenem Kopf aussehen würdest.«

›Ich auch nicht‹, geht es durch meinen noch intakten Kopf. Aber, Ricky, darüber sollte man keine pseudo-coolen Scherze machen.‹

Am Tage danach bin ich pünktlich in der Werkstatt, um das Weitere zu erledigen. Auch ein Verkäufer aus dem Autohaus wartet schon. Er will mit mir ins Geschäft kommen.

Er betrachtet mich zunächst mit einem seltsamen Blick. Bevor er noch die Frage stellen kann, berichte ich ihm in Kurzform.

Trotzdem will auch er noch seinen Kommentar loswerden: »Wenn ich mit dem Daumenballen gegen die Holmen drücke, brechen sie ganz weg. Sie wissen, was das bedeutet – ich meine, was da hätte passieren können.« Nach kurzer Pause sinniert er weiter: »Sie sind also in ein quer über die Straße gespanntes Seil gefahren. Wahrhaftig, eine wirklich reife Zirkusnummer. Sorry … «

Abbruch!

*

Vorläufiges Ende der Vorstellung

Seltsam – ich habe das Gefühl, dass ich nicht mehr falle. Aber ich kann nicht einschätzen, wo und in welcher Situation ich mich befinde.

Und wieder folgt ein dumpfer Schlag. Ist das jetzt der Aufprall?

Die Dunkelheit ist in ein undefinierbares, eigenartiges helles Grau übergegangen, die Lichtkristalle haben sich aufgelöst. Das Schneegestöber hat sich offensichtlich mit einer festen Schneeschicht vermischt, die sich jetzt wie eine feste Zwangsjacke um meinen ganzen Körper legt. Auch das Gesicht scheint ringsum von Schnee umgeben. Reflexartig puste ich gegen den leichten Druck auf meinen Lippen. Kann ich atmen?

Das Gefühl für die gesamte Situation hat sich offensichtlich verändert.

Jetzt bin ich mir fast sicher: Ich falle nicht mehr! Aber warum befinde ich mich noch immer in einem eigenartigen Schwebezustand?

Nein, es scheint noch nicht vorbei zu sein.

Warum nur kündigen sich jetzt weitere Vorkommnisse aus dem früheren Alltagsleben an – in geraffter Form, sozusagen im Schnelldurchlauf? Sicherlich eine Art Abschiedsvorstellung!

Es sind die besonders emotionalen Ereignisse in meinem Leben, die noch einmal ablaufen – nein, ich bin teilweise wieder mittendrin! Warum nur so weit zurück in die Kindheit?

Der Film dreht sich immer schneller. Die Abläufe werden auch immer unschärfer, ungenauer und unpräziser.

Mutter lebt schon seit einigen Monaten in ihrer neuen Mietwohnung. Ich bin zum ersten Mal zu Besuch hier. Es geht ihr gut, sie ist zufrieden. Aber sie wirkt auch nachdenklich. Irgendetwas macht ihr Sorgen. Ich spreche sie ohne lange Umschweife darauf an.

Als habe sie nur darauf gewartet, antwortet sie sofort: »Ich mache mir große Sorgen um deine Schwester. Wie du weißt, macht sie eine Berufsausbildung in der Stadt und ist in einem Wohnheim untergebracht. Ich bin vom Land und kann nicht beurteilen, ob das gut ist. Ihre Freundin hat mir berichtet, dass vor dem Wohnheim ein kleines Lokal aufgemacht hat.«

»Na und«, falle ich ihr ins Wort.

»Dort treiben sich zweifelhafte junge Männer herum. Es sind sogenannte ›Zuhälter‹. Zwei oder gar drei junge Mädchen sind bereits verschwunden. Sie haben ihre Ausbildung abgebrochen, um – wie hat die Freundin das genannt – einer lukrativeren Beschäftigung nachzugehen. Deine Schwester hat einen Freund aus dieser Stadt. Ich hoffe, er ist ein anständiger Kerl und gehört nicht zu denen.«

Sie macht eine Pause. Was soll ich dazu sagen?

»Ich habe bereits deine beiden Brüder darauf angesprochen. Meine Tochter ist oder wird erwachsen. Da können, wollen, dürfen sie nicht eingreifen. Wie auch? Sie sind anständig, absolut gesetzestreu.« Pause.

Seltsamerweise wundere ich mich mehr über ihre neue Beredsamkeit, als über die geschilderte Neuigkeit.

Aber dann bin ich doch hellwach. Also das hat die neue Vermieterin gemeint, als sie mich im Hausgang neugierig mit den Worten begrüßt hat: »Sie sind also der jüngste Sohn, der sensibelste, aber auch der unnachgiebigste unter ihren Kindern.

Sie gehen – nur im Notfall natürlich – durch die Wand, oder durchs Feuer – auch wenn es keinen erkennbaren Sinn mehr gibt! Ihre Mutter weiß nicht so recht, ob das gut oder schlecht ist.«

Vielleicht hat Mutter recht. Sie kennt ihre Kinder. Ich und sensibel? Sensible Menschen weinen häufiger als ausgeglichene oder unnahbare – und wenn, dann sozusagen nur nach innen. Äußerlich sollte das natürlich niemand bemerken. Die zweite angesprochene Eigenschaft ist mir, zumindest im Moment, gleichgültig.

»Sorry, aber ich kann mich der Haltung meiner Brüder nur anschließen.« Das Thema scheint abgehandelt. Es ist schon später Abend. Ich muss wieder aufbrechen.

Mutter ist unzufrieden. Das Schicksal ihrer Tochter geht ihr über alles. Mädchen und Frauen sind ihrer Meinung nach in dieser unsicheren Welt nun einmal stärker gefährdet als wehrhaftere Männer. Na ja ...

Sie murmelt vor sich hin: »Ich habe gedacht ... , nein, ich war mir sicher ... ,« ... »dass deinem jüngsten Sohn, schon etwas passendes einfallen würde, wenn es erforderlich sein wird – im Notfall auch am Rande der Legalität«, ergänze ich humorlos. »Darüber hast du ja sicher auch schon mit der Vermieterin getratscht«. Sie nickt etwas beschämt.

Ich verabschiede mich, drehe mich auf dem Gang noch einmal um.

»Lass es mich wissen, wenn es soweit kommen sollte, Mutter!«

Sie ist zufrieden. Ihr nie ganz ernst gemeinter Spruch: ›Der Bub bringt mich noch ins Grab‹, ist jetzt nicht mehr gültig. Ihren Traum, dass ihr jüngster Sohn einmal feierlich zum Priester geweiht würde, den konnte, nein, den wollte ich nie erfüllen. Diese Berufsausrichtung war eine der Vorbedingungen für die damalige Aufnahme ins Missionskonvikt. Aber ich habe nie ein Hehl aus meiner Haltung gemacht. Vielleicht hat man gedacht oder gehofft, mich umstimmen oder mit der Zeit doch noch neu ausrichten zu können!?.

Das hat damals auch Weihbischof Olbert imponiert, obwohl er mich deshalb verabschieden musste. Seine Schlussworte in der Audienz: » ... solche jungen Leute wie dich könnten wir brauchen ... «, bewerte ich auch heute noch als Auszeichnung.

Jetzt fliegen die Ereignisse immer schneller an mir vorbei. Manche werden doppelt oder gar mehrfach eingespielt. Ich kann sie gar nicht mehr detailliert verfolgen.

Noch einmal verlangsamt sich die Zeitrafferabspielung. Es folgen wohl die letzten Szenen.

Es ist der Zeitpunkt der ernsten Krise in unserer Familie. Mutter ist nicht auffindbar. Ich bin sehr besorgt und suche nach ihr.

Es ist schon dunkel geworden. Noch ein Versuch: Ich sehe im Keller nach. Dort gibt es kein Licht, aber durch einen Türritz habe ich einen Lichtschimmer erspäht.

Mutter sitzt auf einem kleinen Hocker, vor ihr steht eine brennende Kerze. Sie weint.

»Komm, Mutter«, flüstere ich ihr zu.

Sie schüttelt den Kopf.

»Dann bleibe ich auch hier unten, notfalls die ganze Nacht«, beharre ich. Das will sie nicht.

Jahre später: Ein grippaler Infekt, oder die echte Grippe? Mutter wird ins Krankenhaus eingeliefert.

»Das wird schon wieder«, meint ein junger Assistenzarzt zuversichtlich. Als er gegangen ist, korrigiert die ebenfalls anwesende, ältere Krankenschwester: »Ich bin schon seit über zwanzig Jahre in meinem Beruf tätig. Ich kenne diesen Zustand eines Patienten. Das wird nicht mehr. Es tut mir leid.«

Die Schwester, die Brüder, alle waren sie schon da, am Krankenbett.

Auch ich bin jetzt endlich mit einiger Verspätung eingetroffen, höre gerade noch ihr Flüstern: »Wo ist denn unser Jüngster, der Bub?«

Ich ergreife ihre Hand, sage ein paar aufmunternde Worte. Aber sie schüttelt leicht den Kopf. »Der Herrgott wartet schon. Die Uhr ist abgelaufen.«

Seltsam: Mit dem letzten Satz hat sich damals auch Vater verabschiedet.

**

Wieder in der realen Welt, in der Gegenwart

Es wird plötzlich hell, taghell. Was für eine Begrüßung. Irgendjemand tätschelt meine Wange, nein, schlägt mir ins Gesicht. Wo bin ich? Warum schreit der Mann, der wie ein Schatten über mir steht?

»Hey, hey ... , bist du endlich wieder da? Ja? Bleib hier! Kannst du mich hören?«

Wo bin ich? Vorsichtig neige ich meinen Kopf zur Seite. »Halt, nicht bewegen, bevor wir nicht wissen, ob du verletzt bist«, kreischt der Mann wieder reichlich überlaut.

»Ich bin doch nicht taub«, melde ich mich jetzt zu Wort.

Er antwortet darauf mit einem gedämpften Freudeschrei. Vorsichtig fasst er mich jetzt an den Handgelenken. »Du musst erst einmal aus diesem engen Schneegrab, dann sehen wir weiter«, meint er in normaler Lautstärke.

›Wieso redet der fremde Mann eigentlich mit mir wie zu einem Schulbuben!?‹ Ich versuche, meine Gedanken zu ordnen.

Ich weiß immer noch nicht, was eigentlich los ist. Aber allmählich dämmert es, lichtet sich der gedankliche Schleier.

›Ach so, natürlich. Wir sind ja in einem Gebiet mit über tausend Metern Höhe. Da redet man auch Fremde per ›du‹ an‹, geht es mir jetzt durch den Kopf. Und weiter: ›Mein Gott, ich bin ja gestürzt, nein, sogar abgestürzt! Lebe ich noch?‹

»Der Mann neben mir hat deinen Absturz beobachtet, vor allem die letzte Sturzphase. Du bist an zwei sanften Felsvorsprüngen entlang geschrammt. Zu deinem Glück waren diese Kanten noch mit relativ hohem und dichten Schnee bedeckt. Das hat deinen Sturz gebremst. Aber das erzählen wir dir später.«

»Nein, nein, berichten Sie, berichte bitte weiter. Ich will es jetzt wissen. Vielleicht bin ich noch nicht ganz durch, ich habe kein Gefühl am ganzen Körper, sowohl äußerlich als auch innerlich.«

Der junge Mann reagiert auf meine Bitte plötzlich wieder mit einem besorgten Blick und meint ergänzend: »Viel mehr gibt es nicht zu berichten. Um das Maß an Glück und Dusel vollzumachen bist du zum Ende der Reise auch noch in einer tiefen, meterhohen, aber noch lockeren Schneewehe gelandet. Um noch ein's draufzusetzen, bist du offensichtlich auch noch, wie ein Skispringer, platt mit oder auf deinen Skiern gelandet und dann im Schnee versunken. Dabei sind die Bretter weggeflogen. Wir werden sie für dich suchen.« Er grinst und meint noch: »War das Zufall, oder sogar Absicht mit kombiniertem Können?«

›Quatsch‹, müsste ich jetzt auf seine scherzhafte Bemerkung antworten. Aber ich bin irgendwie erleichtert. Seine lockere Art kommt gut an und inspiriert mich zu einer entsprechend – künstlich cool – formulierten Antwort: »Selbstverständlich war das Absicht, gepaart mit Können. Noch Fragen?«

Ich bin schon wieder obenauf. Aber meine Stimme irritiert mich. Nicht sehr laut und trotzdem irgendwie hysterisch. Verständlich. Schließlich bin ich nur um Haaresbreite dem Tod von der Sense gesprungen.

Allmählich löst sich die Anspannung. Gedankenverloren – nicht echt, sondern gespielt – sinniere ich vor mich hin. Einen Kommentar möchte ich noch loswerden: »Ihr habt mich etwas zu früh freigeschaufelt. Affairen mit Mädchen und jungen Damen, zum Beispiel, hätte ich gerne noch einmal ausführlicher durchlebt.«

Ein Scherz!? Die Umstehenden verstehen nicht. Wie sollten sie auch? Trotzdem bin ich erleichtert, auch wenn meine letzte Bemerkung mit verhaltenem Gelächter beantwortet wird.

Der Abtransport erfolgt mit einem Snowmobil, vorsichtig und fast nur im Schritttempo. Sicher ist sicher.

Zu meiner Überraschung fühle ich mich auch schon wieder ziemlich wohl. Ich habe kaum nennenswerte Schmerzen. Unten auf der Station wird nach einem Arzt gefragt.

»Danke, ich brauche keinen Doktor. Es geht mir gut. Hat man schon meine Skier gefunden? Erstaunlich, welche Kräfte auftreten können«, ergänze ich dann noch nachdenklich. »Unglaublich, beide Fangriemen aus Leder sind abgerissen.«

Plötzlich steht ein fremder Mann in dunkler Kleidung neben mir. Er stellt sich vor und klärt auf: »Ich bin katholischer Pfarrer, und nur zufällig hier. Sie könnten noch in einer Art Schockzustand sein. Vielleicht kann ich Ihnen helfen.«

»Danke, Herr Pfarrer, aber ich finde möglicherweise nicht zu meiner Unterkunft zurück. Sie könnten mir ein Taxi bestellen. Vielleicht werden mich einige meiner Kollegen schon vermissen.«

»Das haben die Serviceleute schon veranlasst. Wir sollten uns in den kleinen Warteraum setzten.« Die Stimme des Geistlichen klingt zurückhaltend. Er will wohl nicht aufdringlich erscheinen. Aber, eine gewisse Besorgnis ist herauszuhören.

An small talk oder Standardunterhaltung zwecks Überbrückung der Wartezeit bin ich nicht interessiert. Deshalb entschließe ich mich, sofort in ›media res‹ zu gehen.

»Herr Pfarrer, was ich heute erlebt habe, hat mich bereits jetzt verändert. Ich glaube, das wird auch so bleiben.

Ein großer Teil meines bisherigen Lebens wurde zum Teil über die katholische Kirche und deren Vertreter stark beeinflusst. Aber ich bin von Anfang an nicht auf diesem vorgezeichneten Weg geblieben. Allerdings – seit heute glaube ich wieder an eine Gestalt, einen Geist, vielleicht einen Schutzpatron. Aber nein, ein Schutzengel wäre mir lieber.« Der Herr Pfarrer hüstelt nach meinem letzten Satz, oder lacht er leise?

Ich mache keine lange Pause, will zunächst einmal keine Zwischenfragen. Meine Schilderung soll möglichst nicht zerhackt und frühzeitig in Zweifel gestellt werden – denn das wird sie sicherlich. Deshalb erzähle ich einfach weiter. Der Geistliche macht es mir auch leicht, denn er schweigt und wartet geduldig.

»Ich habe früher schon einmal gehört, dass Menschen, meistens Bergsteiger, über dieses seltsame Phänomen gesprochen haben – sofern ein Absturz nicht mit dem Tod geendet hat. Die speziellen Umstände sind natürlich von Fall zu Fall verschieden. Gewisse Ähnlichkeiten, gleichartige Abläufe – selbstverständlich unter Berücksichtigung der individuellen Vita der Betroffenen – sind frappierend.

Die unterschiedlichen Beziehungen von Raum, Ort und Zeit, die manchmal nicht ganz mit den Erfahrungen und den bisherigen Erinnerungen übereinstimmen, muss ich tatsächlich skeptisch bewerten. Sie laufen teilweise ab wie ein Albtraum. Was soll das für einen Sinn machen? Andererseits erscheinen Ereignisse, die nicht mehr vollständig in der Erinnerung gegenwärtig sind, scharf, klar und sozusagen im Nachhinein auch logisch!

Ereignisse mit besonders emotionalen Abläufen, die ich bisher nur aus Erzählungen kannte, werden plötzlich sogar zu persönlichen Erlebnissen. In diesen Fällen nehme ich allerdings nur die Rolle des direkten Beobachters ein. Diese Situation ist amüsant, manchmal aber auch besonders unangenehm, teilweise deprimierend, da ich nicht selbst eingreifen kann – egal, was passiert!«

Ich halte inne. Was mich betrifft, ist fast alles gesagt. Details oder spezielle Einzelheiten sind für den Herrn Pfarrer sicherlich nicht besonders interessant. Ob er mir überhaupt diese seltsame Story glaubt?

»Ich glaube Ihnen«, beantwortet mein Gegenüber meine gedankliche Frage. »Solche oder ähnliche Schilderungen entsprechen entweder der Wahrheit, oder es sind reine Lügengeschichten. Am ehesten könnte man sie wohl den Halluzinationen zuordnen, die bei besonders dramatischen Erlebnissen auftreten. Das ist dann schon wieder realistisch. Es gibt nun einmal Dinge zwischen Himmel und Erde, die wir nicht erklären können.«

» ... zwischen Erde und ... «, ergänze und korrigiere ich den Herrn Pfarrer. »Wie es im Himmel ist, der letzten Station, weiß niemand. Das muss noch offen bleiben. Wir glauben, was wir nicht wissen!«

»Na gut! Hoffen wir, dass keine traumatischen Auswirkungen einsetzen, oder schlimmer noch – dauerhaft bleiben.« Mit diesen Worten beendet der Mann seine seelsorgerische Tätigkeit.

Das Taxi wartet schon.

Zum wiederholten Mal frage ich mich: ›Was für einen Sinn macht das Ganze? Soll etwa ein bevorstehender Übergang ins Jenseits erleichtert werden? Besondere Kräfte zur Rettung in letzter Sekunde werden jedenfalls nicht entfaltet. Das wäre dann eine sinnvolle Einrichtung der Natur. Aber, warum durchleben nicht alle Betroffenen – während eines Absturzes, auch beispielsweise mit dem Flugzeug, oder im Verlauf eines grauenvollen Todeskampfes unmittelbar vor dem Ertrinken – eine solche Vortoderfahrung? Welche Voraussetzungen müssen gegeben sein?‹

Meine Gedanken kreisen minutenlang um dieses Thema. ›Was wäre ein nächster Schritt? Mich fröstelt: Die Nahtoderfahrung. Auch darüber kursieren die abenteuerlichsten Geschichten und Gerüchte.

Aber, jetzt ist Schluss! Sonst komme ich noch auf die Idee, dass diese übersteigerten Überlegungen bereits der Beginn oder ein Teil der Verarbeitung eines traumatischen Erlebnisses ist. Nein, doch nicht bei mir!‹

»Deine Gedanken über ›Gott und die Welt‹ sind etwas seltsam. Der Absturz kann wohl nicht so schlimm gewesen sein«, höre ich meine Gattin resümieren, obwohl sie gar nicht anwesend ist. Vielleicht hat sie sogar recht!?

Es ist schon später Abend. Heute wird noch etwas gefeiert. Morgen ist Rückreisetag.

»Obwohl ich mich für einen recht guten Skifahrer halte, bin ich jedes Mal froh, wenn ich mit heilen Knochen zurückkomme. Man weiß nie, was alles passieren kann«, meint ein Kollege.

Wie recht er hat. Ich beschließe, gleich meine Story vom heutigen Tag zum Besten zu geben.

Nein, ich will noch etwas warten. Es sind noch nicht alle anwesend. Verlockend, aber nicht unbedingt nötig: Die ganze Geschichte mehrmals erzählen.

Die Zeit verrinnt. ›Apres-Ski‹ bis in die Nacht. Es geht drunter und drüber. Nein, es ist zu spät. Die mittlerweile ausgelassene Stimmung könnte dazu führen, dass der ganze Vorfall, mein außergewöhnliches

Erlebnis ins Lächerliche gezogen wird. Ja, deshalb will ich jetzt nicht mehr.

Vielleicht morgen im Bus, oder erst in wenigen Tagen!? Ich fühle plötzlich, dass die physischen und auch die psychischen Nachwirkungen einsetzen.

Der Glaube an meinen Schutzpatron – sorry, an meinen Schutzengel festigt sich. Vielen Dank. Überhebliche Häme ist unangebracht, wie, wo, und woher auch immer ...

Eine länger andauernde traumatische Entwicklung ist – Gott sei Dank – zumindest vorerst, ausgeblieben. Wenigstens in diesem Punkt könnte ich den Herrn Pfarrer nachträglich beruhigen. Oder ist mir das nur nicht bewusst? Übrigens ein sympathischer Mann, der durch seine zurückhaltende Art vielleicht mit dazu beigetragen hat. Ob er den Grundstein dafür gelegt hat? Nein, soweit würde ich nicht gehen.

Der nächste spannende Knaller kann kommen.

»Um Himmels Willen, versündige dich nicht, Bub«, würde Mutter sagen, wenn sie noch lebte und meine Gedanken lesen könnte. Und weiter: »Mein Sohn, werde endlich erwachsen!«

Aber, vielleicht ...

**